W9-BZC-912

BESTSELLER

Kaui Hart Hemmings ha estudiado en las universidades de Colorado y Sarah Lawrence y participó en el programa de escritura creativa Wallace Stegner de la Universidad de Stanford. Es la autora de la aclamada colección de relatos *House of Thieves* y su obra ha aparecido en prestigiosas publicaciones como *Zoetrope*, *Best American New Voices* y *Best American Nonrequired Reading*. *Los descendientes* es su primera novela y ya ha sido traducida a nueve idiomas. Actualmente vive en Hawai.

KAUI HART HEMMINGS

Los descendientes

Traducción de
Carlos Abreu Fetter

DEBOLS!LLO

PASADENA PUBLIC LIBRARY
1201 Jeff Ginn Memorial Drive
Pasadena, TX 77506-4895

Título original: *The Descendants*

Primera edición: octubre, 2011

© 2007, Kaui Hart Hemmings
 Todos los derechos reservados. Publicado por acuerdo con
 Random House, un sello de Random House Publishing
 Gropu, una división de Random House, Inc.
© 2011, Random House Mondadori, S. A.
 Travessera de Gràcia, 47-49. 08021 Barcelona
© 2011, Carlos Abreu Fetter

Quedan prohibidos, dentro de los límites establecidos en la ley y bajo
los apercibimientos legalmente previstos, la reproducción total o par-
cial de esta obra por cualquier medio o procedimiento, ya sea electró-
nico o mecánico, el tratamiento informático, el alquiler o cualquier otra
forma de cesión de la obra sin la autorización previa y por escrito de
los titulares del *copyright*. Diríjase a CEDRO (Centro Español de Derechos Reprográficos, http://www.cedro.org) si necesita fotocopiar o
escanear algún fragmento de esta obra.

Impreso en los Estados Unidos de América

ISBN: 978-0-307-88298-1

Compuesto en Fotocomposición 2000, S. A.

BD 8 2 9 8 1

Para Andy

PRIMERA PARTE

LAS CALAVERAS

1

El sol brilla, los minás parlotean, las palmeras se mecen… y qué. Estoy en el hospital y estoy sano. El corazón me late como es debido. Mi cerebro lanza un mensaje tras otro, alto y claro. Mi esposa está recostada en la cama de hospital con el respaldo algo levantado, como quien duerme en un avión, con el cuerpo rígido y la cabeza ladeada. Tiene las manos sobre el regazo.

—¿No podemos tumbarla del todo? —pregunto.

—Espera —dice mi hija Scottie. Fotografía a su madre con una Polaroid. Se abanica con la foto, y yo pulso el botón que está a un lado de la cama para bajar la parte superior del cuerpo de mi esposa. Suelto el botón cuando ella yace casi horizontal.

Joanie lleva veintitrés días en coma y los próximos días tendré que tomar algunas decisiones en función del veredicto del médico. En realidad, solo tendré que escuchar la opinión del médico respecto al estado de Joanie. No tengo decisiones que tomar, pues ella dictó un testamento vital. Como siempre, ella toma sus propias decisiones.

Hoy es lunes. El doctor Johnston quedó en hablar conmigo el martes, y yo estoy nervioso, como si se tratara de una cita romántica. No sé cómo comportarme, qué decir ni qué ponerme. Ensayo respuestas y reacciones, pero solo tengo claras las frases que diré si las noticias son buenas. No he ensayado el plan B.

—Ya está —dice Scottie. Se llama Scottie de verdad. A Joanie le pareció una buena idea ponerle el nombre de su padre, Scott. Yo discrepo.

Miro la instantánea, que me recuerda una de esas fotos que todo el mundo saca de personas dormidas para reírse de ellas. No sé por qué nos hacen tanta gracia. «Se te puede hacer de todo mientras duermes —parece ser el mensaje—. Fíjate en lo vulnerable que estás, en las cosas de las que no eres consciente.» Sin embargo, en esta foto se nota que ella no está durmiendo sin más. A Joanie le han puesto un gota a gota y una cosa llamada tubo endotraqueal que le sale de la boca y está conectada a una máquina que la ayuda a respirar. La alimentan con una sonda y le administran medicamentos suficientes para tratar a una aldea entera de Fiji. Scottie está documentando nuestra vida para su clase de ciencias sociales. Aquí está Joanie, en el Queen's Hospital, y esta es su cuarta semana en coma, un coma de diez puntos en la escala de Glasgow y de III en la escala Rancho Los Amigos. Estaba participando en una carrera cuando salió despedida de un fueraborda que iba a una velocidad de ochenta millas por hora, pero creo que se pondrá bien.

—Reacciona inconscientemente a estímulos de manera no específica, si bien en ocasiones sus respuestas son específicas, aunque desiguales. —Esto es lo que me ha dicho su neuróloga, una joven con un ligero temblor en el ojo izquierdo y una forma de hablar tan atropellada que me cuesta hacerle preguntas—. Tiene reflejos limitados, y con frecuencia son los mismos, con independencia de los estímulos aplicados —añade. Nada de esto me suena muy alentador, pero me aseguran que Joanie va aguantando. Tengo la corazonada de que se recuperará y algún día podrá desenvolverse con normalidad. No suelo equivocarme.

—¿Por qué competía? —preguntó la neuróloga.

La pregunta me desconcertó.

—Para ganar, supongo. Para llegar la primera a la meta.

—Quita eso —le pido a Scottie. Ella termina de pegar la foto en su libreta y apaga el televisor con el mando a distancia.

—No, me refería a eso. —Señalo lo que hay al otro lado de la ventana: el sol, los árboles, los pájaros que avanzan a saltitos en la hierba comiéndose las migas de pan que les tiran los turistas y las señoras dementes—. Quítalo de mi vista. Es horrible.

No es fácil estar alicaído en el trópico. No me cabe duda de que en las grandes ciudades puedes ir por la calle con el entrecejo fruncido sin que nadie te pregunte qué te pasa o intente hacerte sonreír. Aquí, en cambio, todo el mundo mantiene la actitud de que somos afortunados por vivir en Hawai; el paraíso terrenal. Por mí el paraíso puede irse a tomar por el culo.

—Qué asco —dice Scottie, corriendo la rígida cortina, tapándolo todo.

Espero que no se dé cuenta de que la estoy observando y me preocupa mucho lo que veo. Está inquieta y rara. Tiene diez años. ¿Qué hace la gente durante el día a esa edad?

—Podría coger la gripe aviaria por hacer esto —murmura, deslizando los dedos por el cristal. Después se coloca la mano delante de la boca y se pone a imitar una trompeta. Está chiflada. Solo Dios sabe qué le pasa por la cabeza. A propósito de su cabeza, no le vendría nada mal un corte de pelo o un buen cepillado. Tiene unos mechones que parecen pequeñas plantas rodadoras encima de la cabeza. ¿Dónde se cortará el cabello?, me pregunto. ¿Se lo habrá cortado alguna vez? Se rasca el cráneo y luego se mira las uñas. Lleva una camiseta con la frase: «No soy esa clase de chica. ¡Pero puedo serlo!». Es un alivio para mí que no sea una belleza, pero sé que eso podría cambiar.

Le echo un vistazo a mi reloj. Me lo regaló Joanie.

—Las agujas brillan en la oscuridad, y la esfera es de nácar —me dijo.

—¿Cuánto te ha costado? —le pregunté.

—¿Cómo sabía yo que eso sería justo lo primero que dirías?

Noté que se había ofendido, que se había esforzado en elegir el regalo. Le encanta hacer regalos y presta atención a las personas a fin de poder regalarles algo que demuestre que se ha invertido tiempo en escucharlas y conocerlas. Al menos da la impresión de que eso es lo que hace. No debería haberle preguntado por el precio. Ella solo quería demostrar que me conocía.

—¿Qué hora es? —pregunta Scottie.

—Las diez y media.

—Todavía es temprano.

—Lo sé —digo.

No sé qué hacer. Estamos aquí no solo de visita y a la espera de que Joanie haya experimentado alguna mejoría durante la noche, como reaccionar a la luz, el sonido y los pinchazos dolorosos, sino también porque no tenemos ningún otro sitio adonde ir. Scottie pasa todo el día en el colegio hasta que Esther va a buscarla, pero esta semana me pareció que debía pasar más tiempo aquí conmigo, así que la saqué de la escuela.

—¿Qué te apetece hacer ahora? —le pregunto.

Ella abre su álbum de recortes, proyecto que parece ocupar todo su tiempo.

—No lo sé. Comer algo.

—¿Qué haces normalmente a esta hora?

—Estoy en el cole.

—¿Y si fuera sábado? ¿Qué harías a esta hora?

—Ir a la playa.

Trato de recordar la última vez que estuvo totalmente a mi cuidado y qué hicimos entonces. Creo que fue cuando ella tenía cerca de un año, o año y medio. Joanie tenía que coger un avión a Maui para una sesión de fotos, no había logrado encontrar a una canguro y sus padres no podían hacerse cargo de la niña por alguna razón. Yo estaba en medio de un juicio y me quedé en casa, pero tenía que trabajar sí o sí, así que metí a Scottie en la bañera con una pastilla de jabón. Me quedé mirando para ver qué pasaba. Ella se puso a chapotear e intentó beberse el agua de la bañera, hasta que se fijó en el jabón y alargó el brazo para cogerlo. La pastilla se le escurrió de la mano, y ella lo intentó de nuevo con una expresión maravillada en su carita. Me escabullí al salón, donde había montado un despacho y colocado el vigilabebés. Como la oía reír, sabía que no se estaba ahogando. Me pregunto si volvería a dar resultado ponerla en una bañera con una pastilla resbaladiza de Irish Spring.

—Podemos ir a la playa —propongo—. ¿Te llevaría mamá al club?

—Vaya pregunta. ¿Adónde iríamos, si no?

—Entonces, hecho. En cuanto le digas algo y hablemos con una enfermera, pasamos por casa y nos vamos para allá.

Scottie saca una fotografía de su álbum, la estruja con la mano y la tira. Me pregunto de qué foto se trata. Si será la de su madre en la cama, que seguramente no es el mejor recuerdo familiar.

—Desearía… —dice Scottie—. ¿Qué desearía?

Es uno de nuestros juegos. De cuando en cuando, ella menciona un lugar donde le gustaría que estuviéramos si no nos encontráramos aquí, en este momento de nuestra vida.

—Desearía que estuviéramos en el dentista —decide.

—Yo también. Desearía que nos estuvieran haciendo radiografías de la boca.

—Y que a mamá le estuvieran blanqueando los dientes —añade.

Yo desearía que estuviéramos en la consulta del doctor Branch, los tres, colocándonos con gas hilarante y con los labios dormidos. Una endodoncia sería una fiesta en comparación con esto. En realidad, cualquier tratamiento dental sería preferible. A decir verdad, lo que desearía es poder estar en casa, trabajando. Tengo que decidir quién será el próximo propietario de las tierras que pertenecen a mi familia desde 1840. Con esta venta, todas las propiedades pasarán a manos de otras personas, de modo que es indispensable que estudie a fondo todos los datos, antes de reunirme con mis primos dentro de seis días. Esa es la fecha tope. A las dos en punto en casa del Primo Seis, en seis días a partir de hoy. Daremos el visto bueno a un comprador. Ha sido una irresponsabilidad por mi parte posponer ocuparme de este asunto durante tanto tiempo, pero supongo que es lo que mi familia lleva tiempo haciendo. Le hemos dado la espalda a nuestro legado, esperando a que aparezca alguien para hacerse cargo tanto de nuestra fortuna como de nuestras deudas.

Me temo que tendré que pedirle a Esther que lleve a Scottie a la playa, y estoy a punto de decírselo, pero la vergüenza me lo impide. Mi esposa está hospitalizada, mi hija necesita a sus padres y yo tengo que trabajar. La estoy metiendo en la bañera otra vez.

Veo que Scottie mira fijamente a su madre. Tiene la espalda apoyada en la pared y juguetea con el borde de la camiseta.

—Scottie —digo—. Si no piensas decirle nada, podemos irnos.

—Vale —dice—. Vámonos.

—¿No quieres contarle a tu madre cómo van las cosas en el colegio?

—Siempre le ha dado igual cómo van las cosas en el colegio.

—¿Y qué hay de tus actividades extraescolares? Tienes una agenda más apretada que el presidente. Tu álbum de recortes, enséñaselo. ¿O qué hiciste el otro día en la clase de soplado de vidrio?

—Una cachimba —responde.

La observo con detenimiento antes de continuar. Nada en su expresión parece indicar que haya dicho algo fuera de lo común. Nunca sé si tiene idea de lo que habla.

—Qué interesante —comento—. ¿Qué es una cachimba?

Se encoge de hombros.

—Un tío del instituto me enseñó a hacerlas. Dice que va bien con patatas, salsas o cualquier otra cosa de comer que se me ocurra. Es como una especie de fuente.

—¿Y todavía tienes… esa cachimba?

—En cierto modo —dice—, pero el señor Larson quiso que la convirtiera en un florero. Podría ponerle flores y regalárselo a ella. —Señala a su madre.

—¡Muy buena idea!

Me mira con escepticismo.

—No hace falta que te emociones como una *girl scout*.

—Lo siento —me disculpo.

Me recuesto en la silla y alzo la vista hacia los agujeros del techo. No sé por qué no estoy preocupado, pero lo cierto es que no lo estoy. Sé que Joanie se pondrá bien porque siempre se sale con la suya. Despertará, y entonces Scottie tendrá una madre, podremos hablar de nuestro matrimonio y yo podré dejar de lado mis sospechas. Venderé las propiedades y le compraré a Joanie un barco, algo que la escandalice y la haga reír echando la cabeza hacia atrás.

—La última vez eras tú el que estaba en cama —dice Scottie.

—Sip.

—Esa vez me mentiste.

—Lo sé, Scottie. Perdóname.

Se refiere a la temporada que pasé en el hospital. Sufrí un accidente de moto leve. Perdí el control en la carretera y salí volando por encima del manillar antes de caer sobre un montón de tierra rojiza. Más tarde, en casa, les expliqué lo ocurrido a Joanie y Scottie, pero insistí en que me encontraba bien y no tenía que ir al hospital. Scottie me sometió a unas pequeñas pruebas para demostrar lo poco de fiar que soy. Joanie le siguió el juego. Interpretaron los papeles de poli mala y poli todavía peor.

—¿Cuántos dedos ves? —preguntó Scottie, mostrándome lo que yo creía que era un meñique y un pulgar.

—Qué chorrada —dije. No quería que me hicieran pasar por el aro de esa manera.

—Contéstale —me ordenó Joanie.

—¿Dos?

—Vale —dijo Scottie con recelo—. Cierra los ojos y tócate la nariz mientras levantas un pie.

—Y una leche, Scottie. No puedo hacer eso ni en mi estado normal, me estás tratando como a un conductor borracho.

—Haz lo que te pide —me gritó Joanie. Me grita constantemente, pero la verdad es que siempre nos hablamos así. Sus gritos me hacen sentir torpe y querido—. Tócate la nariz y levanta un pie.

Me quedé inmóvil en señal de protesta. Sabía que algo iba mal, pero no tenía ganas de ir al hospital. Quería dejar que los daños que había sufrido mi cuerpo siguieran su curso. Sentía curiosidad. Me costaba mantener la cabeza erguida.

—Estoy bien.

—Eres un tacaño —señaló Joanie.

Tenía razón, por supuesto.

—Tienes razón —dije. Como si lo viera: «Se ha lesionado», me diría un médico, y luego me cobraría mil dólares como mínimo, me haría cosas innecesarias y me daría consejos dudosos y excesivamente prudentes para evitar una demanda, y después yo tendría que lidiar con las aseguradoras, que perderían papeles a propósito para no pagarme, y el hospital me pondría en contacto con el departamento de cobros y yo tendría que tratar el asunto por teléfono con gente que ni siquiera tiene el graduado escolar. Incluso en este momento soy escéptico. La neuróloga que habla a toda velocidad y el neurocirujano dicen que solo tienen que mantener los niveles de oxígeno y controlar la inflamación del cerebro. No parece muy complicado; dudo que haga falta ser cirujano para insuflarle oxígeno a alguien de forma ininterrumpida. Le expresé a Joanie mi opinión sobre los médicos mientras me frotaba el lado derecho de la cabeza.

—¿Tú te has visto? —dijo Joanie.

Yo estaba mirando un cuadro de un pez muerto que teníamos en la pared, intentando acordarme de dónde lo habíamos conseguido. Traté de leer la firma del autor. ¿Brady Churkill? ¿Churchill?

—Ni siquiera ves como es debido —observó ella.

—Entonces ¿cómo quieres que me vea a mí mismo?

—Cállate, Matt. Prepara tus cosas y sube al coche.

Preparé mis cosas y subí al coche.

Resultó que me había dañado el nervio troclear, el que conecta los ojos al cerebro, lo que explicaba por qué lo veía todo borroso.

—Podrías haber muerto —dice Scottie.

—Qué va —replico—. ¿Nervio troclear? ¿Quién necesita eso?

—Mentiste. Dijiste que estabas bien y que podías ver cuántos dedos te estaba enseñando.

—No mentí. Adiviné cuántos eran. Además, durante un rato fue como si tuviera hijas gemelas. Dos Scotties.

Ella entorna los ojos, como ponderando mi retorcida excusa.

Recuerdo que, cuando estaba ingresado, Joanie le puso vodka a mi gelatina. Se colocó mi parche para el ojo y se metió en la cama del hospital conmigo para echarse una siesta. Estuvo bien. Es la última cosa verdaderamente agradable que he hecho con ella.

Me consume la sospecha de que ella está, o estuvo, enamorada de otro hombre. Cuando la ingresaron, registré su cartera en busca de su tarjeta del seguro y me topé con una nota escrita en un pequeño trozo de cartulina azul que parecía diseñado para escribir en él mensajes clandestinos. La nota decía: «Pienso en ti. Nos vemos en el Índigo».

Podría ser una nota de hace años. Joanie encuentra con frecuencia recibos desteñidos de vacaciones antediluvianas, tarjetas comerciales de empresas que ya no existen, entradas de cine para películas como *Waterworld* o *Tiempos de gloria*. La nota podría ser también de uno de sus amigos modelos gais. Le dicen cursiladas como esa continuamente, y el color de la tarjetita era un azul Tiffany bastante femenino. He desechado mis dudas por el momento y trato de borrar esa nota de mi memoria, aunque últimamente no puedo evitar pensar en su actitud misteriosa y su coquetería, en su capacidad para beber y beber, en lo que hace cuando ha bebido mucho, en la frecuencia con que ha salido con sus amigas por la noche. Cuando pienso en estas cosas, la idea de una aventura me parece posible, por no decir inevitable. Se me olvida que Joanie es siete años más joven que yo. Se me olvida que necesita alabanzas y diversiones constantes. Necesita sentirse deseada, y a menudo yo estoy demasiado ocupado para alabarla, divertirla o desearla. Aun así, soy incapaz de imaginarla teniendo un lío de verdad. Nos conocemos desde hace más de veinte años. Nos tenemos el uno al otro y no esperamos demasiado. Me gusta nuestra vida en común, y sé que a ella también. Mis sospechas no son muy oportunas en estos momentos.

Scottie sigue mirándome con los ojos entornados.

—Podrías haberla palmado —dice.

Me pregunto a qué viene ahora hablar de mi accidente. Últimamente, Scottie se dedica a señalar mis defectos, engaños y mentiras. Me está entrevistando. Soy el aspirante a sustituto. Soy el padre. Supongo que ella y Esther intentan prepararme para ese papel, pero me gustaría asegurarles que no hace falta. No soy más que el actor suplente, y la estrella no tardará en volver.

—¿Qué otra cosa desearías? —pregunto.

Está sentada en el suelo con el mentón apoyado en el asiento de una silla.

—Ir a comer —responde—. Me muero de hambre. Y un refresco. Necesito un refresco.

—Me gustaría que hablaras con ella —declaro—. Quiero que le digas algo antes de que nos vayamos. Puedo ir a buscarte un refresco. Os dejaré a solas, para que podáis hablar en privado. —Me levanto y estiro los brazos por encima de la cabeza. Cuando bajo la vista hacia Joanie, me siento fatal. Tengo mucha más movilidad que ella.

—¿Quieres algo light?

—¿Crees que estoy gorda? —inquiere Scottie.

—No, no creo que estés gorda, pero Esther te atiborra de azúcar, así que te voy a someter a un programa de desintoxicación, si no te importa. Las cosas están cambiando.

—¿Qué es un programa de desintoxicación? —Levanta sus delgados brazos por encima de la cabeza y se despereza. Me he percatado de que imita las cosas que hago y digo.

—Lo que tu hermana tendría que haber seguido —farfullo—. Vuelvo enseguida. Quédate aquí. Habla.

Entro en el vestíbulo, que está tranquilo. En la zona central de recepción, hay enfermeras, recepcionistas y visitas que esperan a que las enfermeras y las recepcionistas levanten la cabeza y les hagan caso. Cada vez que paso frente a las habitaciones de otros pacientes, intento no echar un vistazo dentro, pero no consigo resistir la tentación; miro al interior del cuarto contiguo al de Joanie. Es el del paciente popular, que suele estar repleto de familiares, amigos, globos, *leis* y flores, como si caer enfermo fuera un gran mérito. Hoy está solo. Sale del baño descalzo y sujetándose la bata de hospital para que no se le abra. Se nota que en el mundo exterior es un tipo bastante duro, pero la bata le confiere un aspecto delicado. Examina una postal que tiene encima de la mesa, la deja donde estaba y se acerca a la cama arrastrando los pies. Detesto las tarjetas tipo «mejórate pronto». Es como desearle a alguien que tenga un buen vuelo. En realidad uno no puede hacer gran cosa al respecto.

Sigo andando hacia la zona central y veo a Joy caminando hacia mí junto a otra enfermera. Joy, «alegría» en inglés, hace honor a su nombre a las mil maravillas.

—Señor King —saluda—. ¿Cómo se encuentra hoy?

—Estupendamente, Joy, ¿y usted?

—Bien, bien.

—Bien —digo.

—He visto que el periódico habla de usted —comenta—. ¿Ha tomado ya su decisión? Tiene a todo el mundo en ascuas.

La otra enfermera le propina un codazo leve.

—¡Joy! —exclama.

—¿Qué pasa? El señor King y yo nos llevamos así. —Y cruza los dedos dando a entender que somos uña y carne.

Prosigo mi camino hacia la tienda.

—Ocúpese de sus asuntos, jovencita. —Me esfuerzo al máximo por parecer despreocupado. Me resulta embarazoso que los desconocidos crean saber tanto sobre mí y que tanta gente, en especial mis primos, estén a la expectativa de lo que yo haga. Si supieran lo poco que he pensado en el asunto… Cuando el Tribunal Supremo confirmó la estructura de reparto del fideicomiso, convirtiéndome en el accionista principal, yo solo quería que me tragara la tierra. Es demasiada responsabilidad para un solo hombre, y tal vez me sienta un poco culpable por tener un poder de decisión tan grande. ¿Por qué yo? ¿Por qué dependen de mí tantas cosas? ¿Y qué hicieron las personas que me precedieron para que yo tuviera tanto? Tal vez suscribo la opinión de que detrás de toda gran fortuna hay un gran delito. ¿No es eso lo que dice el dicho?

—Adiós, señor King —dice Joy—. Ya lo avisaré si sale algo en el periódico de mañana.

—Genial, Joy. Gracias.

Soy consciente de que estas bromas que intercambio con Joy mosquean a otros pacientes. ¿Por qué me saluda a mí? Mi nombre seguramente acrecienta su envidia, por su sonoridad: el señor King («rey»). Como si yo hubiera pedido que me llamara así el personal del Queen's Hospital («hospital de la reina») para hacer una gracia. A los pacientes no les gusta que yo sea alguien, pero ¿no se dan cuenta de que ser alguien en un hospital no supone una ventaja? Es mejor no ser nadie; entrar y salir y que te olviden.

La tiendecita está repleta de detalles para demostrar cariño: caramelos, flores, peluches. Estas son las cosas que nos hacen sentir queridos. Me dirijo a la nevera del fondo, donde están los refrescos bajos en calorías. Me siento orgulloso de mi regla respecto a las bebidas sin azúcar. Nunca les había impuesto a mis hijas una norma tan específica aparte de «No, no te voy a comprar eso».

Antes de pasar por caja, echo una ojeada a las tarjetas para convalecientes. Tal vez haya alguna que Scottie pueda regalarle a su madre y que hable por ella. «Ponte bien. Despierta. Te quiero. No me dejes sola con papá.»

También hay postales, y contemplo en ellas los paisajes de Hawai: rocas escupiendo lava en Big Island, olas escupiendo a unos surfistas en Pipeline, una ballena que emerge cerca de la costa de Maui escupiendo agua, una bailarina escupiendo fuego en el Centro de Cultura Polinesia.

Hago girar el expositor metálico, y allí está ella: Alexandra. Es una foto que no había visto antes. Miro alrededor como si estuviera haciendo algo indebido. Un hombre pasa por detrás de mí e intento tapar con mi cuerpo la fotografía de mi hija. Cuando Alexandra tenía quince años, posó para la empresa Isle Cards, que publicaba postales con leyendas como «El sol y la playa me ponen caliente». Los bañadores de una pieza dieron paso al biquini de tanga. Los tangas dieron paso a tangas de hilo dental. Ni ella ni su madre me dijeron nada de esa sesión fotográfica hasta después de que las fotos salieran a la luz. Puse fin de inmediato a su fugaz carrera de modelo, pero de vez en cuando me topo con alguna de esas postales en los *drugstores* Longs. Por lo general las tienen en tiendas de Waikiki en las que no compra nadie que yo conozca, así que me olvido de que siguen vendiendo el cuerpo de mi hija por allí para que le estampen un sello y se lo envíen a gente de sitios como Oklahoma o Iowa. «Ojalá estuvieras aquí» en una cara, Alex en la otra, lanzando besos a la cámara o tomando el sol en posturas inverosímiles.

Paseo la vista en torno a mí en busca de la dependienta, pero estoy solo en la tienda. Miro si hay más tarjetas en las que aparezca ella, pero solo veo cinco copias de esa misma foto. Lleva un biquini blanco, está sentada a horcajadas sobre una tabla de surf e intenta protegerse con las manos del agua con la que la salpica alguien que está fuera de cuadro. Se está riendo, con la boca abierta de par en par. Tiene la cabeza echada hacia atrás. Su esbelto torso está perlado de gotas de agua. En realidad, si tuviera que elegir una de las fotos, esta sería mi favorita, porque en ella al menos sale risueña, haciendo algo normal para una chica de su edad. En otras se la ve mayor, rebosante de atractivo sexual y exasperada. Su expresión es la de alguien que sabe todo lo que hay que saber sobre los hombres, lo que le confiere un aspecto cabreado pero lujurioso a la vez. Es una expresión que nadie querría ver en la cara de su hija.

Cuando le pregunté a Joanie por qué dejó que Alex posara para esas fotos, respondió:

—Porque es a lo que me dedico. Quiero que respete mi profesión.

—Tú posas para catálogos y anuncios en los periódicos. ¿Quién no respetaría eso? —Enseguida descubrí que no era el comentario más atinado que podría haber hecho.

Una mujer china entra en la tienda y se coloca detrás de la caja.

—¿Ya está? —me pregunta.

Lleva un *muumuu*, un blusón de colorines hawaiano, y unos pantalones de poliéster azul marino. Tiene pinta de haberse escapado de un manicomio.

—¿Por qué vende estas postales? —pregunto—. Es una tienda de regalos para convalecientes. Estas tarjetas no son para desearles que se mejoren.

Coge las postales que tengo en la mano y las mira, una detrás de otra.

—Son todas la misma tarjeta. ¿Quiere comprar la misma tarjeta?

—No —digo—. Le estoy preguntando por qué las vende en una tienda de regalos de un hospital.

Me doy cuenta de que esta conversación no me llevará a ningún sitio. Degenerará en un combate verbal macarrónico, confuso y agresivo.

—¿Qué pasa? ¿No le gustan las chicas o qué?

—No —replico—. Me gustan las mujeres. No las menores de edad. Mire. —Cojo una postal que dice: «Ponte bien, abuelito»—. Este es el tipo de tarjeta que resulta apropiado. —Le enseño a mi hija—. Esta no es apropiada. Ni siquiera es para convalecientes. Es una postal para turistas.

—Es mi tienda. Y en el hospital también hay *haoles*.* Se hacen daño aquí, luego se ponen buenos y quieren llevarse un recuerdo al continente.

—¿Quieren un recuerdo de su viaje al hospital? Oiga, da igual. Tenga.

Ella agarra las tarjetas y se encamina hacia el expositor metálico para dejarlas donde estaban.

—No —le digo—. Quiero comprarlas. Las quiero todas. Y también estos dos refrescos.

Ella se detiene. Parece confundida, como si toda nuestra conversación hubiera sido fruto de su imaginación, pero no dice una palabra ni siquiera me mira mientras me cobra. Le doy dinero, me da la vuelta.

—Una bolsa, por favor —digo. Me entrega una de plástico, y oculto en ella a mi hija—. Gracias.

Mueve la cabeza, pero no me mira. Se concentra en la caja registradora. Por algún motivo, siempre acabo peleándome con señoras chinas.

Regreso a la habitación 612, donde me espera mi otra hija

* Los hawaianos denominan así a las personas que no son de origen polinesio, especialmente a los blancos. *(N. del T.)*

loca. Me produce una sensación extraña llevar copias de Alex en la mano y pensar que ha estado todo ese tiempo aquí antes de que yo la rescatara.

Joanie y Alex tienen desavenencias. Así lo expresa Joanie cuando le hago preguntas al respecto. «Ya se le pasará cuando madure», dice, aunque siempre me ha parecido que ella también tenía que madurar. Antes lo hacían todo juntas, y supongo que Joanie debía de ser una madre divertida, pues era joven, estaba en la onda e iba a la última, pero poco después de que Alex dejara de trabajar como modelo, se distanciaron mucho. Alex se encerró en sí misma. Joanie se centró más en las carreras. Alex empezó a salir sin permiso, y luego a tomar drogas. Fue a Joanie a quien se le ocurrió enviarla a un internado durante este último año escolar, pero habíamos previsto que en enero Alex se instalara de nuevo en casa y reingresara en su viejo instituto. Algo ocurrió por Navidad, ella se enzarzó en una discusión con su madre o algo así, y de pronto estaba encantada con el internado y ansiosa por volver allí. Les he preguntado a las dos cuál fue el motivo de la disputa, por qué Alex regresó al internado, pero nunca me han dado una respuesta clara. Como Joanie siempre ha tomado las decisiones respecto al colegio y, de hecho, respecto a todo lo relacionado con nuestras hijas, he dejado correr el asunto. «Tiene que entrar en razón —decía Joanie—. Va a volver al internado.»

«No aguanto más —decía Alex—. Mamá ha perdido la cabeza. No quiero saber nada más de ella, y tú tampoco deberías.»

Tanto dramatismo y tanta tensión entre las dos me pone triste, sobre todo porque echo de menos a Alex y la relación que tuve con ella en otro tiempo. A veces pienso que si Joanie se muriera, Alex y yo saldríamos adelante. Todo marcharía sobre ruedas entre nosotros. Nos querríamos y confiaríamos el uno en el otro con la misma facilidad que antes. Ella podría regresar a casa y no sería un puto desastre. Por otro lado, claro está, dudo que, si mi esposa falleciera, nuestra vida fuera mejor —pensar eso sería una barbaridad—, y, por descontado, no creo que Joanie sea la fuente de todos los problemas de Alex. Estoy convencido de que yo también tengo algo que ver. No he sido el padre más atento del mundo. Llevo mucho tiempo sumido en un estado de inconsciencia, pero intento cambiar. Y creo que lo estoy haciendo bastante bien.

Me detengo frente a la puerta de la habitación de mi esposa y veo a Scottie jugar a la rayuela sobre el linóleo, marcando su posición con un abatelenguas de madera.

—Tengo hambre —dice—. ¿Podemos irnos? ¿Me has conseguido el refresco?

—¿Habéis hablado?

—¿Sí? —dice, pero sé que miente por el tono interrogativo de su respuesta.

—Bien —digo—. Vámonos a casa.

Scottie se acerca a la puerta sin echarle un vistazo siquiera a su madre. Me quita el refresco de la mano.

—Tal vez vengamos de nuevo más tarde —le aseguro innecesariamente. Miro a mi esposa y percibo una leve sonrisa en sus labios, como si ella supiera algo que yo ignoro. Pienso en la nota en la cartulina azul. Me cuesta no pensar en ello.

—Despídete de mamá.

Scottie se queda quieta por un instante, pero luego sigue andando.

—Scottie…

—¡Adiós! —chilla.

La aferro del brazo. Podría gritarle por querer marcharse, pero no lo hago. Alzo la vista para comprobar si alguien nos mira, porque creo que se supone que hoy en día no hay que sujetar a un niño de forma agresiva. Los días de los azotes, las amenazas y el azúcar han pasado a la historia. Ahora lo que se lleva es la terapia, los antidepresivos y los edulcorantes. Veo al doctor Johnston al fondo del pasillo, caminando hacia nosotros. Interrumpe su conversación con los otros médicos y me hace señas de que espere. Levanta la mano como diciendo «Deténgase». Tiene una expresión ansiosa pero seria. Dirijo la mirada hacia el otro lado y de nuevo hacia él. Aprieta el paso y yo entrecierro los ojos, fingiendo por alguna razón que no lo reconozco. ¿Y si estoy equivocado?, pienso. ¿Y si Joanie no sale de esta?

—Scottie —digo—. Por aquí.

Echo a andar en la dirección contraria, alejándome del doctor Johnston, y ella gira sobre sus talones para seguirme.

—Más deprisa —le indico.

—¿Por qué?

—Es un juego. Echemos una carrera. Camina deprisa. Corre. —Sale disparada, con la mochila saltando a su espalda, y yo la sigo, primero a paso veloz y luego trotando, y como el doctor Johnston es padre de mi amigo y era amigo de mi padre, me siento como si volviera a tener catorce años y huyera de los patriarcas.

Recuerdo que lancé huevos contra la casa del doctor Johnston para gastarle una broma a su hijo Skip. Los tres —Blake Kelly, Kekoa Liu y yo— pusimos pies en polvorosa, y el doctor Johnston nos persiguió en su furgoneta. Estuvo a punto de atropellarnos y, cuando atajamos por una callejuela, bajó del vehículo y siguió a pata, hasta que al final nos acorraló. Llevaba una bolsa de supermercado y nos dijo que una de dos: o llamaba a nuestros padres o lo ayudábamos a despachar el revoltillo de tofu de su esposa. Escogimos la segunda opción, y entonces él metió la mano en la bolsa y nos dio una cucharada de nuestra propia medicina. Nos marchamos con revoltillo de tofu en el pelo, en las orejas, en todas partes. Todavía nos llama «los atofuados» y se ríe como un loco, antes de gritar «¡Bu!», cosa que sigue sobresaltándome un poco. Pero últimamente no. Lleva un tiempo sin hacer eso.

Corro por el pasillo con mi hija, sintiéndome como si estuviera en otro país. Alrededor de nosotros, la gente habla en el dialecto local y nos fulmina con la mirada, como si fuéramos unos blancos dementes, pese a que somos hawaianos. Sin embargo, como no lo parecemos, no nos consideran hawaianos auténticos, pues tampoco hablamos como tales.

Quedé con el doctor Johnston para el martes. Ese es el día programado para nuestra cita, y ese es el día que me presentaré. No quiero saber nada hasta entonces. Ahora mismo tengo demasiadas cosas de las que ocuparme. Echo un buen vistazo en torno a mí. Durante veintitrés días, este ha sido mi mundo: las personas intercambiando miradas, intentando adivinar por qué están aquí, portadas de revistas en las que aparecen los seres más sanos del planeta. Veo el tren eléctrico en la vitrina, dando vueltas lentamente por una maqueta de una costa en la que ciudadanos en miniatura están rígidamente sentados en las playas. Huyo del diagnóstico. Estaré listo para oírlo mañana.

3

Le digo a Esther que no se pase tanto con la manteca de cerdo. No hace falta que le eche manteca al arroz, el pollo y los frijoles de Scottie. Le digo que no se ha leído los blogs. Yo sí los he leído. Sé lo que Scottie debe comer.

Ya le he pillado el tranquillo a las labores domésticas. Ayudo a administrar la casa, a decidir qué come Scottie, cuándo se va a dormir, qué tiene permiso para ponerse, ver y hacer. Digo cosas como «tiempo muerto» o «rebobinemos» y le indico que consulte la Puerta de Tareas, un invento mío: es una trampilla en el estudio en la que pego notas con sus obligaciones para la semana. En cierto modo son divertidas estas responsabilidades, y creo que Joanie quedará gratamente impresionada.

—Es grasa de la buena —alega Esther—. Está muy delgada. Esta grasa es buena.

—No —replico—. Hay grasas buenas, pero esa no es una de ellas. —Señalo la sustancia blancuzca que se derrite lentamente como cera en la cacerola. En páginas web para padres he leído que el sirope de maíz, las grasas hidrogenadas y los nitratos son malos y que la soja es buena, al igual que los productos orgánicos e integrales. También me he enterado de que Scottie necesita una vacuna de recuerdo contra la tos ferina y la meningitis, y de que existe una vacuna para el virus del papiloma humano, que causa verrugas genitales y puede llegar a provocar cáncer cervical. Se recomienda como medida preventiva para prepúberes antes de que se vuelvan sexualmente activos. Cuando lo leí, me horroricé tanto que intervine en el chat sobre vacunas y acabé recibiendo una severa reprimenda por parte de la madre de Taylor. «¿Por qué no protegerlos en todo lo que podamos? Sí, padre de Scottie, yo les pondría una vacuna contra la soledad y contra la aflicción si fuera posible, QLS. ¡Además, no estamos hablando de lo mismo! ¡Las verrugas genitales no son sentimientos! Son verrugas y podemos erradicarlas.»

Tuve que preguntarle a Scottie qué significaba QLS, porque ahora que presto más atención a sus actividades, me he percatado de que envía constantemente mensajes de texto a sus amigas, o al menos espero que sean sus amigas y no un pervertido en albornoz.

—«Que lo sepas» —me explicó Scottie y, por algún motivo, el no haberlo entendido en un primer momento me hizo sentir totalmente derrotado.

Es demencial todo lo que se supone que los padres tenemos que saber hoy en día. Yo me crié en un ambiente en que la ausencia del padre era algo con lo que se podía contar. Ahora veo a un montón de tipos con bolsas de pañales de camuflaje y bebés colgados del pecho como pequeños mascarones de proa. Cuando yo era un padre joven, recuerdo que me molestaba que todo el mundo se desviviera por atender a las niñas, que eran muy pequeñas. La visión de Alex en su cochecito a veces me irritaba; apoyaba una de sus piernecitas de párvula sobre la barra de seguridad y se repantigaba en el asiento. Joanie le llevaba algo y ella sacudía la cabeza. Joanie lo intentaba una y otra vez hasta que Alex aceptaba alguna de las cosas que le ofrecía y se la arrebataba de las manos. Yo miraba a Alex, al fin satisfecha con su tentempié, convencido de que ahí dentro había una persona adulta que nos estaba tomando el pelo a todos. Scottie, por su parte, se limitaba a señalar las cosas y a soltar gruñidos o berridos. Me sentía como si viviera con la realeza. Le decía a Joanie que esperaríamos a que las chicas se hicieran mayores para intentar comprenderlas de verdad, pero ellas crecieron y crecieron a mis espaldas.

Esther, como de costumbre, está tarareando. Aunque nuestra cocina es bastante espaciosa, me parece pequeña cuando me encuentro allí con ella. Es un retaco de mujer, que no tiene conciencia alguna de su cuerpo; siempre me roza la cadera o el abdomen con su barriga. Estoy cortando zanahorias y apio para que Scottie moje las rodajas en un cuenco de aderezo cremoso. Me doy cuenta de que Esther y yo estamos librando una especie de batalla culinaria, como concursantes en un programa de cocina, compitiendo por prepararle el mejor almuerzo a mi hija.

—¿Has hablado ya con tu familia?

—Aún no —responde.

Hace solo una semana, le anuncié a Esther que prescindiríamos de sus servicios, aunque me siento fatal por ello, pero la mujer asegura que su familia está pasando unos días fuera de San Diego y que ella no tiene llave de su casa.

—¿Siguen de vacaciones? —pregunto.

—Sí —contesta.

—¿En la costa de Nueva Jersey, dices?

—Sí, en Nueva Jersey.

—Qué bonito. —Me agacho para recoger trozos de verdura que se me han caído, y Esther pasa por detrás de mí. Noto que me roza el culo con la panza.

—De todos modos, no está usted listo —afirma—. Hay muchas cosas que no le he explicado todavía.

Ha estado aprovechándose de sus años de experiencia con Scottie para gozar de cierto poder sobre mí, dosificando sus conocimientos a fin de prolongar su estancia. Yo se lo permito porque no puedo negar que me resulta útil ni que le tiene mucho cariño a Scottie. Sus métodos son geniales; realmente necesito que me enseñe más cosas antes de marcharse. Es como si estuviera preparando de nuevo el examen para ejercer la abogacía; estoy llenando mi cabeza de reglas, aprendiendo la lógica y el lenguaje de las preadolescentes. Esther me explica lo que le gusta a Scottie: la Xbox, bailar, *SMART* (la revista hawaiana de belleza y moda), la pasta de almendras, las hamburguesas, Jay-Z, Jack Johnson, crear listas de reproducción para su iPod, enviar mensajes de texto. Intento convencerme de que necesito saber esto porque es posible que, durante un tiempo, Joanie esté débil, desmejorada; tal vez tarde una larga temporada en recuperar la plena forma mental o física, pero nunca intento convencerme de que necesito familiarizarme con las costumbres de esta criatura dada la posibilidad de que Joanie se muera.

—¿Seguimos? —pregunto.

Esther suspira como si esto la agotara, pero sé que lo pasa bien en nuestras sesiones de estudio. Le brindan la oportunidad de convertirse en profesora de su jefe, de revelarme a la chica que tan bien conoce y de moldear a la chica que quiere que Scottie llegue a ser.

—Le gusta leer *Jane* y escuchar música —dice Esther mientras remueve la grasa y los frijoles en la cacerola. La cocina huele a infarto de miocardio—. Antes le gustaba MySpace, pero ahora se dedica al álbum de recortes. Le gusta *Dog el cazarrecompensas*. Le gusta que le froten la espalda.

—¿Que le froten la espalda?

—Sí, cuando era un bebé, le frotaba la espalda hasta que se dormía. Todavía lo hago cuando se despierta con pesadillas. —Revuelve el contenido de la cacerola con una cuchara de madera.

—¿Pesadillas? ¿Qué pesadillas tiene últimamente?

Es una pregunta estúpida. Su madre se encuentra en un estado próximo a la muerte y su actividad cerebral está en el nivel último y más bajo, pero me resisto a reconocer que esto tiene un efecto psicológico profundo sobre Scottie.

—No lo sé —dice Esther—. Todavía no le he explicado lo de las pesadillas de los niños. Es algo muy común. Llegaremos a eso la semana que viene.

Aprecio mucho a Esther y no quiero que se vaya. Lo que ocurre es que me cuesta asimilar la idea de tener una niñera mexicana. Nunca creí que Scottie necesitara una niñera, ya que Joanie no tenía un trabajo de verdad, y no me gustaba gastar el dinero pagándole a alguien por cuidar a mi hija. Además, me siento como un colonialista al tener a Esther en casa, sobre todo ahora que colaboro en las tareas del hogar y ella se dedica principalmente a limpiar y cocinar. Desde que pasamos más tiempo juntos, ella ha adquirido una gran agilidad mental para replicarme y un sentido del humor que la han convertido en una criada mexicana descarada y sabia, como las de las telecomedias. Pero tengo que pensar en lo que es mejor para mi familia y dejar de preocuparme por cómo la perciben otros, una falta de la que he sido culpable toda mi vida, por intentar demostrar que soy estupendo y no solo un descendiente de alguien estupendo.

Tengo un conflicto interior debido a mi herencia. Nací en el seno de una de esas familias hawaianas que hacen dinero merced a la suerte y a los muertos. Da la casualidad de que mi bisabuela fue una princesa. Una pequeña monarquía decidió qué tierras les pertenecían, y ella heredó una buena parte de ellas. Mi bisabuelo, un hombre de negocios *haole*, se las había apañado bastante bien por su cuenta. Era un buen especulador inmobiliario, un buen banquero. Toda su descendencia, al igual que los descendientes de los misioneros de Hawai, los dueños de plantaciones de azúcar y demás, siguen beneficiándose de estas transacciones de otros tiempos. Nos quedamos cruzados de brazos mientras el pasado arroja millones a nuestros pies. Mi abuelo, mi padre y yo rara vez tocamos el dinero que ganamos con el fondo fiduciario. Nunca me ha gustado que las cifras de mi patrimonio sean del dominio público. Soy abogado, y vivo únicamente del dinero que gano como abogado, no de lo que he heredado. Mi padre siempre decía que era lo correcto, y de este modo el legado que dejaré a mis hijas será aún más cuantioso. En cualquier caso, no me gustan las herencias. Creo que todo el mundo debería empezar de cero.

Pienso en Joy, en su sonrisa maliciosa. Seguramente debería echarle una ojeada al periódico de hoy, pero sospecho que ella ha leído algo sobre los beneficiarios y sobre el valor al que asciende nuestra fortuna, y está haciendo elucubraciones sobre la decisión que debemos tomar esta semana o, mejor dicho, la que tomaré yo, pues mi voto vale más que el de los demás. Me pertenece cerca de una octava parte de los fondos, mientras que a cada uno de los demás le toca una vigesimocuarta parte. No me cabe la menor duda de que están encantados con la situación.

—De acuerdo —le digo a Esther—. Puedes guardarte lo de las pesadillas, pero sígueme contando lo demás. —He decidido concentrarme un poco en mi hija mientras preparamos el almuerzo, y ponerme esta tarde a estudiar las ofertas por las propiedades de los King. Elegiré a un comprador y despacharé ese asunto de una vez por todas.

—Le gustan los bolsos y los vaqueros Seventween de cintura baja.

Vierte el arroz, los frijoles y el pollo sobre una tortita hecha al vapor. Dispongo las verduras en una fuente, junto a un emparedado de pavo. Coloco en torno a la fuente tres boles que contienen salsas diferentes: de nata agria y mayonesa, de mango y de pasta de almendras. Esther mira la pasta de almendras como si fuera un punto en su contra.

—¿Y? —pregunto.

—Y... no lo sé. Le queda tanto por aprender... Le gustan muchas cosas, pero usted también tiene que saber lo que no le gusta. Me llevará meses explicárselo. Incluso cuando vuelva su mujer, ella no sabe demasiado. —Oímos a Scottie acercarse por el pasillo, así que Esther baja la voz—. Le gusta mucho que le lea *Mamá Oca*.

—¿Su libro de rimas de cuando era pequeña?

—Ese. La hace tan feliz… A veces le leo los mismos versos una y otra vez. Se pone muy contenta y se ríe a carcajadas, encantada.

Me pregunto si Scottie estará sufriendo una regresión a la infancia, si le gustan las rimas para niños porque la retrotraen a una época más feliz e inocente.

—Debería leer novelas juveniles —susurro.

—Lee lo que le da la gana —susurra Esther a su vez.

—No, creo que necesita libros con moralejas y enseñanzas que la ayuden a afrontar los retos de la edad adulta, no cuentos sobre señoras solteras que no pueden dejar de tener hijos y que llevan una vida caótica en una bota con cordones.

En cuanto vemos entrar a Scottie, los dos nos callamos. Esther desliza su plato hacia delante, yo empujo mi bandeja también, y Scottie se sienta en un taburete, con la vista fija en nosotros y después en la comida que le hemos puesto enfrente.

Corta un trozo de enchilada, mientras con la otra mano escribe, o teclea, un mensaje de texto para una de sus amigas.

Esther se vuelve hacia mí y sonríe.

—Le gusta la manteca.

4

Justo cuando me dispongo a irme a mi habitación para poner manos a la obra, Esther me dice que la señora Higgins ha llamado y que quiere que le devuelva la llamada de inmediato. Limpia los fogones con un trapo y rasca la suciedad más rebelde con la uña, soltando un gemido. Juraría que lo hace a propósito para darme lástima.

—¿Quién es la señora Higgins?

—La madre de Lani.

—¿Quién es Lani? —pregunto.

—Una amiga de Scottie, tal vez. Llámela. —Toma un largo sorbo de agua y suspira ruidosamente.

—¿Podrías llamarla tú? Sabes que tengo trabajo.

—Ya he hablado con ella. Quería hablar con la señora King.

—¿Y qué le has dicho?

—Que la señora King está enferma. Después me ha pedido que la pusiera con usted.

—Genial —digo. Querrá que la ayude con una venta benéfica de tartas, que nos turnemos para llevar a nuestras respectivas hijas al colegio o que me ofrezca voluntario para organizar un baile. Es lo malo de cuando sobreviene una crisis. Mi esposa está en coma, pero eso no impide que la vida siga su curso. Aún tengo que lidiar con el colegio de Scottie, facturar horas de trabajo, encargarme de ese fondo fiduciario.

Mientras Esther sale de la cocina con un cubo lleno de productos de limpieza, yo marco el número de la señora Higgins en el teléfono de la cocina. Todos los platos del almuerzo están recogidos. La gran cacerola negra descansa boca abajo en el escurridor. El suelo está reluciente y resbaladizo. Veo mi cara reflejada en las encimeras.

Una mujer coge el teléfono y prácticamente canturrea «¿Diga?». Me gusta que la gente conteste así cuando la llamo. Sobre todo si son mujeres.

—Hola, qué tal. ¿Hablo con la señora Higgins?

—¿Sí? —responde.

Los operadores de telemarketing deben de adorarla.

—Hola, soy Matt King. Me ha llamado usted antes. Soy el padre de Scottie. En realidad, ni siquiera sé si su hija es compañera de clase de la mía, solo he dado por sentado que…

—Sí, Lani es compañera de Scottie —dice. La cadencia dulce de su voz se ha esfumado.

—Lo siento, mi esposa no se encuentra bien y no ha podido devolverle la llamada, pero ¿en qué puedo ayudarla?

—Bueno —titubea—, vamos a ver. ¿Por dónde empezar?

De entrada imagino que se trata de una pregunta retórica, pero ella parece esperar de verdad que yo le indique por dónde empezar.

—Supongo que podría empezar por el principio —sugiero.

—De acuerdo —dice—. Este es el principio: por lo visto, su hija le está enviando a la mía unos mensajes en los que le dice cosas bastante repugnantes, y me gustaría que dejara de hacerlo.

—Ah —murmuro—. ¿Qué cosas?

—La llama Lani Gorrins y Lani Moo.

Lani Moo es una caricatura de una vaca, logotipo de una empresa local de productos lácteos.

—Vaya —digo—. Lo siento de veras. Los niños se insultan a veces, supongo. Es su forma de demostrarse cariño.

—Consulto mi reloj. Me viene a la memoria el día que Joanie me lo regaló.

—Le escribe «bonita blusa» a mi hija. O «bonitos pantalones».

—Eso es bueno —digo.

—¡Es cibersarcasmo! —exclama, y yo me aparto el auricular de la oreja, no porque el grito sea agudo, sino porque la voz suena grave y áspera, como la de una mamá lobo.

—Pero tal vez no sea, eh… cibersarcasmo, sino un elogio sincero.

—Escribe «CS» después. Es la abreviatura de *cibersarcasmo*. Además, llama a mi hija Lanikai, dando a entender que es tan grande como un barrio entero.

Guardo silencio. Incluso sonrío un poco, porque me parece ingenioso.

—Por si fuera poco —prosigue—, su hija ha dicho que le da miedo ser su pareja en el rocódromo, pues Scottie no quiere caerse en la raja del culo de mi hija. Eso ni siquiera tiene sentido.

Estoy a punto de replicar que Scottie podría estar insinuando que la raja del culo de Lani es más grande de lo normal, como una grieta, debido a la escala descomunal del resto de su cuerpo. Es la continuación lógica de los chistes de gordos, pero me abstengo.

—Es terrible —comento.

—Escuche esto —dice la señora Higgins—. Le leeré su última obra: «Todos sabemos que te ha crecido el felpudo durante el verano». Eso es todo. Se pasa el día enviándole mensajitos como ese, sin ningún motivo. Mi hija nunca se mete con ella.

Pienso en Scottie, que está almorzando en la cocina, y me pregunto si ha estado mandándole SMS a Lani allí mismo, sentada frente a la encimera.

—Es terrible —repito—. Y muy impropio de ella. Es una chica muy dulce. Por desgracia, su madre no está bien de salud, y tal vez por eso lo hace. Quizá sea su forma de enfrentarse a la situación.

—Me importan una mierda sus circunstancias familiares, señor King.

—Caray —digo.

—Solo sé que mi hija llega a casa del colegio hecha un mar de lágrimas. Y sí, se está desarrollando de forma un poco prematura y es muy sensible respecto a su crecimiento, y a lo mejor no compra en Neiman's Kids o en las tiendas en las que ustedes le compran la ropa a Scottie.

—Claro, claro —digo—. Lo siento. De verdad que lo siento.

No he leído ningún blog que trate el tema de los insultos, y Esther no me ha preparado en absoluto para esto. Scottie me ha engañado. Tengo ganas de preguntarle: «¿Quién eres en realidad?».

—Quien debería sentirlo es Scottie. Quiero que venga aquí a disculparse, y que reciba la reprimenda que merece.

—Hablaré con ella —le aseguro—. Llegaré hasta el fondo del asunto. Lamentablemente, esta semana estamos muy ocupados con... esto... sus circunstancias familiares, pero créame que me hago cargo y que hablaré con Scottie de inmediato.

—Es un buen comienzo —admite—, pero quiero que Scottie le pida perdón a Lani y que nunca vuelva a enviarle mensajes.

—¡Si son amables, sí! —Oigo que dice una voz al fondo.

—De hecho, quiero que venga hoy mismo, o de lo contrario tendré que hablar con el director. No podrá usted librarse a golpe de talonario.

—¿Cómo? ¿De qué está hablando?

—Usted decide, señor King. ¿Le aviso a Lani que vienen ustedes ahora mismo, o prefiere entendérselas con las autoridades del colegio?

Anoto su dirección. Le hago promesas. La vida sigue su curso.

5

Durante el trayecto a la casa de los Higgins, que viven cerca, en Kailua, le doy instrucciones a Scottie. Tenemos que entrar y salir deprisa.

—Debes pedir disculpas, y de corazón. Necesito ponerme a trabajar, así que nada de gilipolleces.

Ella no dice nada. Le he requisado el aparatito de los mensajes, y tiene las manos abiertas sobre el regazo, como si sujetara un móvil invisible.

—¿Por qué le escribes esas cosas? ¿Qué necesidad tienes de ser tan cruel con alguien? ¿Cómo se te ocurren todos esos insultos?

—No lo sé —dice, con la voz cargada de irritación.

—La has hecho llorar. ¿Qué ganas con poner triste a alguien?

—No sabía que fuera tan sensible. A veces me responde «XD», así que no creía que fuera a reaccionar como una pardilla.

—¿Qué significa «equis de»?

—Es una carita riéndose —farfulla.

—¿Le escribes todos esos mensajes tú sola?

No responde. Pasamos frente a las tiendas de antigüedades y el concesionario lleno de furgonetas gigantescas. Cuando viramos hacia la avenida flanqueada por establecimientos comerciales más modernos, los dos miramos a los chavales que hacen acrobacias en monopatín debajo de la higuera de Bengala. Siempre los miramos; seguramente los mira todo el mundo cuando enfila Kailua Road.

—¿Te sientas un rato a escribir mensajes desagradables y después sigues con tus cosas?

—No.

—Pues entonces, ¿qué?

—Las escribo con Reina. Se ríe mucho y luego les enseña a Rachel y a Brooke y a las demás lo que he escrito.

—Sabía que ella tenía algo que ver en esto. Lo sabía.

Reina Burke. Doce años de edad. La veo en el club con un biquini diminuto y los labios pintados; destila una seguridad en sí misma que ninguna niña de doce años debería tener. Me recuerda a Alexandra; hermosa y ligera de cascos, ansiosa por desterrar su infancia como si fuera una mala costumbre.

—No quiero que te juntes más con esa chica —le digo.

—¡Pero, papá, ya he quedado con ella y con su madre el jueves!

—Vas a ir a ver a tu propia madre.

—¡Mamá ni siquiera puede abrir los ojos! —exclama—. Ya nunca los va a abrir.

—Claro que los va a abrir. ¿Te has vuelto loca? —Mantiene la vista fija al frente—. Tienes que estar con tu madre, no con la madre de otra.

—¿Puede Reina acompañarnos al hospital? Ya no veo a nadie desde que no voy al cole.

Me sorprende que quiera llevar a una amiga al hospital, pero se me ocurre que, si Reina está allí, tal vez Scottie interactúe con Joanie. En presencia de su amiga no se quedará sentada, mirando sin decir nada.

—De acuerdo —accedo—. Si le pides disculpas a esta chica y te portas bien con ella de hoy en adelante, te doy permiso para que traigas a Reina el jueves.

—Vale, pero necesitaré mi BlackBerry para decírselo y para enviarle mensajes agradables a Lani Moo.

—Puedes usar el teléfono, por Dios santo, y deja de llamar así a Lani.

Atravesamos la localidad de Kailua, que ha sufrido recientemente una remodelación que le ha proporcionado el aspecto de un centro comercial de carretera como los que abundan en las zonas residenciales de todo Estados Unidos. Hay turistas por doquier, pese a que antes apenas visitaban nuestra ciudad. Sé que cuando venda los terrenos, el comprador los urbanizará y convertirá en algo idéntico a esto. Por otro lado, me gusta cómo ha quedado el centro comercial, y a Joanie también. Es una entusiasta del aburguesamiento urbanístico.

—¿Podemos ir a tomar un batido de frutas?

—No.

—¿A comer una hamburguesa?

Eso sí que suena bien.

—No.

—Oh, venga ya, dime que no te zamparías una Monster doble ahora mismo.

—Acabas de comer, Scottie.

—Vale. Un batido de crema de cacahuete, entonces.

Se me hace la boca agua.

—Basta, Scottie. La respuesta es no a todo.

El tráfico se ralentiza, y avanzamos a paso de tortuga hacia el semáforo. Una familia nos adelanta caminando sobre el césped. El padre sujeta un kayak de plástico amarillo por encima de la cabeza. Todos los miembros de la familia, los dos niños, sus padres y otros dos adultos, llevan camisetas moradas con la leyenda «Reunión familiar de los Fischer».

—Pringados —mascula Scottie.

Los dejamos atrás, nos detenemos y entonces ellos nos dejan atrás a nosotros. El semáforo se pone verde, y los vehículos empiezan a moverse de nuevo. Cuando pasamos junto a ellos, Scottie se asoma a la ventanilla.

—¡Pringados! —grita. El padre extiende de inmediato el

brazo frente a su mujer y sus hijos como para impedir que salgan volando hacia delante.

—¡Scottie! —digo—. ¿A qué ha venido eso?

—Creía que te haría reír.

Miro a la familia Fischer por el espejo retrovisor. El padre le hace gestos vehementes al hijo mayor, que se quita la camiseta y la tira al suelo. Me palpita la cabeza.

—Sube la ventanilla. Anda, dale a la manivela —ordeno.

—No va con manivela. No estamos en los años veinte.

—Pues pulsa el botón o lo que sea, joder. Además, todavía hay coches con ventanillas que se abren y se cierran con manivela. Son modelos básicos. Eso no tiene nada de malo.

—Gira aquí mismo —dice Scottie.

—¿Sabes dónde vive?

—Me invita a su fiesta de cumpleaños, prácticamente todos los años.

—Deja de decirme las cosas como si yo tuviera que saberlas.

—Es esa —me indica.

—¿Cuál?

—Esta de aquí.

Piso el freno con fuerza y aparco junto al bordillo redondeado. Alzo la mirada hacia la casa, que se parece a todas las casas de la urbanización Lagos Encantados: tiene una puerta principal que nadie utiliza, la puerta mosquitera junto al garaje, abierta, y con sandalias de goma y zapatos sobre la alfombrilla de caucho. Bajamos del coche y, mientras caminamos por el sendero que conduce a la casa, le pregunto a Scottie, refiriéndome a Lani:

—¿Así que erais amigas?

—Sí, hasta la fiesta del año pasado. Me dejó fuera de la casa sin dejarme entrar y tuve que pasarme el día ahí sentada mientras todos se reían de mí desde dentro. —Señala una mesa que está dentro del garaje. Es otra característica de Lagos Encantados: nadie usa sus garajes para guardar coches. Se utilizan más bien para comer fuera de casa e instalar neveras supletorias—. Se creía que era lo más, pero entonces yo me hice popular, ella se infló como un globo y se volvieron las tortas.

—Las tornas —la corrijo—. Se volvieron las tornas.

La señora Higgins está de pie detrás de la puerta mosquitera. La abre para dejarnos pasar. Le estrecho la mano y la saludo y, como sigue sujetando la puerta para que no se cierre, nos quedamos muy arrimados, lo que me da la sensación de que vamos a besarnos o a pelear.

—Gracias por venir —dice en un tono grandilocuente, como si estas palabras demostraran una gran generosidad hacia mí.

—Faltaría más. —Me asalta un impulso casi incontenible de revelarle que mi esposa está en coma, pero desde un principio me propuse no esgrimir eso jamás como una exculpación o una victoria.

Ella observa nuestros zapatos, y al fijarme en sus pies, caigo en la cuenta de que debería descalzarme, cosa que detesto. Me quito los zapatos y me quedo ahí de pie, en mis calcetines negros. Uno es de un tono más oscuro que el otro. Scottie avanza unos pasos corriendo, luego se desliza sobre el suelo y hace estallar un globo de chile en su boca. Me entran ganas de decirle que tire ese chicle, le confiere un aire insolente. La señora Higgins nos guía hasta la sala de estar, y entonces veo a una niña, que debe de ser Lani, sentada en el sofá con las piernas cruzadas. Tiene un peinado afro castaño de chica blanca, espeso y suave, y una nariz respingona que hace honor a su apodo, Lani Gorrins. Se nota que quiere a Scottie porque se le ilumina el rostro, descruza las piernas y se inclina hacia delante.

Contemplo a su madre, una versión delgada del ser que está en el sofá, lo que abre la puerta a cierta esperanza; advierto que los ojos de Lani son de un azul muy bonito y que tiene el cutis blanco y terso. Dentro de unos años podría ser preciosa. O no.

—Scottie —empiezo—, ¿hay algo que quieras decirle a Lani?

—Lo siento —dice Scottie.

—No pasa nada —dice Lani.

—Estupendo —digo yo—. Bueno, ha sido un placer conoceros a las dos.

—Scottie —interviene la señora Higgins—, las cosas que has dicho son sencillamente perversas.

Miro a mi hija, intentando transmitirle con la mirada que se limite a seguirle la corriente.

—No sé qué problemas has tenido en la vida para convertirte en una jovencita tan despiadada.

—Eh, oiga —tercio yo—. Ha pedido perdón. Los niños son crueles. Se portan así para advertir a los otros críos que no se metan con ellos, ¿o no?

—Tiene que aprender a ser la misma persona cuando escribe mensajes que en el mundo real —asevera la señora Higgins.

—Estoy de acuerdo.

—Tiene que aprender a no pelearse a través de los mensajes. Es una de las normas del colegio.

—¿Lo has entendido, Scottie? —pregunto. Me pongo de rodillas para que mis ojos estén a la altura de los suyos, algo que Esther dijo que había aprendido en un programa de la tele sobre niñeras combativas—. Tienes que hablarle a la gente a la cara.

Scottie asiente con movimientos exagerados, apuntando al cielo con el mentón antes de bajarlo hasta el pecho.

—No ha aprendido la lección. —La señora Higgins esboza una sonrisa airada que no me gusta nada—. Va a seguir haciéndolo. Se le nota.

—No —replico—. Todo irá bien. Es como cuando Lani dejó a Scottie fuera de la casa en su fiesta de cumpleaños. Fue una crueldad, y seguramente lo hiciste para impresionar a tus amigas, ¿verdad? —le pregunto a Lani.

Lani hace un gesto afirmativo antes de reprimirse y quedarse quieta.

—Scottie se pasó todo el día sentada ahí fuera —añado.

—Eso no lo sabía —admite la señora Higgins.

—Me trajiste un trozo de tarta —dice Scottie.

—Le llevaste un trozo de tarta —repito—. Tal vez Lani debería ser quien se disculpara, ya que, por lo visto, ese incidente fue el catalizador de toda esta... «perversidad», como usted la llama. —«Está usted tratando con un abogado, señora. Puedo seguir perorando sin parar, aunque lleve los calcetines desparejados.»

—Lo siento —dice Lani.

La señora Higgins está con los brazos tensos y cruzados sobre el pecho, frustrada por el modo en que se han vuelto las tortas, como diría Scottie.

Me doy una palmada en los muslos.

—¡Bien! Genial. Lani, deberías dejarte caer por casa de vez en cuando, para nadar un poco, salir de excursión, cosas así. O para pegar recortes en el álbum.

—Vale —dice Lani. Scottie me mira con el ceño fruncido, pero sé que más tarde me lo agradecerá. Siempre viene bien tener amistades que te hagan sentir totalmente superior—. Les pido disculpas de nuevo, señora Higgins y Lani, por la aflicción y las lágrimas. Espero volver a verlas a las dos en circunstancias más agradables.

La señora Higgins da media vuelta y echa a andar hacia la puerta.

—TVL —dice Scottie.

—TVL —responde Lani.

«Te veo luego.» Ya lo pillo. Caminamos hasta la puerta mosquitera y escudriño el semblante de Scottie, tal vez para captar alguna pista. Siempre que creo que la tengo calada, me sale con algo inesperado. Aunque hemos resuelto los detalles técnicos de este problema, el problema sigue allí. Scottie se comportó de un modo cruel, y no acabo de entender por qué. No sé si son cosas de su edad o un síntoma de algo mucho más grave.

—He de trabajar un poco en casa —le comunico a Scottie mientras nos ponemos los zapatos—, pero Esther dice que tienes clase de técnica vocal o algo así.

—La clase de técnica vocal es un rollo —refunfuña—. Quiero que me lleve a la playa. Lo prometiste.

Miro en torno a mí en busca de la señora Higgins para despedirme de ella. Me arrodillo para atarme los cordones. Me encuentro en medio de un mar de calzado. La señora Higgins posee un montón de sandalias con la suela desgastada. Todas están provistas de un tacón bajo que mide la mitad de un pulgar. ¿Para qué sirve eso? Por algún motivo, sopeso uno de los taconcitos en la mano. Algunos de los tacones de Joanie son tan largos como una mano.

Si Joanie se muere antes que yo, me pregunto si volveré a estar con una mujer. No me imagino pasando por todos los trámites previos: las conversaciones, la cháchara, las cenas. Tendría que llevar a alguien a sitios diferentes, contarle mi vida, hacer bromas, deshacerme en piropos, aguantarme los pedos. Tendría que decirle que soy viudo. Estoy convencido de que Joanie nunca tendría una aventura. Parece algo demasiado trabajoso.

La señora Higgins está de pie frente a mí. Suelto su sandalia. Clava en mí una mirada tan furibunda que me da miedo que me propine una patada.

—Buena suerte con la venta —dice mientras me enderezo y sacudo la cabeza. Me doy cuenta de que ni siquiera está enfadada con Scottie por lo que ha hecho. Está enfadada por la familia a la que pertenece—. Entonces ¿cómo funciona esto? —inquiere—. ¿Por qué va a cobrar todo ese dinero otra vez?

—¿De verdad quiere saberlo? —Me encaro con ella, y retrocede un paso.

—Y tanto —responde.

—Papá —gime Scottie—. Vámonos ya.

Me aclaro la garganta.

—Muy bien —comienzo—. Mi bisabuelo se llamaba Edward King. Sus padres eran misioneros, pero él eligió otro camino. Se convirtió en banquero, y más tarde fue nombrado jefe de finanzas del rey Kalākaua. Administraba la finca de la princesa Kekipi, última descendiente directa del rey Kamehameha. —Me interrumpo. Con un poco de suerte, habré conseguido que pierda su interés en el asunto, pero ella arquea las cejas y aguarda a que yo continúe.

—¿Quieres que vaya a buscar el álbum de recortes para enseñárselo? —se ofrece Scottie.

—No —digo.

—Sí —dice la señora Higgins.

Scottie abre la puerta mosquitera y se aleja en dirección al coche.

—Bien, entonces lo que pasó fue que... Se suponía que Kekipi tenía que casarse con su hermano, debido a una absurda tradición de la realeza hawaiana. Qué mal rollo. Justo cuando iban a pasar por el aro, ella tuvo un lío con el administrador de sus propiedades, Edward, y poco después se casó con él. La anexión a Estados Unidos se produjo poco después también, así que hacían falta agallas para casarse con un hombre de negocios *haole*. Sea como fuere, entre los dos tenían una fortuna considerable, y cuando otra princesa murió, le dejó a Kekipi ciento veinte mil hectáreas en Kauai, así como su finca.

»Kekipi falleció antes que Edward, que lo heredó todo. Entonces este estableció un fondo fiduciario en 1920, se murió, y todo pasó a nuestras manos.

Scottie reaparece y abre el álbum por la primera página. Arrancó unas hojas de tres libros de historia local antes de que yo la pillara, y las pegó en el álbum, que ahora huele a tronco de cedro. Allí, en una foto, está Edward, serio y ojeroso. Lleva unas botas que le llegan hasta la rodilla, y su sombrero de copa descansa sobre una mesa, detrás de él. Y allí está Kepipi, que significa «rebelde», con su rostro moreno, achatado y regordete. Cada vez que veo su fotografía, pienso que nos habríamos llevado bien. No puedo evitar sonreírle.

La señora Higgins se inclina para examinar las fotos.

—¿Y luego? —pregunta.

—Mi padre murió el año pasado, lo que supuso la cancelación y la disolución del fondo. Y ahora, ricos en tierras pero pobres en efectivo, los beneficiarios vamos a venderle nuestra cartera de acciones a… alguien. Todavía no sé a quién.

—Y su decisión tendrá un enorme impacto sobre el sector inmobiliario de Hawai —dice ella con una ampulosidad fingida. Supongo que está citando una frase que leyó en el periódico. Me irrita pensar que seguramente ella ya sabía casi todo lo que acabo de contarle. Cierro el cuaderno de Scottie—. Qué suerte. —La señora Higgins abre la puerta mosquitera. Dirijo la vista hacia el banco desocupado y la mesa de picnic, y me imagino a Scottie sentada allí, sola.

—¿Puedo ir al club con Esther en lugar de a la clase de voz? —insiste Scottie—. Prometiste que iríamos a la playa. ¿Puedo?

Miro a la señora Higgins por encima de la cabeza de Scottie.

—Es lo que he heredado. Me guste o no.

—Siento lo de su padre —dice.

—Gracias —respondo.

Espero alguna señal para marcharme, y, como ella no dice nada más, echo a andar hacia el coche con Scottie. Estoy agotado, como si acabara de soltar un sermón, pero mi discurso me ha mentalizado para lo que tengo que hacer. Estudiaré las ofertas de los compradores potenciales con las imágenes de Edward y Kepipi en la cabeza. Después podré olvidarme de ello. Me siento frío y calculador por pensar en asuntos de negocios mientras Joanie está embarcada en una especie de vuelo de madrugada largo e incómodo.

—¿Puedo? ¿Puedo ir al club con Esther?

—Claro —digo—. Es un buen plan.

Subimos al coche y arranco el motor.

—¿Te portarás bien con Lani? —pregunto. Me ronda el recuerdo de Tommy Cook, un chico pálido con psoriasis; lo atábamos a una silla con cuerdas elásticas, lo dejábamos en medio de la calle y nos escondíamos. Pasaban muy pocos coches por Rainbow Drive, pero cada vez que aparecía alguno, me sorprendía que el conductor aminorase la velocidad y virase bruscamente para esquivar la silla. Ninguno de ellos bajaba de su vehículo para ayudar a Tommy; era como si también participaran en la broma. No sé por qué Tommy dejó que lo atrapáramos más de una vez. A lo mejor le gustaba ser el centro de atención.

—Lo intentaré —dice Scottie—, pero no es fácil. Tiene una cara que entran ganas de darle.

—Sé a qué te refieres —comento, pensando en Tommy, pero tomo conciencia de que no debo sentirme identificado—. Pero ¿qué dices? —pregunto—. Una cara que entran ganas de darle. ¿De dónde has sacado eso? —A veces me pregunto si Scottie sabe lo que dice o si se limita a recitar, como esos niños que se aprenden de memoria la Declaración de Independencia.

—Es algo que dijo mamá sobre Danielle.

—Ya. —Joanie ha trasladado su maldad juvenil a su vida adulta. Envía fotos poco favorecedoras de sus ex amigas al *Advertiser* para que las publique en su sección de sociedad. Siempre hay algún tipo de drama en su vida, alguna amiga a quien se supone que no debo dirigir la palabra o invitar a nuestras barbacoas. Luego la oigo cotillear por teléfono acerca del último escándalo en un tono de indignación y entusiasmo: «Te vas a morir cuando te lo cuente. Te juro que te vas a morir.»

¿Es así como Scottie aprende esas cosas? ¿Fijándose en el modo en que su madre utiliza la crueldad como una forma de entretenimiento? Casi me enorgullece haberlo deducido sin la ayuda de los blogs ni de Esther, y estoy ansioso por hablarle a Joanie de todo esto, para demostrarle que he conseguido apañármelas sin ella.

6

Estudio las ofertas: los planes, las propuestas, los historiales, las declaraciones de principios. Estoy tumbado en la cama, y como Scottie y Esther no están en casa, reina el silencio. Creía que podría escoger a un comprador sin más, pero no resulta tan sencillo. Quiero tomar la mejor decisión. Llevo las imágenes de mis antepasados grabadas en la mente, y siento que también debo tenerlos en cuenta a ellos. Todos los proyectos de urbanización de los terrenos son prácticamente iguales: bloques de pisos, centros comerciales, campos de golf. Uno quiere construir un Target, el otro un Wal-Mart. Uno se inclina por abrir unos supermercados de comida sana, el otro por unos grandes almacenes de ropa y complementos.

Michael Nasser, nuestro abogado, quiere que aceptemos una oferta de Holitzer Properties. Sé que algunos de mis primos están cabreados porque Holitzer no es el mejor postor, y la hija de Michael Nasser está casada con el presidente financiero de Holitzer. Aunque esos primos están recelosos porque ven en ello un trato de favor, yo soy partidario de elegir a un comprador que tenga raíces en las islas. Recuerdo que Joanie opinaba lo mismo. Me sorprendió que ella sacara el tema con frecuencia. Sabía mucho sobre los postores y las cifras, lo que me rompió los esquemas. Nunca había mostrado el menor interés por mi trabajo. Cuando yo intentaba hablar sobre los casos que tenía entre manos, Joanie se tapaba los oídos y sacudía la cabeza.

A menudo, cuando me preguntaba por la noche cómo iba el asunto de la venta, con ese interés tan impropio de ella, yo pasaba de la satisfacción a la paranoia, y eso antes de que descubriese la nota. Me asaltó la sospecha de que planeaba pedirme el divorcio después de que yo vendiera mis acciones. Por otro lado, de ser así, seguramente me habría instado a vender al mejor postor y no a Holitzer.

—Véndeselo a Holitzer y olvídate del asunto —me dijo una noche. Estábamos en la cama, y ella hojeaba una revista sobre cocinas—. Los otros podrían echarse atrás, y Holitzer es de aquí. Su familia procede de Kauai y es de clase trabajadora. Holitzer es tu hombre.

—¿Por qué insistes tanto en que lo escoja a él? —pregunté.

—No sé, simplemente me parece la mejor opción.

—Creo que me decanto por los neoyorquinos —declaré, solo para ponerla a prueba.

—Será interesante ver cómo resulta eso. —Pasó una página de la revista—. Me encanta este fregadero —dijo—. Fíjate.

Miré la foto del fregadero.

—Es solo una pila. Apenas tiene espacio para poner nada.

—Exacto. Así se evita que se amontonen los platos, y resulta fácil de limpiar. A veces lo menos práctico es lo más conveniente.

Al ver que se le curvaban las comisuras de los labios, me reí. Era típico de ella abordar un tema partiendo de otro que no tenía nada que ver.

—Joanie —dije—. Eres de lo que no hay.

Analizo la oferta más alta, la de una sociedad de Nueva York que cotiza en bolsa: son casi quinientos millones de dólares. Soy reacio a entregar tal extensión de tierra a unos neoyorquinos. No me parece correcto. Tal vez Joanie pensó en ello también; quería que nuestros terrenos quedaran en buenas manos.

Recuerdo los funerales de mi padre; todo el mundo se disputaba las primeras filas de asientos, como si se tratara del mejor espectáculo de la ciudad.

—La gente simplemente está esperando a que me muera —me dijo un día. Estábamos sentados en su salón trasero; le gustaba rebuscar en sus libros, en los que guardaba recortes de periódicos.

—Pues tú sigue viviendo —dije.

Abrió un libro sobre Oliver Wendell Holmes hijo, y sacó de entre las páginas un recorte que me leyó en voz alta:

—«Un chubasco intenso alcanzó su punto culminante justo en el momento en que falleció la princesa Kekipi. Cuando la lluvia coincidía con la muerte o el entierro de una persona, los hawaianos decían *kulu ka waimaka, uwe 'opu*, lo que significa: "Las lágrimas caen; las nubes lloran". Las lágrimas de afecto de los dioses se mezclan con las de quienes lloran llenos de compasión y del espíritu de Aloha.» En noviembre llueve a todas horas —comentó, metiendo de nuevo el recorte en el libro—. La gente estaba ansiosa por hacerse con esas tierras. Como no lo consiguieron, ahora me esperan a mí.

Debe de resultar extraño saber que la gente está aguardando a que te mueras, y ahora los veintiún beneficiarios no tienen que esperar más, pues mi padre se ha ido de este mundo. Quisiera optar por Holitzer, porque es de aquí, pero aceptar una oferta más alta de un forastero podría traducirse en una transacción menos complicada y exenta de pleitos legales. No quiero tener que volver a lidiar con esto más adelante.

Lo sopeso todo. Incluso intento descifrar documentos y cartas de 1920, imaginar lo que querrían dos personas a quienes nunca conocí. La princesa, última descendiente del linaje real. Mi bisabuelo, ese chico blanco y retozón. Qué escándalo debieron de provocar. Qué divertido debió de ser para ellos.

¡Cuánto amor, cuánta ambición! ¿Qué queréis, tortolitos rebeldes? ¿Qué queréis ahora?

Miro la carpeta de Holitzer y, al ver los signos de exclamación que encierran su nombre, pienso en Joanie, que revisó todo mi trabajo. Subrayaba párrafos para mí y hacía anotaciones al margen. Pongo el dedo sobre una carita sonriente. Luego me inclino sobre su lado de la cama y abro la caja de madera de koa que tiene sobre su mesita de noche. Dentro no hay más que un collar, una cadena de plata con un colgante en forma de corazón torcido. Se lo regalé hace años. Nunca se lo pone. No sé qué estoy buscando, pero me levanto y sigo hurgando en sus cosas: bolsos, cajas de zapatos, cajones y bolsillos. Luego me dirijo a la habitación de Alex. Tengo que aplacar esta inquietud que me corroe.

Registro los cajones de mi hija mayor, tal vez en busca de una solicitud de divorcio. En su baño, echo un vistazo debajo del lavamanos, detrás del retrete, entre las pilas de toallas. Rebusco entre las páginas de libros y acabo distrayéndome con las cosas de cuando Alex era pequeña: peluches viejos (un mono, un gusano, un pitufo) y libros viejos (*Ping*, *Ferdinand*, cuentos que yo recuerdo de mi infancia, muchos de ellos sobre animales descarriados con profundos problemas psicológicos). Encuentro fotos de Alex con sus amigos de campamento en las islas San Juan, navegando en el estrecho de Puget, sentada frente a una hoguera con los tipis al fondo. Veo un montón de anuarios del colegio y leo las numerosas dedicatorias que animan a mi hija a seguir siendo «una tía guay». Algunas ocupan una página entera y están escritas en un código extraño: «¡Acuérdate de Christine la guarrindonga y sus pantaloncitos! ¡Hiedra venenosa y BYOBucket! ¿¿¿Eso son hormigas??? ¡Point, la furgo, ese es el reno favorito de mi madre!».

Me imagino a Alex leyendo estas palabras cuando sea una anciana, sin entender ni jota. Las chicas dedican mucho tiempo a ordenar el pasado. Hay varios *collages* que documentan los fines de semana de Alex con sus amigos; sin embargo, los testimonios de los buenos tiempos parecen interrumpirse en la época en que empezó su tercer año de bachillerato y la mandamos al internado. Joanie venía a menudo a esta habitación. Me decía que estaba cambiando los muebles de lugar, tal vez para acondicionarlo como cuarto de invitados. Echo una ojeada al joyero en que Joanie encontró las drogas. Me enseñó una bolsita con cierre hermético llena de unas piedras transparentes y duras.

—¿Qué es esto? —pregunté. Nunca he consumido drogas, así que no tenía la menor idea. ¿Heroína? ¿Cocaína? ¿Crack? ¿Cristal?—. ¿Qué es esto? —le grité a Alex.

—¡Ni que me chutara! —chilló ella.

Una bailarina de plástico aparece de golpe y comienza a girar despacio al son de una melodía tintineante, de notas discordantes y desafinadas. El forro de satén rosa está sucio, y aparte de un collar de perlas negras, la caja solo contiene unos clips oxidados y unos mechones del pelo negro de Alex sujetos con gomas elásticas. Al ver una nota pegada al espejo, levanto el joyero y empujo la bailarina a un lado. Ella sigue girando contra mi dedo. La nota dice: «No las escondería dos veces en el mismo sitio».

Suelto un pequeño resoplido por la nariz. «Muy buena, Alex.» Cierro el joyero y sacudo la cabeza, echándola muchísimo de menos. Desearía que no hubiera vuelto al internado, y no entiendo su repentino cambio de planes. ¿Por qué discutieron? ¿Qué pudo haber sido tan terrible?

Regreso a mi dormitorio, avergonzado por haber emprendido semejante búsqueda. A mi esposa le importaba la venta. Valoraba a Holitzer. Creía que la operación nos cambiaría la vida. Mi esposa tenía amigos que había conocido en el Indigo. A los gais y a las modelos les encanta ese restaurante. Mi esposa conservaba recuerdos del pasado. Mi esposa tenía una vida fuera de esta casa. La cosa era así de sencilla.

7

Martes. Es el día en que quedé en hablar con el médico, y no voy a escaquearme. He dejado dicho en el mostrador de recepción que estoy aquí.

«Una recuperación lenta pero continua —imagino que dirá—. Cuando le demos el alta, te necesitará. Tendrás que ayudarla con las cosas más elementales, las actividades cotidianas en las que ni siquiera se para a pensar. Te necesitará. Te necesitará.»

Scottie y yo caminamos por el pasillo. Lleva una camiseta que dice «Sra. Clooney» y unos zuecos de madera que repiquetean con cada paso. Hay tal ajetreo en el hospital que cualquiera diría que están de liquidación por cierre. Noto a Scottie ansiosa; está moviendo los labios, creo que ensayando lo que va a decirle a Joanie. Esta mañana me ha dicho que tenía algo fantástico que contarle, y estoy deseando oírlo. Supongo que yo también tendré que hablar con Joanie, para transmitirle lo que me comunique el doctor Johnston.

Cuando llegamos a la habitación, veo que hay una visita, una amiga de Joanie a quien apenas conozco. Ya ha estado aquí antes. Tia o Tiara. Trabaja de modelo con mi esposa. Recuerdo haber visto una foto suya en un anuncio del periódico. Creo que fue poco antes del accidente. En la imagen, ella aparecía bebiendo agua embotellada y sujetando un bolso de paja, con una pulsera de diamantes de aspecto caro en la muñeca. Como no leí el texto impreso, no sabía si lo que se anunciaba era la pulsera, el agua, el bolso o alguna cosa totalmente distinta, como una nueva urbanización de bloques de pisos o un seguro de vida. Estaba con un hombre y tres niños de razas distintas que señalaban algo en el cielo. Me acuerdo de esto porque le comenté a Joanie:

—¿Se supone que estos niños son suyos? No se parecen entre sí. ¿De qué es este anuncio?

Joanie miró el periódico.

—De Hilo Hattie. Les gusta sacar a asiáticos, *hapas** y filipinos.

—Pero si los padres son blancos. Esta familia no resulta creíble.

—Podrían ser adoptados.

—Qué tontería —dije—. ¿Y por qué no han elegido a una madre asiática y a un padre filipino?

—Esos matrimonios no existen.

—Pues a una madre *hapa* y a un padre asiático.

—Les gusta que los modelos adultos sean blancos y los niños de otras etnias.

—Bueno, ¿y qué hay de los negros? A ver, ¿por qué no han puesto a un niño negro?

—Los pocos negros que viven aquí son militares. No son el mercado objetivo.

Cerré el periódico, molesto por el rumbo que había tomado la conversación.

—Bueno, y a todo esto, ¿hacia dónde diantres están mirando?

—Hacia su glorioso futuro —respondió Joanie con una seriedad absoluta.

Se me escapó la risa, a ella también, y cuando las chicas

---

* Denominación coloquial para descendientes de hawaianos y otras etnias de Asia y el Pacífico. *(N. del T.)*

entraron en la cocina y nos preguntaron qué nos hacía tanta gracia, los dos respondimos: «Nada».

La mujer del anuncio del periódico se está apalancando en la cama de Joanie, y no sé qué hacer. Desearía marcharme; por lo general no me gusta estar aquí con gente, pero es demasiado tarde. En cuanto nos ve, sonríe y enciende una luz con un mando a distancia.

—Hola —digo.

—Hola —dice.

Advierto que mira a Scottie con una compasión que me recuerda el modo en que yo miraba a Lani.

—¿Podemos quedarnos como espectadores? —pregunto.

—Claro. No tardaremos mucho.

Tiene una bandeja sobre el regazo, de la que coge, uno detrás de otro, varios pinceles idénticos, antes de decidirse por uno y ponerse a trabajar en el rostro de Joanie, alrededor del tubo endotraqueal. Moja el pincel en una paleta de brillo y da unos toquecitos a los labios de mi esposa como una especie de puntillista francés. Aunque me parece absurdo, tengo que reconocer que Joanie lo agradecería. Le encanta estar guapa. Le gusta ofrecer un aspecto luminoso y arrebatador, según sus propias palabras. «Buena suerte —solía decirle yo—. Buena suerte con tus metas.»

Supongo que nunca nos hemos tratado muy bien el uno al otro. Ni siquiera cuando estábamos recién casados. Era como si nos sintiésemos atrapados en la rutina desde el momento en que nos conocimos. El día que cayó en coma, la oí decirle a su amiga Shelley que yo era un inútil que dejaba los calcetines colgados de todos los pomos de las puertas de casa. En las bodas ponemos cara de circunstancias ante las muestras de amor floreciente que nos rodean y los votos matrimoniales que sabemos que degenerarán en promesas de otro tipo: «Prometo no besarte cuando estés intentando leer», «Te toleraré en la enfermedad y pasaré de ti en la salud», «Prometo dejarte ver ese estúpido programa de cotilleos sobre los famosos, ya que estás tan desencantada con tu propia vida».

El hermano de Joanie, Barry, insistía en que acudiéramos a terapia de pareja como habría hecho cualquier matrimonio decente. Barry es un hombre de diván, un firme partidario de las sesiones semanales, las afirmaciones positivas y los puntos emocionales. Una vez intentó enseñarnos unos ejercicios que había estado practicando en las sesiones con su novia. Nos invitó a explicarnos mutuamente las razones, abstractas o específicas, por las que seguíamos juntos. Yo empecé diciendo que, cuando Joanie se emborrachaba, se imaginaba que yo era otro y me hacía unas cosas fantásticas con la lengua. Joanie dijo que estaba conmigo por las deducciones fiscales. Barry rompió a llorar. A lágrima viva. Su segunda esposa acababa de dejarlo por alguien que tenía claro que un hombre no debe trabajar como voluntario.

—Basta, Barry —dijo Joanie—. Contrólate. Nos llevamos así, eso es todo.

Yo corroboré sus palabras. Cuando ella le dijo a Shelley que yo era un inútil, percibí la sonrisa en su voz y supe que solo fingía estar irritada. En realidad, Joanie no sabría vivir sin mi inutilidad, del mismo modo que yo no sabría vivir sin sus quejas. Me retracto: no es que no nos tratemos bien el uno al otro, sino que nos sentimos lo bastante cómodos para saber que el sarcasmo y la actitud distante nos mantienen a flote, sin tener que andar siempre con pies de plomo.

—Los dos sois tan fríos… —sentenció Barry esa noche. Estábamos en Hoku's, en el centro vacacional Kahala, y Joanie llevaba vaqueros y un top blanco escotado, un atuendo inapropiado para el lugar. Recuerdo que se me iba la vista hacia sus pechos. Siempre se presentaba demasiado acicalada en los restaurantes informales y demasiado desarreglada en los elegantes. Me acuerdo de que pidió el *onaga*, y yo, la chuleta de cerdo ahumada con madera de mezquite.

—Esto está de muerte —opinó cuando probó mi plato—. Buenísimo.

Le cambié el plato y seguimos comiendo, disfrutando la cena, la vista del mar y esa satisfacción que te invade cuando has elegido el restaurante perfecto. Alcé mi copa y ella chocó la suya, en un gesto que demostraba íntimamente que Barry podía decir misa: ella y yo formábamos un equipo.

Tia o Tara ha dejado de maquillar el rostro de mi esposa y contempla a Scottie con expresión de desaprobación. La luz le da de lleno en la cara a esta mujer, lo que me permite comprobar que tal vez debería dedicar un rato a maquillarse a sí misma. El color de su tez es parecido al de un sobre de papel Manila. Tiene unas motas blancas en las cejas, y su crema correctora no corrige nada. Noto que mi hija no sabe cómo reaccionar ante la mirada censuradora de esta mujer.

—¿Qué pasa? —pregunta Scottie—. No quiero que me maquillen. —Se vuelve hacia mí en busca de protección, y me parte el corazón. Todas las modelos que trabajan con Joanie sienten el estúpido impulso de aplicar cosméticos a mi hija, como si con ello le hicieran un favor. No es tan bonita como su hermana mayor ni como su madre, y esas modelos están convencidas de que embadurnarla con colorete la hará sentirse mejor respecto a la cara que le ha tocado tener. Son como misioneras. Integristas del rímel.

—Solo iba a comentar que me parece que tu madre estaba disfrutando el paisaje —dice Tia o Tara—. La vista desde aquí es tan bonita… Deberías dejar entrar la luz.

Mi hija se queda mirando la cortina. Tiene la boquita abierta y se atusa con la mano una de las plantas rodadoras de pelo que tiene en la cabeza.

—Escúchame bien, T. Su madre no estaba disfrutando el paisaje. Su madre está en coma, y se supone que no hay que exponerla a la luz fuerte.

—No me llamo T —replica—, sino Allison.

—De acuerdo, Ali. No confundas a mi hija, por favor.

—Me estoy convirtiendo en una jovencita fuera de serie —asegura Scottie.

—¡Ya lo creo que sí, joder! —El corazón me golpetea en el pecho como los zuecos de Scottie en el suelo del pasillo. No sé por qué me he enfadado tanto.

—Lo siento —se disculpa Allison—. Es que he pensado que nos vendría bien un poco de sol.

—No, lo siento yo. No debería haberte gritado así.

Rebusca en su bolso, saca un bote redondo y examina el rostro de Joanie, como si estuviera a punto de practicar una intervención quirúrgica. Le unta algo en la mejilla, arruga el entrecejo y a continuación guarda el bote, saca otro parecido y repite la aplicación. Esta vez esboza una sonrisa de satisfacción. Yo no aprecio diferencia alguna. El maquillaje es uno de los misterios más insondables del mundo.

—¿Quieres decirle algo? —le pregunto a Scottie, señalando a su madre.

Ella mira a Allison.

—Esperaré. —Enciende el televisor, lo que me desmoraliza. Me estoy quedando sin juguetes, sin ideas para entretenerla. Normalmente soy capaz de transformar cualquier cosa en un juguete; una cuchara, un sobre de azúcar, una moneda de veinticinco centavos… Es mi deber distraerla, asegurarme de que siga viviendo como corresponde a una niña de diez años.

Me acuerdo de que he traído un plátano para que tenga algo sano que comer. Cuando cojo su mochila Roxy para sacarlo, me viene a la memoria un juego que inventé para Joanie, que también necesitaba diversión constante. Fue antes de que tuviéramos a las niñas. Estábamos cenando, bebiendo vino, y ella me estaba echando una mirada que parecía decir: «Ya ves qué existencia tan aburrida llevamos. Ya ves cómo has anulado mi magnética personalidad. Antes era arrolladoramente volcánica; ahora soy previsible y peso dos kilos más. Me he convertido en alguien que se queda el sábado por la noche sentada en casa, mordisqueando caramelos mientras observa a su prometido atiborrarse de comida y tragarse sus eructos». Era una de esas miradas.

Acababa de mudarse a mi casa, en la que seguimos viviendo hasta la fecha. Tenía veintidós años y empezaba a hacerse una idea de cómo sería su vida en Maunawili: la casa grande y bonita, el terreno extenso y frondoso, y el trabajo que todo ello suponía. Tenemos árboles del pan, plátanos y mangos, pero los frutos se pudren y atraen a las moscas. Tenemos una piscina de aguas cristalinas, pero al final del día acaba cubierta de hojas. El largo camino de acceso, con su rotonda, también se llena de hojas, y el asfalto está agrietado por culpa de las raíces de la gran higuera de Bengala. Tenemos hojas de té que se ponen amarillas y hay que arrancar, convalaria y gardenias blancas, plantas y jazmines de Arabia que hay que regar. Tenemos un parquet precioso de madera de conífera, pero también cucarachas voladoras, arañas cangrejo, termitas y ciempiés a los que les gustan los suelos de madera y las vigas oscuras por igual.

Le dije que teníamos un jardinero y una asistenta que venían a casa una vez por semana, pero los otros días no quedaba otro remedio que encargarnos nosotros de todo. Si ella no me ayudaba, me ocuparía yo en la medida en que me lo permitiera mi trabajo a jornada completa, pero le advertí que no sería suficiente. Ella tendría que trabajar también. Esto no la hacía muy feliz, y por eso me estaba dedicando esa mirada. Me levanté para coger unos plátanos y le serví otra copa de vino. Me concentré en mi tarea, intentando que su mirada asesina no se me clavara muy profundamente. Pelé el plátano, lo corté en rodajas y coloqué una de ellas sobre una servilleta de hilo. Mi objetivo era usar la servilleta a modo de trampolín para hacer saltar la rodaja en el aire hasta que se quedara pegada al techo. Era algo a lo que mi madre jugaba conmigo después de tomarse unos cócteles, cuando terminábamos de limpiar la cocina.

Efectué el lanzamiento. La rodaja se quedó pegada. Joanie me miraba, intentando disimular su interés, pero yo sabía que la había impresionado. Ahora ella tendría que demostrar que no era menos que yo. Se tragó el bocado que estaba masticando, tomó un largo sorbo de vino, puso una de sus rodajas encima de la servilleta, adoptó una buena posición de manteo y la tiró hacia arriba. La rodaja no se quedó pegada. «Cero a uno», dijo, y el juego prosiguió. Permanecimos allí sentados durante horas hasta que el vino y los plátanos se agotaron.

Le enseño a Scottie el juego que solía practicar con su madre.

Mira la tele, me mira a mí y decide acercarse a mi lado. La observo mientras lanza un trozo de plátano, con la punta de la lengua asomando entre sus labios. No consigue que se quede pegado al techo, pero da igual. Se ríe y hace fuerza con todo su cuerpo para arrojar al aire el pedacito de fruta. Cuando consigue que se adhiera, grita: «¡Premio!», y Allison la fulmina con la mirada. Entonces Scottie coge la piel del plátano y, como no dejo que la lance, agarra el trozo más grande de la fruta. Se está emocionando hasta un punto que me incomoda un poco. Últimamente sufre con frecuencia estos arrebatos espontáneos de euforia irracional. Soltando un grito como de kárate —«hii… ¡ya!»—, lanza el trozo de plátano, pero su extraña energía hace que el pedacito cruce volando la habitación, choque contra el techo y se precipite. Sobre su madre. Allison aparta rápidamente el pincel de maquillaje del rostro de Joanie y se inclina hacia atrás. El silencio se impone en la habitación. Contemplo el trozo de plátano, sobre la sábana blanca, en el centro del cuerpo de Joanie. Allison posa la vista en mí y luego en el plátano. Se queda mirándolo como si fuera un zurullo.

Por la expresión de Scottie, se diría que ha hecho algo terrible. Le paso otra rodaja.

—Ten, Scottie. Inténtalo otra vez. Basta con un movimiento de la muñeca. No hace falta que te pongas… como una moto.

Ella no coge la rodaja. Retrocede un paso y me sujeta por la manga. Le aparto la mano de mi camisa.

—Cógelo. No pasa nada.

—No podemos dejar eso allí, encima de mamá —dice.

Miro el trozo de plátano.

—Pues quítaselo. —Como no mueve un músculo, añado—: ¿Quieres que se lo quite yo?

Ella asiente.

Me acerco a la cama de mi esposa y recojo el trozo de plátano reblandecido.

—Ya está. Todo arreglado. Ten —digo, entregándoselo a Scottie—. Vuelve a intentarlo. —Pero ella se resiste a mirarme. Me empuja por la cintura para quitarme de en medio. Nuestro juego ha terminado. Regresa a su silla y a la seguridad del televisor. Lanzo el plátano hacia el techo, donde se queda pegado, y acto seguido me siento. Allison alza la vista.

—¿Qué pasa? —pregunto. Que le den por el culo, a Allison.

—Tratas a los niños de un modo muy extraño —comenta—. Te llevas un rollo muy raro con ella.

—El rollo que nos llevamos da muy buenos resultados, gracias.

Se vuelve hacia Scottie, que está absorta mirando una especie de competición en la que unos hombres arrojan neumáticos.

—Ya veo —dice Allison, antes de proseguir su tarea de proporcionarle a mi mujer un aspecto radiante.

—Los padres no tienen por qué renunciar a su personalidad —farfulla Scottie.

Es algo que he oído a Joanie decirle a Alex después de que esta se quejara de que su madre vestía como una jovencita. «Los padres no tienen por qué renunciar a su personalidad», aseveró Joanie. Alex le preguntó si su personalidad era la de una prostituta, y mi esposa respondió: «Pues sí. Sí, lo es».

—Muy bien, Scottie. Vamos. Tienes algo que decir. El médico no tardará en llegar, y tendré que hablar con él a solas, así que espabila. Quiero oírte.

—No —dice—. Habla tú.

Miro a Joanie y me quedo callado por unos instantes, intentando pensar algo interesante.

—Joanie —digo—. Solo quiero decirte un par de cosas. —Trato de decidir qué tema tocar y me doy cuenta de que no es fácil—. Te echamos de menos. Estoy deseando que vuelvas a casa.

Scottie no parece muy impresionada.

—Iremos a Buzz's cuando salgas de aquí —continúo. Buzz's es uno de los restaurantes favoritos de Joanie, y cenamos allí a menudo. Ella acaba invariablemente frente a la barra, tomándose una o diez copas con tipos que parecen estudiantes de vacaciones mientras yo me quedo sentado a la mesa, solo, aunque con cierta sensación de paz. Me gusta observarla cuando está con otras personas. Me gustan su magnetismo, su valor y su ego. Sin embargo, me pregunto si me gustan todas esas cosas solo porque ella está en coma y tal vez nunca vuelva a ser la misma de antes. No estoy seguro.

En cierta ocasión, la gerente de ese restaurante me dio las gracias. Me dijo que Joanie siempre animaba el ambiente y hacía que a los clientes les entrasen ganas de beber.

Echo una ojeada a la cara de Joanie. Está preciosa. No despampanante, simplemente preciosa. Sus pecas se traslucen bajo el colorete, y sobre sus ojos cerrados destacan unas pestañas largas, espectaculares. Son el único rasgo destacado que queda en su rostro. Todo lo demás está suavizado. Desborda belleza, pero tal vez una belleza demasiado etérea, como si yaciera en el interior de una vitrina o un ataúd.

Aun así, estoy agradecido con Allison por lo que ha hecho. Me percato de que en este momento mi único deber es hacer feliz a Joanie, facilitarle todo lo que desee, y lo que desea ahora es estar hermosa.

—Allison —digo—. Gracias. No me cabe duda de que Joanie está contenta.

—No está contenta —replica Allison—. Está en coma.

La miro, sorprendido y ligeramente emocionado.

—Oh, Dios mío —se apresura a decir, y se echa a llorar—. No puedo creer que haya dicho eso. Solo intentaba hablar como tú. Darte un corte como el que me has pegado. Oh, Dios.

Comienza a reunir sus instrumentos de belleza, y se le caen algunos pinceles de las manos. Me acerco para recogerlos. Ella me los arrebata y se marcha, sorbiéndose los mocos.

—Ay, Señor —digo—. Soy un pánfilo.

—Pánfilo —dice Scottie.

—Sí —digo—. Eso soy.

—Eres un papá pánfilo. Un papánfilo.

—Ay, Señor —digo.

Miro a mi esposa. Te necesito, pienso. Necesito que estés conmigo para ayudar a nuestras hijas y ayudarme a mí. Yo no sé hablar con la gente. No sé vivir como es debido.

—Señor King —dice una voz por el intercomunicador—, el doctor estará libre para hablar con usted dentro de unos veinte minutos.

Scottie mira el interfono y luego me mira a mí.

—Tranquila —digo—. Todo va a salir bien.

8

Dejo que Scottie siga viendo la tele. Intento estar en silencio, sosegado, pero los nervios me pueden. No he perdido la esperanza de que ella le diga algo a Joanie. Al final, no consigo mantener la boca cerrada.

—Has dicho que tenías algo que contarle a mamá. Quiero que se lo cuentes ya. ¿Podrás decírselo ahora que Allison se ha ido? Te hará bien, ¿sabes? A mamá también.

Ella vuelve la mirada hacia la cama.

—Deja que te lo cuente a ti primero.

—De acuerdo. Adelante. Te escucho.

—Aquí no —protesta, dirigiendo la vista hacia Joanie. Señala el pasillo con la cabeza.

Me pongo de pie, intentando ocultar mi desilusión. Scottie mantuvo la entereza durante la primera semana que Joanie estuvo ingresada, así que me pregunto qué ha cambiado o qué le pasa por la cabeza. El médico dice que es normal —resulta perturbador hablar con alguien que no responde, sobre todo si se trata de un padre o de una madre—, pero el caso de Scottie es distinto. Es como si la avergonzara su propia vida. Cree que, para hablarle a su madre, debería tener algo increíble que contarle. Yo siempre la animo a hablar del colegio, pero Scottie dice que sería aburrido y que no quiere que su madre la tome por un muermazo.

Salimos al pasillo.

—De acuerdo. Ha llegado el día. Vas a hablarle a mamá.

—Creo que tengo una historia que no está mal. —Se pone de puntillas y levanta los brazos por encima de su cabeza para formar una O. Balancea una pierna adelante y atrás. Va a clases de ballet porque su hermana iba antes, pero no tiene el mismo garbo ni el mismo estilo. Da un taconazo en el suelo con el zueco. ¡Tac! Baja la vista y luego la posa en mí.

—Estate quieta. Cuéntame tu historia.

—Vale —dice—. Finge que eres mamá. Cierra los ojos y no te muevas.

Cierro los ojos.

—Hola, mamá —comienza.

Estoy a punto de responder a su saludo, pero me contengo y permanezco inmóvil.

—Ayer exploré yo sola el arrecife que está delante de la playa pública. Tengo un montón de amigas. Mi mejor amiga es Reina Burke, pero tenía ganas de estar sola.

Abro los párpados cuando oigo «Reina Burke», pero vuelvo a cerrarlos rápidamente para seguir el hilo de la historia.

—Pues resulta que hay un chico muy mono que trabaja en el quiosco de la playa. A Reina le gusta también. Tiene ojos como los de una jirafa. Así que me fui a explorar el arrecife, delante del quiosco. La marea estaba baja. Había toda clase de cosas. En un sitio, el coral era de un color oscuro muy chulo, pero cuando lo miré de más cerca vi que no era coral, sino una anguila. Una morena. Por poco me muero. Había millones de erizos y unos cuantos pepinos de mar. Incluso cogí uno y lo apreté como tú me enseñaste.

—Eso está muy bien, Scottie. Volvamos adentro. A mamá le encantará.

—No he terminado.

Cierro los ojos. Desearía poder tumbarme. Esto resulta agradable.

—Así que estaba agachada en el arrecife cuando perdí el equilibrio y me caí hacia delante. Apoyé una mano en un erizo, que me pinchó con las espinas. Mi mano parecía un alfiletero. Me dolía un montón, pero sobreviví. Conseguí levantarme.

Le agarro las manos y me las acerco a la cara. Las raíces de las púas del erizo, bien clavadas en su palma izquierda, se han hinchado bajo la piel. Parecen estrellas de mar negras y diminutas que pretenden establecer su residencia en su mano para siempre. Advierto que tiene otras estrellitas en las yemas de los dedos.

—¿Por qué no me dijiste que te habías hecho daño? ¿Por qué no dijiste nada? ¿Lo sabe Esther?

—Estoy bien —susurra, como si su madre estuviera aquí y no quisiera que la oyera—. Lo tenía todo bajo control. En realidad no me caí.

—¿Qué me estás diciendo? ¿Que te hiciste esto con un boli?

—¿Sí?

Le miro la mano con más detenimiento. Aprieto las marcas con el dedo.

—Ay —se queja y retira la mano—. No me lo hice con un boli. Son de verdad.

—¿Por qué me has mentido?

—No lo sé —responde—. No ha sido una mentira tan grande. En realidad no me caí.

—¿O sea que el erizo saltó y te atacó?

—No —dice.

—¿Entonces?

—Le di con toda la mano. Pero eso no pienso contárselo a mamá.

—¿Qué? ¿Cómo que le diste con toda la mano? Scottie, contéstame. ¿Tuvo Reina algo que ver en esto?

Parece sorprendida y asustada por mi enfado.

—Quería tener algo interesante que contar. —Estira el pie hacia delante e inclina la cabeza a un lado.

—Déjate de monerías —digo—. Eso no te va a servir de nada ahora mismo.

Vuelve a apoyar el pie en el suelo.

—¿No te dolió? —Me imagino las púas expandiéndose, la sangre, la sal en las heridas. Esto es de locos, tengo la tentación de decir. De auténtico frenopático.

—No fue para tanto.

—Y una leche, Scottie. Debió de dolerte un huevo. Estoy alucinando. Alucinando en colores. ¿Dónde estaba Esther?

—¿Quieres oír el final? —pregunta.

Me clavo las uñas en la palma solo para intentar hacerme una idea del daño que debieron de hacerle los pinchazos. Sacudo la cabeza.

—Supongo.

—Vale. Actúa como si fueras mamá. No puedes interrumpirme.

—Me parece increíble que te hayas hecho esto a ti misma. ¿Por qué...?

—¡No puedes hablar! Calladito, o no oirás lo que falta.

Prosigue con su relato, que posee todos los elementos de una buena historia: descripciones gráficas, crisis, misterio, violencia. Me cuenta que las púas le sobresalían de la mano y que subió de nuevo al dique de piedra como un cangrejo al que le faltara una pinza. Antes de regresar a la playa, se quedó mirando a los bañistas que nadaban en el mar, alrededor de los catamaranes. Dice que los que llevaban gorro de baño blanco parecían boyas fugitivas.

No me creo nada. Estoy seguro de que no se paró a contemplar el mar. Seguramente se fue corriendo en busca de Esther o del médico del club. Está inventándose los detalles, creando el marco ideal, desgranando una historia mejor para su madre. Alexandra tenía que hacer lo mismo, sudar tinta para conseguir que Joanie le prestara un poco de atención. O tal vez para atraer un poco de la atención que acaparaba Joanie. Supongo que Scottie empieza a cobrar conciencia de lo que hay que hacer.

—Gracias a los rollos que papá nos pega sobre el océano,

yo sabía que no eran agujas lo que tenía clavado en la mano, sino más bien unos huesos puntiagudos, placas calcáreas, que podían deshacerse con vinagre.

Sonrío. Buena chica.

—Papá, no es aburrido, ¿verdad?

—Yo no lo describiría como aburrido. «Aburrido» es la última palabra que me viene a la mente.

—Vale. Vuelves a ser mamá, así que cállate. Luego, mamá, pensé en ir a la enfermería del club.

—Buena chica.

—Chsss —dice—. Pero, en vez de eso, me acerqué al chico mono y le pedí que me meara en la mano.

—¿Disculpa?

—Sí, mamá. Eso es exactamente lo que le dije: «Disculpa». Le expliqué que me había hecho daño. Dijo: «Vaya. ¿Estás bien?». Como si yo fuera una cría de ocho años.

—Un momento —la corto—. Tiempo muerto. No soy tu madre.

—No me entendía —continúa Scottie—, así que puse la mano sobre el mostrador.

—Scottie, he dicho «tiempo muerto». ¿Qué está pasando aquí? ¿Me estás mintiendo en este momento? Dime que te lo has inventado. Dime que solo eres una jovencita creativa, con una imaginación desbordante y fuera de serie, y que te lo has inventado.

He leído que hay niños que empiezan a mentir como descosidos hacia esa edad. Se supone que hay que decirle al niño que las mentiras pueden hacer daño a otras personas.

—Oye —digo—. Es una historia genial. Se la contaremos a mamá, pero, entre tú y yo: ¿estás diciendo la verdad?

—Sí —contesta y, por desgracia, la creo. Por toda respuesta, sacudo la cabeza.

Scottie prosigue, primero con cautela, pero luego se zambulle de lleno en su recreación del desastre.

—Se puso a soltar palabrotas como un loco. No voy a repetir lo que dijo. Luego me aconsejó que fuera al hospital. «¿O eres miembro del club ese?», preguntó. Se ofreció a acompañarme allí, todo un detalle. Salió por la parte de atrás y yo rodeé el quiosco para reunirme con él. Le dije lo que teníamos que hacer para sacar las espinas, y él pestañeó mil veces y soltó más tacos en toda clase de combinaciones. Tenía una pelusa o algo en las pestañas, y estuve a punto de quitársela. Él no dejaba de buscar ayuda por todas partes, pero como estábamos solos, le repetí que tenía que…, ya sabes, mearse. Entonces se acordó de que en *Los vigilantes de la playa* había visto a un socorrista succionar con la boca el veneno que tenía una mujer en la parte interior del muslo. «Pero luego a la mujer le daba un ataque», dijo. «¡Se quedaba tirada en la arena, convulsionándose!» —Por el modo en que Scottie imita su forma de hablar, da la impresión de que el chico es un analfabeto—. No paraba de decir: «No estoy capacitado para esto. Solo vendo protector solar, y por nada del mundo te voy a orinar en la mano». Pero entonces le repetí lo que tú, mamá, le dices siempre a papá para convencerlo de que haga algo cuando no quiere. Dije: «No me seas marica», y la cosa funcionó. Me pidió que mirara para otro lado, y que dijera algo o silbara.

—No puedo seguir escuchando esto —digo.

—Casi he terminado —gimotea Scottie—. En fin. Para distraerlo mientras hacía pis, le conté que tú participas en carreras de lanchas, aunque no eres bollera, y que trabajas como modelo, aunque no eres nada remilgada, y que todos los del club están enamorados de ti, aunque tú solo quieres a papá.

—Scottie —la interrumpo—. Tengo que ir al lavabo.

—Vale —dice—. De todos modos, ya he terminado. Para troncharse, ¿verdad? ¿Ha sido demasiado largo?

Siento náuseas. Necesito estar solo.

—Está bien. Es estupendo. Ve a contarle todo eso a mamá. Ve a hablar con ella.

Al fin y al cabo, no puede oírte, pienso. Espero.

Camino por el pasillo, con la esperanza de cruzarme con

alguien a quien pedir indicaciones. No está bien que Scottie tenga que protagonizar estos dramas. No está bien que tenga que hacerse daño. No está bien que tenga que pedirle a alguien que se mee en ella, y lo peor es que es verdad que a Joanie la historia le parecería hilarante. Le encantaba protagonizar dramas repletos de dolor, hombres y sexo.

—Hemos terminado —me anunció en incontables ocasiones—. No puedo quedarme todas las noches jugando a las casitas. Creo que deberíamos salir con otras personas. —Nunca lo hizo. Se quedaba en casa, y pasaba de la euforia a las críticas y el abatimiento, pero nunca se marchaba. Me pregunto por qué no se marchaba sin más.

9

Cuando entro en la habitación, me encuentro a Scottie sentada en la cama. Verla tan cerca de su madre casi me asusta. Sobre la sábana hay una Polaroid de Joanie maquillada. Su vigé-
simo cuarto día. No me gusta cómo sale en la foto. Parece
embalsamada.

—No me gusta —digo, señalándola.

—Lo sé —dice Scottie. La dobla por la mitad y luego la
estruja con la mano.

—¿Le has hablado? —pregunto.

—Voy a trabajar un poco más en la historia —dice Scottie—, porque si a mamá le parece graciosa, ¿qué hará? ¿Y si la
risa empieza a circularle por los pulmones o el cerebro o algún
otro sitio porque no puede salir? ¿Y si la risa la mata?

—No funciona así —replico, aunque no tengo idea de
cómo funciona.

—He pensado en darle a la historia un toque más triste.
Así, ella sentirá la necesidad de volver.

—Ya es bastante triste.

Me mira, sin comprender.

—No debería ser tan complicado, Scottie —le digo con
severidad.

—¿Por qué me gritas?

—Tienes que hablar con ella.

—Le hablaré cuando se despierte —dice Scottie—. ¿Por qué estás tan enfadado?

No puedo confesarle que estoy enfadado porque tengo la sensación de estar perdiendo el control. No puedo revelarle que quiero que su madre sepa lo bien que me he ocupado de Scottie, que vea que se la devuelvo en mejores condiciones. No puedo decirle que no sé por qué siento esta apremiante necesidad de que hable con Joanie, como si se acabara el tiempo.

Me siento en la cama y observo a mi esposa: la Bella Durmiente. Su cabello tiene un aspecto pringoso, como cuando dio a luz. Aplico la oreja a su corazón. Aprieto la cara contra su bata. Este es el momento de mayor intimidad que he compartido con ella desde hace mucho tiempo. ¿Qué te motiva a seguir adelante, Joanie? Mi mujer, la piloto, la modelo, la bebedora. Pienso en la nota, la nota azul.

—Me quieres —digo—. Tenemos nuestra forma de funcionar, y nos va bien. Saldrás de esta, ¿verdad?

—¿Qué haces? —pregunta Scottie.

Yergo la cabeza y me acerco a la ventana.

—Nada.

—Tenemos que irnos —dice—. Necesito una historia nueva.

Le respondo que no podemos marcharnos todavía. Tenemos que esperar al doctor Johnston. Justo en ese momento, él entra en la habitación, estudiando el expediente médico de mi mujer.

—Hola, Scottie —saluda—. Hola, Matthew. —Alza la vista pero no me mira a los ojos—. Ayer os llamé en el pasillo. ¿Me visteis?

—No —contesto.

—Hola, doctor Jota —dice Scottie—. Acabo de contarle a mi madre una historia genial.

Mentirosa. ¿Por qué miente?

—Scottie, ¿por qué no te acercas un momento a la tienda a comprar protector solar para la playa?

—Ya llevo un tubo en la mochila —dice.

Lleva de todo en esa condenada mochila. Con lo que hay ahí dentro podríamos subsistir durante los próximos diez años, más o menos.

—Estoy seguro de que venden buenas golosinas allí —dice el doctor Johnston, y saca del bolsillo de su bata una tarjeta de plástico del hospital—. Toma. Llévate esto. —Parece estar de buen humor, optimista y positivo.

—No tengo hambre —replica Scottie, sentándose—. Me quedo aquí. Quiero oír lo que tenga que decir sobre mamá.

El doctor Johnston establece contacto visual conmigo. De pronto parece aturdido y agotado. Tiene los hombros caídos, y sujeta la carpeta a un costado, como si estuviera a punto de dejarla caer.

Lo miro y sacudo la cabeza, despacio. Scottie está sentada en la silla, con las piernas cruzadas y las manos en el regazo, esperando.

—Muy bien, pues. —Endereza la espalda—. Como ya sabéis, sus constantes vitales se habían mantenido estables, pero esta semana han empeorado. Hay personas con las constantes vitales débiles que han experimentado mejorías espectaculares, del mismo modo que los pacientes con las constantes más normales a veces no mejoran en absoluto, pero en este caso, necesitamos… necesitamos…

—Scottie, necesito hablar con el doctor Johnston a solas.

—No, gracias —dice.

—Bueno, necesitamos estar atentos a indicios más concluyentes para… para saber cuánto tiempo más… permanecerá en esta unidad —dice.

—Entonces ¿eso es bueno? —pregunta Scottie.

—Lo que es bueno es saber que si un paciente en coma sobrevive durante un período de entre siete y diez días después de sufrir la lesión cerebral, entonces las probabilidades de supervivencia a largo plazo son altas, pero…

—¡Mamá lleva aquí más que eso! Mucho más de siete días.

—No, Scottie —digo.

—Es posible que sobreviva, pero su calidad de vida empeorará —afirma el médico.

—No podrá realizar las mismas actividades que antes —digo, mirando al doctor Johnston para comprobar si estoy en lo cierto—. Nada de motocicletas, ni de lanchas.

—Así no se hará daño —afirma Scottie.

—Vamos, colega. Vámonos a la playa.

Observo al doctor Johnston, con sus cejas enmarañadas y sus manos agrietadas y salpicadas de manchas. Lo recuerdo de muchas de nuestras reuniones en Hanalei, de cuando las familias se juntaban durante las vacaciones de Navidad en las viejas casas de las plantaciones, con sus suelos de madera chirriantes, su mala iluminación, sus mosquiteras y fantasmas. El rostro del doctor Jota permanecía oculto casi todo el rato bajo un sombrero de vaquero, y el hombre se pasaba los días pescando o tocando la guitarra, cosa que mi padre no sabía hacer; a los niños la música nos atraía y nos apaciguaba. Mi padre siempre se iba a alta mar a practicar la pesca de altura. Una vez pescó un marlín, cuyo morro en forma de espada parecía apuntar, acusador. Por lo general pescaba atunes y, en una inversión de papeles, los hombres se aglomeraban en la cocina para preparar las salsas con mimo y asegurarse de que la parrilla estuviera a la temperatura perfecta.

Me pregunto si a él también le viene a la memoria esa época en la que yo era un muchacho que lo miraba boquiabierto cuando tocaba la guitarra. Esto debe de resultarle duro y extraño. Me conoce desde que yo tenía una hora de nacido, cuando estaba rojo y resbaladizo. Anota algo en su tabla. Siento el impulso de abrazarlo, de confesarle que no sé cómo lidiar con todo esto y de implorarle que me ayude, que me diga qué va a ocurrir exactamente. Que me toque una canción. Que me saque de aquí.

—Así que mamá está bien —dice Scottie. El doctor Johnston guarda silencio, y yo sigo sin saber nada de lo que está pasando salvo que no es favorable. Scottie recoge sus cosas, y en un momento en que no nos mira, el médico me posa la mano en la espalda. Su expresión estoica me da miedo.

—¿Puedes volver más tarde? —pregunta—. Tenemos que hablar en privado.

—Por supuesto.

Sale de la habitación, y cuando gira para alejarse por el pasillo, alcanzo a ver su perfil, que avanza con aire resuelto, casi enfadado.

—¡A la playa! —exclama Scottie y se marcha sin siquiera dirigirle una mirada a su madre.

Le pido disculpas en silencio a mi esposa por dejarla allí, por sus constantes vitales débiles, por no saber qué significan, por estar a punto de ir a la playa y tal vez pasarlo bien ahí con Scottie. ¿Se quedará paralítica Joanie? ¿Se le olvidará el abecé? Le doy un beso en la frente y le prometo que cuidaré de ella. Pase lo que pase, estaré allí, a su lado. Le digo que la quiero, porque es cierto.

10

En el club, los arbustos están cubiertos de tablas de surf. Ha habido un oleaje fuerte procedente del sur, pero la intensidad del viento allana las olas. Caminamos por el sendero de arena que discurre a un lado del comedor, una terraza abierta con columnas de coral y ventiladores de techo. El abuelo de mi primo, que era muy aficionado a los deportes acuáticos, fundó este club hace cien años. Tomó en arriendo el terreno situado frente a la playa que formaba parte de la finca de la reina, por diez dólares al año. En el vestíbulo, junto a un retrato de Duke Kahanamoku, hay una placa que reza: «Que este sea un lugar donde el hombre pueda comulgar con el sol, la arena y el mar, donde imperen la fraternidad y el espíritu aloha, y donde los deportes del Hawai antiguo tengan siempre un santuario». En la actualidad cualquiera puede comulgar con el sol, la arena y el mar por un precio inicial de quince mil dólares, cuotas mensuales y un proceso iniciático que tiende a excluir a quienes tengan un pedigrí inadecuado. Intenté explicárselo a Scottie cuando le denegaron la admisión al padre de su amiga. Los miembros de la junta creían que tenía vínculos con la Yakuza. Ella no lo entendió.

—¿Un pedigrí inadecuado? —preguntó—. ¿Como el de un pequinés?

Todos detestamos a esos perrillos.

—En cierto modo. Bueno, no. No es un proceso justo, cielo. —El padre de su amiga me caía bien. Era muy callado. La mayoría de la gente que conozco habla por los codos pero, en cambio, cuando me topaba con él, no nos adentrábamos en el dominio de la cháchara superficial, y nuestras breves conversaciones siempre me resultaban cómodas. Los rumores de que estaba relacionado con la mafia japonesa hacían que me cayera aún mejor. No nos engañemos: a todo el mundo le gustaría tener un amigo en la mafia.

Sigo a Scottie y paso por delante de los ventanales abiertos con postigos de celosía. Ella sale a la terraza y sube los escalones que llevan al comedor, que está relativamente vacío. Todo el mundo está al aire libre, practicando los deportes tanto del Hawai antiguo como del moderno; también se atribuye al club la invención del voleibol playa, y con frecuencia la pelota sale disparada de la cancha y aterriza en la cabeza de alguno de los incautos que toman el sol por allí.

—No podemos marcharnos hasta que me pase algo gracioso, triste o terrible —dice Scottie.

—No pienso quitarte el ojo de encima.

—¡Nooo!

—Sip. No te incordiaré, pero no te dejaré a tu aire.

—No es justo. Es tan humillante… —Mira en torno a sí.

—Tú finge que no estoy —le sugiero—. No es negociable. De todos modos, tus amigas están en el colegio. —Debería obligarla a ir a clase otra vez. De ese modo, yo podría trabajar, ella podría aprender. De pronto no entiendo por qué tengo que cuidar de ella en todo momento.

Scottie señala las mesas situadas en el perímetro del comedor y me indica que me siente allí. En una de esas mesas hay unas señoras jugando a las cartas. Me dan buena impresión esas señoras. Tienen unos ochenta años y llevan faldas de tenis, aunque me cuesta imaginarlas jugando al tenis.

Scottie se encamina hacia el bar. Jerry, el barman, me saluda con un movimiento de la cabeza. Veo a Scottie encaramarse a un taburete. Jerry le prepara un daiquiri de fruta y luego le da a probar algunos brebajes de su propia invención.

—El de guayaba está bueno —la oigo decir—, pero la lima me da calentura.

Leo el periódico que le he pedido prestado a una de las señoras. Me he trasladado a una mesa un poco más cercana al bar para escuchar y observar.

—¿Cómo está tu madre? —pregunta Jerry.

—Sigue dormida. —Scottie gira de un lado a otro en lo alto del taburete. Como los pies no le llegan a la barra para apoyarlos, los cruza encima del asiento y se mece adelante y atrás.

—Pues dile que le mando saludos. Dile que aquí todos la esperamos.

Observo a Scottie mientras reflexiona sobre esto.

—No hablo con ella —le dice a Jerry. Y su sinceridad me sorprende.

Jerry echa en su bebida un copete de nata montada de bote. Scottie toma un trago de su daiquiri y se frota la cabeza. Repite el proceso. Da vueltas sentada en el taburete. Le saca una foto a Jerry y canturrea:

—Todo el mundo me adora, pero mi marido pasa de mí. Supongo que tendré que comerme el gusano. Ponme un chupito de Cuervo Oro, Jerry, cariño.

Jerry limpia las botellas de licor por fuera, intentando hacer el mayor ruido posible.

Me pregunto con qué frecuencia entonaba Joanie esta cancioncilla, y si era su manera habitual de pedir tequila.

—Ponme dos de cada —chilla Scottie, inmersa en la fantasía de que es su madre. Aunque tengo ganas de rescatar a Jerry, no lo hago. Dejo que sea él quien apechugue con la incomodidad, pues yo no estoy en condiciones ahora mismo.

—¿Qué otras canciones te gustan? —pregunta—. A lo mejor podrías cantar otra…

Contemplo los ventiladores de techo que remueven el

aire. El sol me da en el costado derecho del cuerpo y hace que me despatarre un poco más en mi silla. Me concentro en el periódico que he estado fingiendo leer, y echo una ojeada a la columna semanal titulada «Creighton Koshiro y los críos». Retrata la vida de los niños de la isla, los que encarnan el espíritu Aloha y sacan buenas notas, los que han hecho cosas extraordinarias, como correr un maratón con la pierna izquierda amputada, o han llevado a cabo actos benéficos, como donar todas sus muñecas Bratz a niñas de Zimbabue. No me gusta esta columna, del mismo modo que no me gustan las pegatinas de los coches que se jactan de llevar a bordo a un alumno que figura en el cuadro de honor. Ninguna de mis hijas será jamás uno de esos «críos».

Oigo la voz de Scottie, dejo el periódico y la veo mirar por encima del hombro su propio culo, que menea adelante y atrás. Está cantando: «Así me gusta, así me agrada. Sigue luchando contra esa grasa».

No aguanto más. Me dispongo a levantarme, pero entonces veo a Troy caminar hacia la barra. Troy el grande, el magnánimo, el dorado. Me apresuro a abrir de nuevo el periódico para ocultarme detrás. Mi hija se queda callada de pronto. Troy le ha cortado el rollo. Estoy seguro de que ha vacilado al verla, pero es demasiado tarde para dar marcha atrás.

—Hola, Scottie —le oigo decir—. Dichosos los ojos.

—Lo mismo digo —responde ella, y su voz suena extraña, casi irreconocible—. Se te ve despierto. Sonríe. —Oigo el ruido de la cámara.

—Eh… gracias, Scottie.

«Eh… gracias, Scottie.» Troy es lento de reflejos. Como su bisabuelo inventó el carrito de la compra, a Troy le queda poca cosa que hacer aparte de acostarse con un montón de mujeres y provocar que mi esposa caiga en coma. No fue culpa suya, pero él no se hizo ni un rasguño. Joanie estaba participando con Troy en una competición anual. Pilotaban un catamarán Skater de doce metros, y Joanie era la única mujer del circuito. Troy me contó que en la octava vuelta iban justo detrás de otra lancha cuando él intentó hacer un adelantamiento. Al ver que no tenía espacio, tuvo que dar un viraje brusco a la izquierda para no chocar.

—¿Cómo que intentaste adelantar? —le pregunté a Troy.

—Yo iba al timón —dijo—. Joanie controlaba el acelerador y los estabilizadores. Yo solo quería concentrarme en pilotar.

Al rodear una boya indicadora, mientras Troy intentaba de nuevo adelantar al otro barco, saltaron sobre una ola, perdieron el control y Joanie salió despedida. No respiraba cuando los buzos socorrista la sacaron del agua. Una vez que Troy terminó la carrera, no paraba de decir: «Demasiado picada. Demasiado picada». Era la primera vez que pilotaba él. Joanie siempre lleva el timón.

—¿La has visitado ya? —pregunta Scottie.

—Sí. Tu padre estaba allí.

—¿Qué le dijiste?

—Que el barco está en perfecto estado, esperándola. Le dije que es muy valiente.

Menudo Neandertal. Detesto que la gente alabe la valentía de alguien que se limita a sobrevivir. Joanie lo detestaría también.

—Su mano se movió, Scottie. Estoy seguro de que oyó lo que le dije.

Troy lleva el torso desnudo. Nunca se pone camisa. El tipo tiene unos músculos que yo ni siquiera sabía que existían. Es atlético, rico y tonto, con ojos del color de una piscina de hotel. Es exactamente la clase de persona de la que Joanie se hace amiga.

Estoy a punto de bajar el periódico cuando oigo a mi hija decir:

—El organismo tiene reacciones naturales. Cuando le cortas la cabeza a un pollo, su cuerpo sigue corriendo de un lado a otro, pero no por eso deja de ser un fiambre en movimiento.

Oigo que Jerry tose, y luego Troy dice algo acerca de la vida, los limones y las agallas.

Cuando emerjo de mi escondite, veo a Troy alejarse y a Scottie salir a toda prisa del comedor. Me pongo de pie para seguirla. Corre hacia el espigón; la pillo justo antes de que salte al agua desde allí. Los ojos se le están llenando de lágrimas. Alza la vista para evitar que le resbalen por las mejillas, pero no lo consigue. Tengo ganas de unirme a ella. Me gustaría arrodillarme y sollozar.

—Siento haber dicho lo del fiambre en movimiento —llora—. Pero es que mamá se mueve a veces. ¡Y eso no significa nada!

—Vámonos a casa —digo.

—¿Por qué estáis todos tan obsesionados por los deportes? Mamá, Troy y tú os creéis lo más. Como todo el mundo por aquí. ¿Por qué no os apuntáis a un club de lectura? ¿Por qué no puede quedarse mamá tranquilamente en casa?

La abrazo y ella no protesta.

—No quiero que mamá se muera —dice.

—Claro que no. —La aparto un poco y me agacho para clavar la mirada en sus ojos castaños—. Claro que no.

—No quiero que muera así —añade—, corriendo o compitiendo. La he oído decir: «La palmaré a lo grande». Espero que se atragante con un grano de maíz o que resbale con un trozo de papel de váter cuando sea muy vieja.

Tiene la cara hinchada, el cabello grasiento y una expresión de asco en la cara, muy propia de un adulto.

—Oye, tu madre opina que eres genial. Para ella, eres la chica más bonita, lista y payasa de por aquí.

—Cree que soy una cobarde.

—No es verdad. ¿Por qué iba a creer eso?

—Como no quería ir en la lancha con ella, me dijo que era una miedica.

—Lo decía de broma. Cree que eres la chica más valiente de por aquí. Me decía que se asustaba de lo valiente que eres.

—¿En serio?

—Ya lo creo. —Joanie comentaba a menudo que estábamos criando a dos miedicas, pero nunca una mentira piadosa había sido tan necesaria. No quiero que Scottie albergue hacia su madre un odio como el que Alexandra sentía o tal vez todavía sienta hacia Joanie.

—Me voy a nadar —anuncia Scottie.

—No —digo—. Ya es suficiente por hoy.

—Por favor, papá. —Me coge del cuello para que baje la cabeza hacia ella y susurra—: No quiero que nadie se dé cuenta de que he llorado. Deja al menos que me remoje un poco.

—De acuerdo. Te espero aquí.

Guarda su cámara en la mochila, se quita la ropa y me la tira, me entrega dos fotos, salta del espigón a la playa y se abalanza hacia el agua. Se zambulle y sale a la superficie después de lo que parece un minuto. Me siento en el muro de coral a observarla, y también a mirar a los otros niños y a sus madres. Ellas van perfectamente equipadas con tentempiés, juguetes, sombrillas, toallas. Yo no llevo nada, ni siquiera una mísera toalla para que Scottie se seque cuando salga del agua. A mi izquierda hay un arrecife pequeño. Veo unos erizos pequeños instalados en las grietas. Todavía me cuesta creer que Scottie le pegase un manotazo a uno.

Me fijo en la foto de Jerry y luego en la de Troy. El tipo luce una sonrisa de lo más franca, y unos músculos tan relucientes como si se untara aceite en ellos. La terraza del comedor se está llenando de gente con sus bebidas heladas de color rosa, rojo y blanco. Un anciano sale del mar con una canoa monoplaza al hombro y una sonrisa de cansancio tembládole en los labios, como si regresara de una especie de batalla en alta mar.

Están encendiendo las antorchas en la terraza y en el dique de piedra. Todavía alcanzo a vislumbrar los barcos para fiestas que pasan junto a la manga de viento camino de vuelta a la costa. En el cielo, el sol se ha convertido en un manchurrón ondulante que roza el horizonte. Casi ha llegado el momento del destello verde. Aún no, pero falta poco. Cuando el sol se pone, a veces se percibe un resplandor de luz verde que parece surgir del mar. Por estos pagos es una actividad comunitaria esperar a que aparezca el destello verde, con la esperanza de capturarlo. De pronto me acuerdo de que todavía tengo que llevar a Scottie a casa y volver al hospital.

Los niños salen corriendo del agua hacia las toallas que sus madres sujetan extendidas ante sí. Oigo la voz de una de ellas flotar por encima del océano. Suena lejana, pero clara.

—Ven aquí, pequeña. Están por todas partes.

Scottie es la única niña que sigue nadando. Recojo sus cosas y salto del espigón.

—¡Scottie! —grito—. ¡Scottie, ven aquí ahora mismo!

—El agua está llena de carabelas portuguesas —me advierte la mujer. Tiene a un crío aferrado a la pierna e intenta sacudírselo—. El oleaje debe de haberlas arrastrado hasta aquí. ¿La niña es suya? —La mujer señala a Scottie, que se acerca nadando desde los catamaranes.

—Sí —respondo. Es mía, pero no sé qué hacer con ella, dónde meterla.

Scottie sale finalmente del agua. Sujeta en la mano un bicho diminuto, de cuerpo gelatinoso, con una burbuja azul celeste y la cola urticante color azul marino enrollada en torno a su muñeca.

Cojo un palo y se la quito de encima.

—Pero ¿qué has hecho? ¿Por qué haces esto? —Reviento la burbuja para que no le haga daño al hijo de otra persona.

Los otros niños le miran el brazo, que ha quedado marcado con una fina raya roja. Retroceden unos pasos. El crío se acerca a la carabela portuguesa.

—¿Pompas? —Extiende la mano hacia ella, pero su madre le agarra la mano. El crío se deja caer sobre la arena, gimoteando.

—¿Voy a buscar al socorrista? —pregunta la mujer.

—Ya me encargo yo —digo—. Scottie, ve a lavarte el brazo. —Hace ademán de encaminarse hacia la terraza—. No,
con agua salada.

—No es solo el brazo —farfulla—. Estaba nadando en
medio de... de una manada de ellas.

—¿Te encuentras bien? —pregunta la mujer. Los otros niños se dirigen hacia el agua—. ¡Fuera de allí! —grita a voz en
cuello, como un árbitro.

—Está bien —le aseguro, deseando que se marche. Su hijo
sigue llorando, lo que me irrita bastante. ¿Por qué no le da un
biberón o unos caramelos?

Le vuelvo la espalda y echo a andar hacia el mar.

—¿Por qué te has quedado ahí dentro, Scottie? ¿Cómo
has podido soportarlo?

He sufrido miles de picaduras de carabelas portuguesas;
no es tan terrible, pero se supone que los niños lloran cuando
los pican a ellos. Es una de esas cosas que uno da por sentado.

—He pensado que tendría gracia que le contara a mamá
que me atacó una manada de calaveras.

—No se llaman calaveras. Lo sabes, ¿verdad? —Cuando
ella era pequeña, me tomaba unas cervezas en la playa, frente
al arrecife, contemplando la puesta de sol mientras Joanie hacía sus ejercicios. Scottie señalaba animales marinos, y yo les
ponía nombres inventados. Llamaba a las carabelas portuguesas «calaveras» por el aspecto fantasmagórico que ofrecían
con su burbuja gaseosa, su cola, semejante a un látigo, sus tentáculos tóxicos. Llamaba «globo pum» al pez globo, «puerco
espín del mar» al erizo, y «cascos de agua salada» a las tortu-
gas marinas. Me parecía gracioso, pero ahora me preocupa
que Scottie no quiera conocer la realidad sobre las cosas. Me
preocupa que mis enseñanzas nos metan a todos en líos.

—Pues claro que lo sé —dice Scottie—. Son carabelas, pero es una broma que nos hacemos nosotros. A mamá le gustará.

—Tampoco se llaman carabelas —la corrijo. Ella sumerge

el cuerpo en el mar—. Se llaman carabelas portuguesas. Ese es su nombre correcto.

—Ah. —Sale del agua y se rasca. Le están apareciendo más rayas en el pecho y las piernas.

—No me gusta tu actitud —digo—. Solo tienes que decirle a mamá que la echas de menos. No necesita que le cuentes historias.

—Vale. Volvamos al hospital, entonces. Le contaré lo que acaba de pasar.

—Tenemos que ir a casa para ponerte pomada y hielo en las picaduras. El vinagre solo empeora las cosas, así que si te crees que el chico jirafa va a mearse sobre ti, eso no va a pasar ni de coña.

Ella asiente, como si estuviera preparada para esto: el castigo, la medicación, la hinchazón, el dolor que siente ahora y el que sentirá más tarde. Mi desaprobación no parece molestarla. Al fin y al cabo, ya tiene su historia, y está empezando a descubrir que el dolor físico resulta mucho más soportable que el emocional. No me hace muy feliz que aprenda esto a tan corta edad.

—Habrá pomada y hielo en el hospital —dice.

Subimos por la cuesta arenosa hacia la terraza del comedor. Veo a Troy sentado a una mesa con personas que conozco. Miro a Scottie para comprobar si lo ha visto también. Le está dedicando un gesto obsceno con el dedo. La gente de la terraza suelta un grito ahogado, pero caigo en la cuenta de que es por el ocaso y el destello verde. Nos lo hemos perdido. El destello ha durado lo que dura un destello. El sol ha desaparecido, y el cielo se ha teñido de rosa. Extiendo el brazo para asir la mano provocadora, pero en vez de bajársela, corrijo el gesto.

—Fíjate bien, Scottie. El dedo no debe sobresalir tanto de los otros. Súbelos un poco también. Eso es. Así mola más.

Troy, que nos observa, esboza una sonrisa. Está totalmente desconcertado.

—Bueno, ya es suficiente. —De pronto siento pena por Troy. Debe de estar hecho polvo.

Empujo ligeramente a Scottie por la espalda para guiarla. Como ella da un respingo, aparto la mano, pues me acuerdo repentinamente de que tiene picaduras por todas partes.

—¿Podemos ir al hospital? —pregunta. Pasamos junto a los vestuarios y llegamos al aparcamiento.

—Voy a llevarte a casa —digo.

—Tengo una historia y quiero contársela a mamá. —Su voz retumba dentro del aparcamiento. Se para en seco.

Me detengo y miro hacia atrás.

—Vamos.

Ella niega con la cabeza. Me le acerco y la tomo de la mano, pero ella se suelta.

—¡Quiero ver a mamá! Se me olvidará lo que tengo que decirle.

Le aferro la muñeca, esta vez con más fuerza, y ella pega un chillido. Miro en torno a mí, me alejo y, como ella sigue chillando, me pongo a chillar, y los dos pegamos chillidos en el aparcamiento, gritos de rabia que rebotan en las paredes.

Scottie está sentada dentro del coche, enfurruñada. Decido llamar al doctor Johnston. No quiero regresar al hospital. Tengo demasiadas cosas que hacer. Le pido a una enfermera que avise al médico, y él me llama poco después. Scottie toca el claxon, pero no le hago caso.

—Matthew —dice Johnston.

—¿Puedes decírmelo ahora? —pregunto—. Dímelo todo, por favor. —Estoy de pie en el aparcamiento, mirando a Scottie.

—La presión sobre su cerebro ha aumentado —dice—. Hemos drenado algo de líquido, y podríamos intervenir quirúrgicamente, pero, dada su puntuación en la escala de Glasgow, me temo que no serviría de mucho. No sé si lo has notado, pero últimamente no se perciben en ella movimientos de los ojos, o de ningún otro tipo. La lesión que tiene en el cerebro es muy grave. Lo siento —añade—. Hemos hablado de esto, de la posibilidad de recurrir a...

Deseo echarle una mano. No quiero obligarlo a pronunciar todas y cada una de las palabras que tiene que decirle a un muchacho a quien conoce de toda la vida.

—¿Al plan B? —pregunto. Esta fue la expresión que utilicé.

—Me temo que sí. Al plan B.

—De acuerdo —digo—. Muy bien. Nos vemos luego. Mañana. ¿Vas a empezar ahora? ¿Vas a desconectarla del todo ahora mismo?

—Esperaré a que nos veamos mañana, Matthew.

—De acuerdo, Sam. —Cierro el móvil. No me atrevo a subir al coche. Allí dentro hay una niña que espera que yo mejore la situación, una niña que cree que su madre se pondrá bien para que su padre pueda esfumarse de nuevo y aparecer solo por la noche para entretenerla y cenar, y por la mañana para desayunar frente a la isla de la cocina y dirigirse hacia la puerta pasando por encima de libros de texto, bolsas, trastos diversos y ropa. Me quedo inmóvil en el aparcamiento, pensando en el plan B. La puesta en marcha de este plan significa que mi esposa está en un estado vegetativo permanente. Presenta varias discapacidades neurológicas graves. Vendrán a pedirme que done sus órganos. El plan B consiste en dejar de alimentarla, de cuidarla, de ayudarla a respirar; en retirarle el suero intravenoso y la medicación. Consiste en dejar que se muera.

Oigo girar las ruedas de un coche que dobla las esquinas. Veo el coche que baja por la rampa hacia la planta del aparcamiento en la que estamos. Las lágrimas asoman a mis ojos, y me las enjugo. La conductora frena cuando me ve. Es una señora mayor cuya cabeza apenas sobresale por encima del volante de su Cadillac. Me fijo en sus dedos cerrados sobre el volante y pienso: ¿Por qué a ti te ha tocado vivir tantos años? Veo que baja la ventanilla y yo me quedo donde estoy, lleno de curiosidad respecto a cómo conseguirá que me mueva de aquí.

—¿Me deja pasar? —pregunta.

—Lo siento —digo y me aparto de su camino.

11

Circulamos por la H1 hasta que, por causa del tráfico, nos quedamos parados detrás de una camioneta con la suspensión elevada, con una mujer de pechos redondos como platos pintada con aerógrafo en la parte de atrás. El vehículo no me deja ver cuál es el motivo del atasco, aunque seguramente no lo hay. El tráfico es tan misterioso como el cerebro, el maquillaje o las niñas de diez años. Las picaduras de Scottie se han convertido en ronchas rojas y abultadas, y le agarro la mano cada vez que intenta rascarse. Tiene unas manchitas de color blanco grisáceo en la piel porque no la he dejado lavarse. No había que quitarle la sal de mar de las heridas.

—¿Estás mareada? —pregunto—. ¿Tienes náuseas?

Se sorbe los mocos.

—Creo que me he resfriado. —No quiere reconocer que es por nadar con invertebrados venenosos. Está con el ánimo por los suelos, y creo que ya no insiste en ir al hospital porque al final ha comprendido que la anécdota no es tan fantástica.

—Mañana, cuando estemos en casa, tendrás que afeitarte las piernas para eliminar los nematocistos que queden —le digo para animarla.

Se mira las piernas, recubiertas de un fino vello castaño, y sonríe.

—Reina flipará, y entonces tendré que hacerlo una y otra vez. Va a ser una lata.

—No —digo—. Esta será la única y última vez.

—¿Tú crees que le hice tanto daño al erizo como él a mí? —inquiere.

—No lo sé. —Oigo una música que procede de la camioneta. Más que música, se trata de unos golpes sordos y rítmicos que hacen vibrar nuestras ventanillas. Reflexiono sobre el erizo. No me había parado a pensar si se había hecho daño o no.

—¿Por qué todo el mundo las llama carabelas a secas?

—La gente se acostumbra a simplificar y se olvida de cómo se llaman de verdad.

—O los padres mienten —dice— sobre los nombres correctos de las cosas.

—Eso también.

La vía se descongestiona como por arte de magia, y me paso la salida que solemos tomar para ir a casa. Scottie no se da cuenta.

La semana pasada, cuando el doctor Johnston y yo hablábamos de la alternativa inimaginable, me dijo que el protocolo que se sigue habitualmente en casos de personas como Joanie, que prohíben específicamente en su testamento vital la alimentación por vía intravenosa y la respiración asistida, es reunir a amigos y familiares para que se despidan del enfermo.

—Que se encarguen ellos de todos los trámites y digan lo que tengan que decir. Cuando llegue el día, se sentirán preparados, en la medida en que se puede estar preparado para una cosa así.

Yo lo escuchaba del mismo modo que escucho a una azafata cuando me explica lo que hay que hacer en caso de amaraje forzoso.

Plan B.

Reduzco la velocidad ante un mar de luces rojas. Mi deber ahora es convocar a todos y anunciarles que tenemos que desconectar a Joanie. No se lo diré a nadie por teléfono, pues no me ha gustado que el médico me comunicase la noticia por ese medio. Dispongo de una semana más o menos para encargarme de los trámites, como me aconsejó él, pero son una carga abrumadora. ¿Cómo voy a aprender a dirigir una familia? ¿Cómo voy a despedirme de alguien a quien quiero tanto que había olvidado cuánto la quiero?

—¿Por qué las llaman medusas? —pregunta Scottie—. No tienen serpientes en la cabeza.

—Las carabelas portuguesas no son medusas —replico, sin aclarar su duda—. Haces buenas preguntas. Te estás volviendo demasiado lista para mí, Scottie.

No estoy seguro de que traerla conmigo sea lo más conveniente, pero supongo que no puedo seguir dependiendo de Esther. Ni de Esther ni de nadie. Necesito asumir el control sobre mis hijas, así que he decidido que las dos duerman en casa esta noche.

Diviso la salida al aeropuerto y consulto el reloj del salpicadero.

—¿Qué estamos haciendo? —pregunta Scottie al fin. Un avión ruge por encima de nuestras cabezas. Es tan estruendoso que me hace alzar la mirada. Veo su enorme panza gris, que surca el cielo pesadamente.

Tomo la salida.

—Ir a buscar a tu hermana.

SEGUNDA PARTE

LA VÍA DEL REY

12

Cada vez que aterrizo en la isla de Hawai me siento como si hubiera retrocedido en el tiempo. Tiene un aspecto desolado, como si acabara de quedar arrasada por un tsunami.

Conduzco por la carretera que me es tan familiar, entre los espinosos mezquites, las playas de arena negra y los cocoteros con sus loros salvajes. El aire se torna más frío, y una tenue mezcla entre niebla y cenizas volcánicas que huele como a pólvora lo cubre todo y refuerza esa sensación de abandono y destrucción. Circulo entre los campos de lava negra en los que brilla la piedra caliza blanca que los adolescentes utilizan para declararse. Con ella hacen las pintadas típicas de la isla: «Keoni ama a Kayla», «Orgullo hawaiano» y la más larga de todas: «Si lees esto es que eres gay». En los terrenos sembrados de rocas puntiagudas, diviso *heiaus*, los templos tradicionales, y piedras apiladas sobre hojas de té como ofrenda a los dioses.

—¿Qué es eso? —pregunta Scottie, que va acurrucada en el asiento de modo que no le veo la cara.

—¿Qué es qué? —Escruto el paisaje desierto.

—Es como un camino para correr.

Miro de nuevo y veo el sendero de guijarros que discurre entre los lechos de lava.

—Es el King's Trail.

—¿Se llama así por nosotros?

—No. ¿Nunca te han hablado de King's Trail en el colegio?

—Seguramente.

—¿Qué clase de hawaiana eres?

—Una como tú —responde.

Contemplamos el camino ancho e interminable que rodea toda la isla.

—El rey Kalākaua lo mandó hacer. Lo repavimentó. Tus antepasados lo usaban para ir de un lado a otro. —Avanzamos a lo largo de él, como si fuera una antigua carretera, y en cierto modo lo es, supongo. La construyeron los presos, y el paso del ganado y de los humanos la fue allanando. Siempre tengo bien presente la vía; es obra de aquellos que no pagaban sus impuestos.

—¿Es muy antigua? —pregunta Scottie.

—Bastante —digo—. De mil ochocientos y pico.

—Muy antigua. —Contempla el camino con su largo bordillo de piedra, y cuando llegamos a las colinas y las fincas ganaderas de Waimea, descubro que se ha dormido. Durante el día, las verdes lomas están salpicadas de vacas y caballos, pero en este momento no veo ningún animal allí. Circulamos entre vallas de madera torcidas y grises, y bajo la ventanilla para aspirar el aire frío, el olor a forraje, estiércol y sillas de montar de cuero, la fragancia de Kamuela. Mis abuelos tenían una finca aquí, y cuando de niño los visitaba, recogía fresas, montaba a caballo y conducía tractores. Era un mundo extraño, lleno de sol, frío, vaqueros, playas, volcanes y nieve. El Mauna Kea siempre resultaba visible, y yo me volvía hacia él y saludaba con la mano, porque creía que los científicos me miraban a mí en vez de observar planetas lejanos.

Tuerzo por el camino de tierra, paso junto al establo de abajo y los edificios del colegio hasta llegar a la residencia de estudiantes.

Estoy deseando ver a mi hija. Y un poco nervioso. La semana pasada, hablé con ella y la noté rara. Cuando le pregunté qué la preocupaba, me respondió:

—El precio de la cocaína.

—No, en serio, ¿qué más? —insistí.

—¿Es que hay algo más? —repuso.

Aseguró que estaba bromeando. Era una broma de pésimo gusto, teniendo en cuenta lo ocurrido.

No sé en qué me equivoqué. Por lo visto hay algo en mí que incita a la gente a autodestruirse. Joanie con su lancha rápida, sus motos y su alcoholismo; Scottie con su erizo de mar; Alex con sus drogas y sus sesiones como modelo. Aunque Alexandra me dijo que al principio se drogaba para horrorizar a su madre, tal vez lo hacía para saber qué se sentía al ser como ella. Por lo visto, la quería y la despreciaba con la misma intensidad, pero, sin duda, esto ya no es un problema, o al menos dejará de serlo pronto. No se puede estar enfadado con alguien que se muere.

Pienso en el Buzz's, cuya encargada me contó que Joanie animaba el ambiente del local. Estoy convencido de que si ella muere, de que cuando muera, colgarán su foto, pues es uno de esos restaurantes en que las imágenes de personajes legendarios locales y parroquianos fallecidos pueblan las paredes como fantasmas. Me entristece que tenga que morirse para que cuelguen su retrato, o para que yo llegue a apreciarla de verdad en todos sus aspectos, o para que Alex le perdone el error que cometió, sea cual fuere.

Conduzco despacio porque el camino es muy accidentado. Le echo una ojeada a Scottie, que sigue dormida. Me alegro de que el internado aún no haya asfaltado el camino.

Cuando paro en el aparcamiento y apago el motor, Scottie abre los ojos.

—Hemos llegado —digo.

13

Son las diez de la noche. La encargada de la residencia me mira como a la persona más irresponsable del mundo. Fuera hace frío, y Scottie lleva un pantalón corto que deja al aire sus piernas cubiertas de picaduras. He venido a la residencia a recoger a mi hija, cosa que habría podido hacer a una hora decente. Estamos frente a la puerta de la encargada, y veo un televisor al fondo de la habitación. Ella lleva un camisón de franela horrendo y, por lo que alcanzo a distinguir, está viendo el concurso *American Idol*. Siento una vergüenza terrible por todos nosotros.

Nos guía hasta una escalera, y Scottie se nos adelanta, subiendo los escalones de dos en dos. Oigo que la encargada resuella y afloja el paso.

Me reconforta comprobar que todo el mundo está dormido y que esto no es como una residencia universitaria, donde las diez de la noche es la hora a la que apenas empieza a caldearse el ambiente. Le comento a la mujer que estoy impresionado. Sé que es uno de los mejores colegios privados de Hawai, pero aun así da gusto ver que unas chicas se comportan como es debido lejos de casa.

—Intentamos reproducir las condiciones de los hogares —afirma—. A estas horas, en su casa, la mayoría de las chicas están en la cama o leyendo en silencio. Los fines de semana, la cosa cambia un poco, pero las asignaturas son tan difíciles que los estudios y los deportes las mantienen ocupadas, y a estas alturas de la semana están bastante cansadas. La habitación de Alexandra está al fondo. —Se detiene en lo alto de la escalera, agarrada a la barandilla, y señala hacia un extremo del pasillo.

Scottie arranca a correr.

—¿Qué puerta? —grita.

—Baja la voz —le grito yo, y la mujer nos mira con cara de pocos amigos.

Me dice que llamará a la puerta y entrará primero, por si acaso Alex o su compañera de habitación no están presentables. Esperamos a que recupere el aliento, y entonces echamos a andar por el pasillo. Consulto mi reloj. Cuando ella por fin llega al fondo, Scottie da unos golpecitos a la puerta. Juraría que la mujer se está aguantando las ganas de zurrarle.

—¡Esa no es la puerta! —exclama.

Una chica asoma la cabeza y yo aparto la mirada, por si acaso no está presentable.

—No queríamos molestarte, Yuki —dice la encargada de la residencia—. Nos hemos equivocado de puerta.

—Entonces ¿puedo volver a la cama? Estaba durmiendo.

—Sí. Acuéstate.

—Buenas noches —digo, asombrado por el orden que impera en esta residencia. Me imagino a hileras de chicas bien arropadas en la cama, soñando.

La encargada llama a la puerta correcta. Nadie responde. Mi hija debe de estar bien arropada en la cama, soñando.

—Voy a despertarla —anuncia la mujer, y se adentra en la oscuridad.

Scottie estira el cuello, intentando echar un vistazo dentro de la habitación de su hermana mayor. Me pongo a pensar en lo que le diré a Alex. ¿Cómo darle la noticia de que va a perder a su madre? Qué palabras tan extrañas: perder a una madre. Vamos a perder a una madre. Dentro de poco, mi esposa estará muerta.

La encargada sale de la habitación y cierra la puerta tras sí.

—¿Está dormida?

—No —responde.

Espero a que concrete un poco más.

—¿Se está adecentando?

—No —dice, sin soltar el pomo de la puerta—. Alexandra no está.

Buscamos en el lavabo, en el estudio, en la sala de la tele. Buscamos en las habitaciones de sus amigas.

La encargada ha entrado en pánico, no tanto porque le preocupe la seguridad de mi hija como por el mal lugar en el que la hace quedar la ausencia de Alexandra.

—Las chicas tienen que estar en la residencia a las siete —asegura. Caminamos por la planta baja para despertar a otra de sus amigas—. Entonces se quedan en la sala de estudio hasta las nueve. No se les permite perder el tiempo con juegos, películas o cháchara.

Scottie parece entusiasmada con la situación. Sus llagas enrojecidas brillan bajo la luz fluorescente del pasillo. Lleva una camiseta con la leyenda: «Vote por Pedro», que sabe Dios qué significa, y tiene el pelo de punta en algunas partes y apelmazado en otras. En una zona cercana a la oreja, lleva el cabello fijado con alguna sustancia desconocida. En el avión se ha tomado un refresco de frutas, que le ha dejado manchas del color de la carne cruda en los labios y la barbilla. Su aspecto es similar al de un animal atropellado en la carretera, lo que me impulsa a esforzarme por darle buena impresión a la encargada, de modo que llega un momento en que parece que los dos estemos voceando en un mercado nuestras aptitudes para cuidar de los jóvenes.

—Seguro que está con una amiga —digo—, haciendo cosas de chicas.

—Charlando sobre chicos —tercia Scottie.

—Pues nuestras normas sobre la hora de dormir son muy estrictas, así que eso sería inaceptable.

—¿Qué le vais a hacer? —pregunta Scottie—. ¿Perderá privilegios? Eso es lo que me hacen a mí. Me quitan el privilegio de ver la tele, pero grabo mis programas favoritos con el TiVo. Esther ni siquiera sabe lo que es el TiVo.

—Yo también uso el TiVo —dice la encargada.

—Esther era nuestra asistenta —explico.

—Lo sigue siendo —dice Scottie—. Cocina, limpia y me da masajes de espalda.

—Scottie —me río—, no digas tonterías.

—No estoy diciendo tonterías.

—¿Dónde está esa amiga suya? —pregunto. Me da la impresión de que caminamos por un pasillo que no tiene fin. La encargada finalmente se detiene frente a una habitación. Llama, entra y cierra la puerta detrás de sí. Scottie y yo nos quedamos mirando dos nombres, «Hannah y Emily», escritos con rotulador morado sobre cartulina color lavanda y circundados por flores amarillas recortadas. Reconozco el olor a rotulador Crayola morado. Alguien debe de haber dedicado mucho tiempo a confeccionar estos letreros, y me alegra que Alexandra disfrute de esta camaradería con otras chicas. Chicas que dibujan en cartulina y recortan primorosas flores de cartón.

La encargada de la residencia sale de la habitación y, a juzgar por su expresión, no trae buenas noticias.

—Emily tampoco está aquí. Volvamos al cuarto de Alexandra. Tal vez ya haya regresado.

—O tal vez su compañera de habitación nos cuente qué está pasando —digo.

La compañera de habitación finalmente da el brazo a torcer, aunque nos lleva un rato conseguirlo. Dice que Alex le dará una paliza por chivarse, y yo le garantizo que mi hija no hará semejante cosa. Su pobre compañera de habitación. Me cuesta imaginar a alguien con quien Alexandra tenga menos en común. Es una chica desgreñada que respira por la boca, sin duda debido a una alergia al polen. En su parte de la habitación hay peluches sobre su edredón azul marino, y brillan por su ausencia los pósteres, las fotos o cualquier otra cosa que refleje sus gustos, su grado de popularidad o la posición económica de sus padres. Su parte de la habitación es testimonio de su soledad, mientras que la de Alexandra está repleta de homenajes a su persona y su identidad. Veo el brillo de las fotografías y los pósteres de chicos que saltan en moto sobre las dunas. Veo discos compactos, cosméticos, ropa, zapatos y más bolsos de los que puede necesitar una sola chica.

Los tres nos encaminamos hacia el campo de fútbol. No sé qué vamos a encontrar, y creo que tanto la encargada de la residencia como yo tenemos miedo. Ella se ha puesto un abrigo de plumón encima del camisón, y yo me froto los brazos intentando entrar en calor. Scottie me coge de la mano en la oscuridad. El suelo es muy desigual en algunas partes, por lo que tropieza de vez en cuando. La hierba está húmeda y se me mojan los bajos del pantalón. Me fijo en los tobillos desnudos de Scottie. Exhala ruidosamente porque hace mucho frío y le fascina ver su aliento.

Por fin, a lo lejos, vislumbro a dos personas que sujetan algo parecido a un palo de golf entre las manos. Luego diviso una pelota blanca que surca el cielo a toda velocidad, y oigo unos gritos de entusiasmo. Mi hija está jugando al golf a la luz de la luna con su amiga. Me entra la nostalgia de una vida que nunca he tenido: el internado, la mocedad femenina.

—¡Chicas! —las llama la encargada.

Veo que las dos vuelven el rostro hacia nosotros.

—Alex —la llamo. Le ha crecido el pelo, que le llega por debajo de los hombros, e incluso desde aquí alcanzo a apreciar la belleza de su rostro, la armonía con que sus facciones se estructuran y complementan entre sí, colaborando unas con otras.

—¿Papá?

—Alex —grita Scottie—. Soy yo.

La otra chica sale por piernas, pero no llega muy lejos antes de desplomarse con su palo de golf en la mano. Me acerco para comprobar si está bien y la encuentro tumbada de bruces en el barro, despatarrada como si estuviera tomando el sol. Me agacho y le poso la mano en la espalda. Ella se vuelve para tenderse boca arriba, con las mandíbulas abiertas de par en par y los ojos cerrados. Me doy cuenta de que se está riendo, y entonces comprendo que lleva un colocón de aúpa. Cuando consigue hablar, dice:

—¡Mejorad mi par, guarronas!

Alexandra está a mi lado y se apoya en mí, desternillándose.

—¿Qué haces aquí, papá?

—Señora Murphy —farfulla la otra chica—. ¿Se anima a echar una partida con nosotras? ¿A dieciocho hoyos?

El ciclo vuelve a empezar. Las chicas se aguantan la risa durante un segundo y de pronto todo estalla. Alexandra cae de rodillas.

—Ay, Dios —dice—. Ay, Dios mío.

Scottie prorrumpe en carcajadas también, imitando la hilaridad etílica de su hermana.

—Dieciocho hoyos. —La amiga de Alex respira entre risotadas—. Diez. Y ocho. Hoyos.

—¡Chicas! —grita una y otra vez la señora Murphy.

No tengo la menor idea de qué puedo hacer para poner fin a esto y regresar con mis dos hijas al aeropuerto a fin de coger el último vuelo y llegar a Oahu a tiempo para reunir a todos los deudos y comunicarles que se acabó. Joanie, nuestra luchadora, ha perdido.

Es Scottie quien consigue hacerlas callar.

—Alex —dice—. Mamá va a volver a casa.

Alex me mira para confirmar esta información, y yo levanto la vista. Hace una noche preciosa. Aquí, lejos de las luces de Oahu, las estrellas invaden el cielo.

—No —digo—. Eso no es verdad.

—Entonces ¿qué pasa? ¿Se ha puesto mejor o algo? —Alex se apoya en el palo de golf con una sonrisita.

—Voy a llevarte a casa —anuncio—. Mamá no está bien.

—A la mierda con mamá —dice Alex. Da unas zancadas, muy decidida, y lanza su palo de golf a la oscuridad de la noche. Todos miramos hacia arriba y alrededor, pero nadie ve adónde ha ido a parar.

Cuando llegamos a casa, Scottie sale del garaje y se dirige a su habitación sin decir palabra. Yo llevo a Alex en brazos. Pesa mucho y, al parecer, tiene las extremidades empapadas. Hago un esfuerzo por llevarla a su cuarto. Podría quedarme a medio camino y acostarla en el sofá del estudio, pero quiero que duerma en su vieja cama, que originalmente era la mía. Además, a una parte de mí le gusta cargar con ella, sentirla acurrucada contra mi pecho como un bebé.

Le quito los zapatos y la arropo con las mantas. Se parece a Joanie. La contemplo durante un rato mientras duerme. «¿Qué ha pasado?» Mi cabeza no para de darle vueltas a esta frase. Me marcho de su habitación sin bajar las persianas. Mañana el sol saldrá sobre los montes Ko'olaus, y la luz le dará de lleno en la cara.

14

Intento darle a Alex tiempo y cancha para que se disculpe por su comportamiento sin que yo se lo pida. Estamos en la cocina, donde ella toma Coca-Cola y unos cereales que semejan grandes cagarrutas de conejo.

—¿Cómo te encuentras? —le pregunto.

Ella se encoge de hombros, mastica y después se lleva el bol a la boca.

—¿Mamá te deja beber refrescos con el desayuno?

—Nunca me acompañaba durante el desayuno.

—¿Dónde está Scottie? —pregunto.

Se encoge de hombros de nuevo.

—Bueno, me alegro de verte, Alex. Bienvenida a casa.

Levanta su cuchara y le da vueltas en el aire antes de ponerse de pie y dejar su cuenco fregadero.

—Mételo en el lavavajillas —le indico.

Sale de la cocina, y yo me acerco al fregadero para enjuagar su bol y colocarlo en el lavavajillas. Ella reaparece, hablando con alguien por su teléfono móvil. Lleva gafas de sol, un libro, una toalla y otra Coca-Cola.

—Alex —digo—, quiero hablar contigo.

—Me voy a nadar —dice.

—Bien. Pues iré a nadar contigo.

—Pues bueno —dice.

En la piscina da saltitos sobre uno y otro pie. Echa la cabeza hacia atrás y después se escurre el cabello. Yo me tiro de cabeza, intentando salpicar lo más posible, y cuando salgo a la superficie, la veo mirando la piscina con mala cara. El agua está fría, y las nubes tapan el sol. Hago un largo, nadando entre hojas de mango caídas y cuerpos color canela de termitas.

—Va a venir Sid —anuncia.

—¿Quién es Sid?

—Mi amigo. Ahora lo conocerás. Acabo de llamarlo y va a pasarse dentro de un rato.

—¿Qué amigo? ¿Del internado?

—No, es de aquí. Estaba en mi clase, en el Punahou. Lo conozco de hace siglos.

—Ah —digo—. De acuerdo.

—Tiene algunos problemas. Seguramente se quedará aquí y pasará mucho rato conmigo para apoyarme hasta que termine toda esta mierda.

—Vaya —comento—. Veo que lo tienes todo calculado. ¿Dónde vive?

—En Kailua —responde.

—¿Y es posible que conozca a sus padres?

—No. —Me mira fijamente a los ojos.

—Estoy deseando conocerlo —digo.

Alguien aporrea la puerta corredera que da a la piscina. Scottie sale y atraviesa a paso veloz el patio de ladrillo. Lleva puesto un negligé negro, y tiene manchones de crema blanca por todo su escuálido cuerpo. Le saca una foto a Alex.

—¿Qué coño…? —exclama Alex—. ¡Quítate mi ropa interior!

—No le grites así —digo.

—Pero si se ha puesto mi puta ropa interior.

—¿Y qué, Alex? ¿Tan grave es, en el contexto general de las cosas? —Miro a Scottie. En cierto modo, sí que es grave. El negligé le hace bolsas en el pecho y entre las piernas—. Scottie, vuelve a entrar y ponte un bañador de verdad.

—¿Por qué?

—Hazlo ya, Scottie.

Me dedica un gesto obsceno con el dedo, de la forma correcta en que le enseñé a hacerlo, y entra corriendo en casa.

—Tú sí que sabes cómo tratarla —observa Alex.

—Creo que lo más grave no es que Scottie se ponga tu ropa interior, ni mi escasa habilidad como padre, sino que anoche te encontré borracha en el internado, donde se supone que estabas entrando en razón.

—¡Solo estaba bebiendo, papá! He entrado en razón. He mejorado mucho, pero vosotros ni siquiera os habéis fijado en eso. Nadie ha hecho ni un puto comentario sobre mis progresos ni sobre mi actuación en esa estúpida obra que ni siquiera os tomasteis la molestia de ir a ver. Pues sí, da la casualidad de que estaba borracha la noche en que te presentaste, ¿y qué?

—Tranquila —digo—. Intenta controlarte y calmarte un poco.

—No te enteras, papá —espeta.

—¿De qué?

—No te enteras de nada. Quiero volver al colegio. —Alza el rostro hacia el cielo para sumergir su larga cabellera castaña. Cuando vuelve a bajar la barbilla, tiene el pelo lacio y brillante. Se sienta en el escalón de la piscina y se pone a sacar termitas del agua y a colocarlas a lo largo del borde—. ¿Por qué va Scottie toda embadurnada de crema? —pregunta.

Le cuento la historia sobre los erizos, las carabelas portuguesas, Lani Moo…

—Está como una chota —sentencia.

—Necesito que me eches una mano con ella. —Apoyo los codos en el cálido suelo de ladrillo y dejo flotar las piernas detrás de mí.

Ella se levanta del escalón y se zambulle bajo el agua. Cuando emerge, lleva una hoja en forma de diamante pegada al pelo. Se la quito y la dejo en el agua.

—Podría hablar con ella —dice Alex. Inclina la cabeza hacia el sol y cierra los ojos—. Supongo. O sea... Alguien tiene que hacerlo.

—Así me gusta. No debes volver a gritarle, ¿sabes? Eres su ídolo, y no tienes motivos para gritarle, aunque se ponga tu ropa interior. Y, a todo esto, ¿por qué tienes lencería de ese tipo?

—Mamá me la regaló —explica—. Ni siquiera me la pongo.

—Menos mal —digo—. En fin. Pórtate bien con ella.

—Tal vez lo haga, tal vez no. Nadie se portó bien conmigo, y aun así he salido bastante bien. Fuerte como un toro. —Saca el brazo del agua y me enseña el bíceps.

Este gesto me reconforta, pero luego me pone triste, porque la situación no está para bromas. La vida no tiene gracia en estos momentos. Tal vez nunca la tenga. Debo decírselo.

Alex da media vuelta y se recuesta en el borde de la piscina, con la parte inferior del cuerpo flotando en el agua. Pienso en sus postales. ¿Por qué la dejó Joanie posar para esas fotos?

—Tu madre no está bien, Alex.

—Menuda noticia —dice.

—Mide tus palabras. No quiero que digas cosas de las que puedas arrepentirte, como las que dijiste anoche. Ya nunca despertará. Los médicos van a dejar de cuidarla. ¿Entiendes lo que te estoy diciendo? Vamos a rendirnos.

Se queda inmóvil.

—¿Me has oído? —digo—. Ven aquí.

—¿Por qué? ¿Qué quieres?

—Nada. Solo iba a consolarte.

—Ah, ya. Sí, claro.

—¿Por qué me gritas?

—¡Tengo que salir de aquí! —Golpea el agua con las manos y da un leve respingo cuando le salpica la cara—. ¡Cállate ya! —chilla. Tiene el rostro enrojecido y mojado.

—¿Que me calle? —pregunto—. ¡Si no he dicho nada todavía!

Se tapa la cara con las manos.

—Alex. —Intento atraerla hacia mí, pero ella me aparta.

—No entiendo qué pasa —dice.

—Vamos a despedirnos. Eso es lo que pasa.

—No puedo. —Jadea dos veces seguidas y se le estremecen los hombros.

—Lo sé —digo—. Vamos a ayudarnos unos a otros a salir adelante. No sé qué otra cosa podemos hacer.

—¿Y si ella se recupera?

—Voy a pedirle al doctor Johnston que hable contigo. Lo entenderás. Es lo que quería mamá. Dictó un testamento, ¿sabes? En él explica lo que tenemos que hacer.

—Esto es muy raro. —Las lágrimas le corren por las mejillas, y respira entrecortadamente—. ¿Por qué has tenido que decírmelo en la puta piscina?

—Lo sé, lo sé. Se me ha escapado, ¿vale?

—Ahora no soy capaz ni de asimilarlo —grita.

—Lo sé. Iremos a verla. ¿Qué te parece ahora mismo? Podemos ir a verla ahora.

—No —contesta Alex—. Necesito un poco de tiempo.

—De acuerdo —digo—. Anoche estaba pensando en nuestros amigos. Deberían saber lo que está pasando. He pensado que debemos decírselo, pero creo que lo mejor es que se lo diga yo en persona. Ya sabes, por respeto hacia ellos. Y hacia tu madre. ¿Querrías venir conmigo?

Por alguna razón nos hemos desplazado hacia el centro de la piscina y nos mantenemos a flote, pataleando y removiendo el agua con los brazos. Noto que Alex empieza a cansarse.

—Podemos hablar de tu madre con nuestros amigos, consolarnos mutuamente y honrarla a ella.

Alex suelta una carcajada.

—Lo sé —digo—, suena muy cursi. Solo lo haríamos con sus amigos más íntimos, y también con Barry y con tus abuelos. Al menos deberíamos explicarles lo que pasa. No tenemos que quedarnos en su casa, pero quiero decírselo en persona.

—No me he reído por eso —asegura.

—Bueno, ¿me acompañarás? Podemos ir primero a la casa de Racer y luego a la de los abuelos. —He meditado mucho sobre esto, sobre a quién hay que informar, y he reducido el círculo a la familia más cercana y a las personas que más la quieren y la conocen.

Anoche repasé la lista de nombres y contemplé el otro lado de la cama, donde las dos almohadas de Joanie estaban una encima de la otra, como a ella le gusta. No estoy acostumbrado a vivir solo, y aunque ahora dispongo de mucho más espacio, me quedo en mi lado del colchón, sin pasarme nunca al otro. Era allí donde veíamos la tele y charlábamos sobre nuestro día, y era a esa hora cuando nos dábamos cuenta de lo bien que nos conocíamos, cuando nos parecía que nadie más nos entendería ni podría participar en nuestros diálogos. «¿Te imaginas que alguien estuviera grabando nuestra conversación? —decía ella entre risas—. Creería que estamos chiflados.»

Pero también me acordé de todas las noches que ella salía hasta las tantas con sus amigas. Llegaba tambaleándose y se dejaba caer en la cama, oliendo a tequila o a vino. Regresaba a casa muy tarde y, a veces, sin estar borracha. En esas ocasiones se acostaba sigilosamente, en silencio y discretamente, y yo percibía la fragancia de su perfume de gardenias. Me pregunto si una parte de mí se alegraba de que se entretuviera por su cuenta, dejando que me concentrara en mi trabajo, obsesionado por amasar una fortuna propia en vez de aprovechar la que me habían legado mis antecesores. Sí. Sin duda a una parte de mí le agradaba que me dejara en paz.

Alex está pálida y sin aliento. Me dirige una mirada lastimera, como si me suplicara algo. «No puedo ayudarte —tengo ganas de decirle—. No sé cómo.»

—Agárrate —le indico.

Ella titubea y luego se sujeta de mis hombros, como cuando era pequeña. Nado hacia la parte menos profunda de la piscina, llevando a Alex a remolque. Cuando llegamos a la orilla, le pongo la mano en la espalda. Sale el sol, pero vuelve a ocultarse enseguida. El agua de la piscina está oscura, como la de las profundidades marinas.

—¿Vamos todos a casa de Racer, que está aquí cerca, luego a ver a los abuelos y después al hospital? Es una buena ruta.

—No le veo el sentido —dice Alex—. ¿Por qué no los llamas y listo? No quiero hablar de mamá con todo el mundo. Es una estupidez.

—Alex, no sé por qué discutisteis en Navidad, pero tienes que dejar eso a un lado. No es importante. Quieres a tu madre. Pasa página.

—No puedo dejarlo a un lado —replica.

—¿Por qué no? ¿Qué podría ser tan terrible?

—Tú —dice—. Tú eres el motivo de mi discusión con ella.

El sol aparece de nuevo. Es agradable sentir el calor en los hombros.

—¿Reñisteis por mí?

—No —responde Alex—. Lo que pasa es que yo estaba enfadada con ella por algo que te estaba haciendo. Y tú sigues venerándola. —Me mira y luego baja la vista hacia el agua—. Te engañaba, papá.

Escruto su cara. Está inexpresiva, salvo por las ventanas de la nariz, que se le han ensanchado un poco por la rabia. Entonces oigo un tableteo, como si alguien pulsara repetidas veces y a toda velocidad la misma tecla de una máquina de escribir, y cuando levanto la mirada, veo un helicóptero que se eleva sobre Olomana. Se mantiene en el aire por encima de la pendiente, frente a la cumbre.

Supongo que debería sentir algo en este momento, un fuerte escalofrío, o un acaloramiento intenso, o la sensación de que me corre agua helada por las venas, pero lo único que siento es que acaban de decirme algo que ya sabía. Es como si el pánico se hubiera instalado en mí. Pienso en la nota azul y exhalo un sonoro suspiro.

—¿Te lo dijo ella? —pregunto—. ¿O los pillaste juntos?

—No. Bueno, más o menos. En cierto modo los pillé juntos.

—Cuéntame —le pido—. Cuéntamelo todo. Esto es genial.

Salgo del agua ayudándome con los brazos y me siento en el borde de la piscina. Ella hace lo mismo, y dejamos las piernas colgando dentro del agua.

—Por Navidad, yo había vuelto a casa, obviamente —dice—, y cuando iba en coche a buscar a Brandy, la vi con él.

—¿Dónde? ¿Por dónde ibas con el coche?

—Por la avenida Kahala. Iba a casa de Brandy.

—¿Y entonces? ¿Simplemente la viste caminando con otro hombre y diste por sentado que había algo entre ellos?

—No, iba a entrar en Black Point cuando los vi en el camino de entrada a una casa. La casa de él.

—¿Vive en Black Point?

—Supongo —dice.

—¿Y luego qué pasó?

—Él tenía la mano en su espalda y la estaba guiando hacia su casa. O a la verja del jardín.

—¿Y luego?

—Luego nada. Ella entró en la casa. Él tenía la mano en su espalda.

—¿Y tú qué hiciste?

—Seguí conduciendo hasta la casa de Brandy, le conté lo ocurrido y prácticamente nos pasamos todo el día hablando de ello.

—¿Le comentaste algo a tu madre? ¿Por qué no me lo dijiste?

—No lo sé. Solo quería irme lejos de aquí. Me ponía enferma verla contigo. Estaba muy cabreada con ella, y tú me dabas mucha pena. De hecho, regresé al internado pensando que ya no volvería a casa. Habíamos partido peras. Ella sabía que yo lo sabía, y por eso me envió allí otra vez. No quería tenerme por aquí. —Alex se acerca las rodillas al pecho—. Luego quería llamarte y contártelo todo, pero entonces ella tuvo el accidente y se me pasaron las ganas. Quería esperar a que saliera del hospital, supongo.

—Lo siento, Alex. No deberías tener que enfrentarte a esta clase de problemas.

—¿Ah, no? No jodas —dice.

—No puedo… No podemos estar enfadados con ella en estos momentos.

Alex se queda callada. Observamos el helicóptero, que revolotea en círculos sobre el mismo punto.

—¿Cómo era él? —pregunto.

Alex se encoge de hombros.

—No lo sé.

—¿Cómo se enteró ella de que lo sabías?

—Le dije que no soportaba verla y que sabía lo que estaba haciendo. Pero no se lo solté directamente. Tuvimos una bronca. Y entonces me marché. Y todo el mundo estaba como unas pascuas porque me había largado otra vez.

—Alex —digo—, tenemos que llevarnos bien.

Ella desvía la mirada, lo que suele significar que está de acuerdo.

—Tengo que saber quién es él —digo.

Alex se deja resbalar dentro del agua. Yo la imito y me hundo hasta el fondo. Ambos intentamos mantener la superficie alejada de nosotros, describiendo pequeños círculos con brazos y piernas. Su cabellera ondea lentamente encima de su cabeza. El agua de la piscina centellea a lo largo de su cuerpo. Uno de los dedos de mis pies roza el fondo. Nos miramos hasta que una ristra de burbujas le brota de la boca. Se impulsa con los pies, y yo la sigo hasta la superficie para respirar.

—Me voy a casa de los Mitchell —anuncio—. ¿Quieres acompañarme?

—¿Para hacer qué? —pregunta.

—Para hablar con ellos de mamá y preguntarles quién es él.

—Tengo que esperar a Sid —dice.

Salimos de la piscina, y debo de tener muy mala cara, porque mi hija no para de preguntarme si me encuentro bien. Regresamos a la cocina y me quedo de pie ante la encimera, con el bañador goteando sobre el suelo. Scottie está rellenando un bollo con helado, y advierto que la punta de su lengüecita le asoma por la comisura de la boca cuando mete a fondo la cuchara en la caja de cartón. Tengo ganas de llorar. Me sobresalto cuando Alex me toca la muñeca, luego la miro y sonrío, pero me tiemblan los labios.

—Me voy a casa de los Mitchell —repito.

Esther entra con una pila de paños de cocina. Mira a las chicas, y luego a mí. Debo de estar muy pálido y tener una pinta lamentable, porque sacude la cabeza y chasquea la lengua. Le susurra algo al oído a Alex y después se encamina hacia mí con aire resuelto. Retrocedo un paso, pero ella me agarra la cabeza y la atrae hacia su pecho. Contemplo su busto, horrorizado, pero al final dejo de oponer resistencia e incluso, por primera vez, me deshago en lágrimas, como si acabara de tomar conciencia de lo que nos está pasando a mi esposa, a mí, a esta familia. Mi mujer no va a volver, mi mujer no me quería, y ahora yo tengo que cargar con toda la responsabilidad.

15

Aparco en la rotonda que los Mitchell tienen enfrente de su casa. Hay un jardín frondoso, repleto de helechos y árboles de té. Hasta las columnas del garaje abierto están recubiertas de verde, debido a las enredaderas sarmentosas que trepan por los blancos postes. Alex me pidió que le llevara dulces de la pañadería, pero más vale que solo le lleve las sobras. Es capaz de comerse una caja de buñuelos de una sentada.

Subo los escalones con mi caja de dulces, que parecen minar mi autoridad. No los he telefoneado para avisarlos que iría, pues no quería darles tiempo a ensayar sus respuestas.

—¿Hola? —Echo un vistazo a través de la puerta mosquitera. La abro yo mismo, entro y grito por las escaleras—. Soy yo, Matt.

Los dos bajan a la vez, con el rostro congestionado. Aunque Mark y Kai Mitchell son nuestros amigos, ambos están más unidos a Joanie que a mí. Mark lleva puesto un pantalón de pijama y parece avergonzarse de ello. Es como si acabaran de echar un polvo, pero dudo que sea el caso. Las parejas de casados no echan polvos mañaneros, de eso estoy bastante seguro.

—¿Todavía estabais dormidos? Lo siento.

Kai le resta importancia al asunto con un gesto de la mano.

—No, solo nos estábamos peleando. Ven, siéntate. ¿Quieres un café?

—Claro —digo—. He traído dulces.

Dispongo mi ofrenda sobre la mesa de la cocina, pero Mark agita una caja de cereales.

—Integrales —dice.

—Ah.

Los dos se sientan con su café, sus cereales integrales y una caja de vitaminas. Veo una vaca de porcelana llena de una mezcla de crema y leche, y me sirvo un poco en una taza.

—¿Por qué os peleabais? —pregunto.

—Por una idiotez —dice Mark.

—No es una idiotez. Él quiere dar fiestas e invitar gente, ¿y a quién le toca hacer todo el trabajo? A mí.

—Que te digo que no tienes que hacer nada. No hay ninguna necesidad de que limpies, vayas a comprarte ropa nueva o idees algún tipo de cóctel temático. Yo solo quiero invitar a unos amigos para beber y echar unas risas.

—Así de simple, ¿no?

—¡Exacto! Es lo que trato de decirte.

—Oh, Dios mío —dice Kay—. ¿Y Joanie...? ¿Va todo bien? —me pregunta—. Nosotros aquí, dándote la paliza...

—Sí —respondo—. Es decir, ahora mismo está bien. —Me interrumpo para imaginar la cara que pondrán cuando les suelte el bombazo. Quiero que puedan seguir comiéndose sus cereales. No me gustan nada los pésames, ni darlos ni recibirlos, y me doy cuenta de que no voy a ser capaz de hacer esto con todas las personas de mi lista.

—Intento asimilar una serie de cosas —digo. Miro a Kai—. Superarlas —añado.

—Por supuesto —asiente ella.

Mark guarda silencio. Puede pasarse horas sin decir una palabra. Siempre parece anonadado por la vida.

—¿Quién es él? —pregunto.

Mantienen sus tazas pegadas a los labios durante más rato

del que sería razonable. Mark alarga el brazo para coger un pastelito de crema y se mete un trozo grande en la boca.

—¿Está enamorada de él? ¿Quién es?

Kai desliza la mano sobre la mesa, casi hasta tocar la mía.

—Matt… —dice.

—Sé lo incómodo que debe de ser esto para vosotros, y siento haceros pasar este mal trago, pero tengo que saberlo. Me gustaría mucho saber quién se ha estado tirando a mi mujer. —Entonces, de buenas a primeras, noto que la calidez que había en mi interior ha cedido el paso a un frío glacial.

Kai retira la mano deslizándola de nuevo sobre la mesa.

—Estás enfadado —señala.

—No jodas. —Me llevo un dulce a la boca para no seguir hablando, pero aun así agrego—: ¿Enfadado, yo? No jodas.

—He aquí el porqué —murmura Kai.

Mark abre los ojos como platos.

Mastico la masa cremosa. Está tan buena que casi hago un comentario al respecto.

—¿He aquí el porqué de qué? ¿Cómo que el porqué? —Nadie dice ni pío. Sonrío, por el jardín en que acaba de meterse Kai—. ¿Estás diciendo que me ponía los cuernos por esto? ¿Porque hablo con la boca llena? ¿O porque digo palabrotas? ¿Porque soy un malhablado con unos modales de mierda?

—Caray —dice ella, sacudiendo la cabeza—. Creo que sería mejor hablar en otro momento. Me parece que necesitas tiempo para tranquilizarte.

Me vuelvo hacia Mark.

—No pienso irme.

—No lo conoces —dice Mark.

—Ni se te ocurra, Mark —le advierte Kai—. Ella es tu amiga. Debería darte vergüenza.

—También Matt es mi amigo —replica—, y esta es una situación especial.

Kai se pone de pie.

—Esto es una traición.

—Oye, perdona —intervengo—. ¿Una traición? ¿Y yo qué? Me estaba engañando, ¿te acuerdas?

—Escucha —dice Kai, apoyando el codo en la mesa y apuntándome con el dedo—. No es culpa suya. Tiene necesidades. Se sentía sola.

—¿Seguía con él cuando sufrió el accidente?

Mark asiente.

—¿Quién es? —pregunto de nuevo.

—Yo me mantenía al margen —asegura Mark—. Cada vez que Kai tocaba el tema, yo me desentendía.

—Apuesto a que tú estabas encantada —le digo a Kai, y ahora me toca a mí apuntarla a ella con el dedo—. Seguro que la animaste a tener un lío, para darle algo de emoción a tu vida sin tener que correr riesgos.

—Estás siendo muy injusto. —Kai acompaña su acusación con un gemido, pero no me lo trago.

—¿A quién exactamente estáis protegiendo? —pregunto—. Joanie no necesita vuestra protección. —Noto un dolor en la garganta—. Se va a morir.

—No digas eso —me reprende Kai.

—No va a recuperarse. Su estado ha empeorado. Vamos a retirarle los cuidados médicos.

Kai rompe a llorar, y yo me siento aliviado. Centro mis energías en consolarla, y Mark también.

—Lo siento —me disculpo—. Obviamente, estoy alterado. No era mi intención desahogarme con vosotros.

Kai hace un gesto afirmativo con la cabeza, supongo que para demostrar que está de acuerdo conmigo.

—¿Ella lo quiere? —pregunto.

Por la mirada que me echa Mark, me doy cuenta de que no tiene la menor idea. Esto es territorio femenino.

—¿Cómo puedes hacer preguntas sobre él cuando Joanie está a punto de morir? —me recrimina Kai—. ¿Qué más da? Sí, lo quiere. Estaba loca por él. Iba a pedirte el divorcio.

—Basta, Kai —la corta Mark—. Cierra el pico de una puñetera vez.

—¿Iba a pedirme el divorcio? ¿Lo dices en serio? —Me quedo mirándolos a los dos.

Kai llora, tapándose la cara con las manos.

—No debería haber dicho nada, y menos en un momento como este. ¿Qué importancia tiene eso ahora?

—Pero ¿es cierto?

—Lo siento, Matt —dice—. No sé qué me ha pasado.

Mark cierra los ojos, respira hondo y se aparta ligeramente de su esposa.

—Así que Joanie tenía una aventura —recapitulo—. Tenía una aventura, y quiere a ese otro hombre y no a mí. Ahora mi esposa se muere. Estoy destrozado, y todavía no me habéis dicho quién es el tipo.

—Brian —dice Mark—. Brian Speer.

Me pongo de pie.

—Gracias.

Kai sigue deshecha en llanto. Su rostro arrasado en lágrimas me recuerda el de su hijo Luke cuando lloraba. En la época en que era un poco más pequeño de lo que Scottie es ahora, respondía exclusivamente al nombre de Spiderman. Hasta sus maestras se habían rendido a este capricho, de modo que cuando él alzaba la mano en clase, le decían: «¿Sí, Spiderman?». Soy el único que consiguió que dejara atrás esa fase y respondiera a su nombre de verdad. Mi método era, y sigue siendo, un secreto entre él y yo. Ni siquiera estoy seguro de que el propio Luke lo recuerde.

Me voy de la cocina con mis dulces y pienso en las numerosas ocasiones en que he visto a los Mitchell durante el último año sin que insinuaran siquiera que había un problema entre Joanie y yo. Es humillante. Mark me acompaña a la puerta principal. La abre con la cabeza gacha, y yo salgo sin decirle nada. Creo que pasaré una larga temporada sin dirigir la palabra a ninguno de los dos.

Camino hasta el coche y rememoro la noche en que le quité esa mala costumbre a Luke. Joanie y yo habíamos venido a cenar, y yo estaba fuera contemplando el jardín de los Mitchell. Luke intentaba capturar sapos. En una mano sujetaba la red para limpiar la piscina; en la otra, un muñeco articulado de Spiderman, y empezaba a desanimarse.

—Mira Luke —dije—. Hay una aquí mismo.

Estaba a punto de volverse hacia mí, pero se contuvo y dirigió la vista al frente.

—Luke —dije de nuevo. Sus padres y Joanie charlaban cerca del bar. Los tres acababan de fumarse un porro, por lo que hablaban a voces sobre tonterías. Me arrodillé junto a Luke—. Voy a contarte una cosa —dije—. Spiderman tiene vagina.

Luke clavó la mirada en mí y luego en el muñeco que tenía en la mano.

—Fíjate —dije, señalando la entrepierna de Spiderman—. No tiene paquete. Ahí no hay nada, ¿lo ves?

Deslizó la mano por la entrepierna de plástico.

—Spiderman es un pringado. Los demás superhéroes lo llaman piltrafilla. Le dicen: «Largo de aquí, piltrafilla roja y asquerosa». —No tenía claro por qué le estaba diciendo esto, pero entonces oí las risotadas y las bromas privadas de sus padres fumados, y en ese momento supe por qué.

Luke contemplaba su muñeco.

—¿Sigues queriendo que te llame Spiderman?

Negó con la cabeza.

Me alejo del barrio de Nu'uanu en el coche, y cuando enfilo la carretera de Pali, solo dos pensamientos me rondan la cabeza: Mi mujer se va a morir y su amante se llama Brian Speer.

16

Ha llegado Sid. Es alto y desgarbado. Cuando Alex me lo presentó, él me saludó con un «Qué passsaaa» y me estrechó la mano antes de atraerme hacia sí, darme unas palmaditas en la espalda y soltarme de golpe.

—No vuelvas a hacerme eso jamás —le advertí, y el soltó una risita que más bien sonó como un hipido. Por algún motivo, los tres estábamos de pie sobre el césped, y cuando él llegó, le ofrecí una bebida, porque es lo que acostumbro a hacer cuando tengo visitas. Le he servido su refresco de limón en una copa, que junto con la servilleta para cócteles le da un aire ridículamente formal, como si fuera el futuro yerno que ha venido a conocerme. Espero que no lo sea.

En su presencia, Alex está callada, muy seria, y me da vergüenza ajena.

—Alex, ¿aún quieres acompañarme a casa de Racer, y luego a la de los abuelos? No tardaré en marcharme, así que…

—¿Conocéis a alguien que se llama Racer? ¿Cómo «corredor» en inglés? —comenta Sid.

—Ya te he dicho que sí —responde ella—. Te acompañaremos los dos. —Se inclina hacia Sid, que le da un buen repaso con la mirada a nuestra casa y luego le quita a Alex una pelusa del hombro.

Me fijo en las zapatillas de Sid. Las lleva sorprendentemente limpias y blancas.

—No hace falta que él venga —digo—. No tiene por qué hacer esto.

—Yo quiero hacer todo lo que Alex me pida —replica él—. Yo solo me dejo llevar.

—¿Le has explicado lo que vamos a hacer?

—Sí —dice Alex—. Lo sabe todo.

Me recorre una oleada inesperada de celos.

—Creo que es un asunto familiar —digo—. Esta semana o el tiempo que dure esto, vamos a estar ocupados en un asunto familiar.

—Papá, ya te he avisado que él venía. Déjalo en paz, ¿vale? Estaré más tratable si él está conmigo, te lo aseguro.

Sid extiende los brazos a los lados y se encoge de hombros.

—¿Qué puedo decir?

Vuelvo la mirada hacia Alex, esperando que tome conciencia de mi decepción.

—¿No tienes clase? —le pregunto a Sid.

—Voy cuando me apetece —dice.

—De acuerdo. Id a buscar a Scottie y vámonos ya.

Scottie va en el asiento del acompañante, y Alex y Sid en el de atrás. Nunca había visto a Scottie tan callada. Advierto que ha dejado la cámara y el álbum de recortes en casa.

—¿E.T.? —dice Sid—. ¿Te acuerdas de E.T.?

Miro por el retrovisor porque no tengo la menor idea de a quién le está hablando. Tiene una sombra de barba en las mejillas, y los ojos de color azul oscuro. Mantiene la vista fija en la ventanilla. No se dirige a nadie en concreto.

—¿Qué querían? —pregunta—. ¿Qué hacían los E.T. en la Tierra, para empezar?

—No le hagáis caso —dice a Alex—. Se pone así cuando va en coche. Es como un Seinfeld fumeta.

—¿Quién es E.T.? —inquiere Scottie.

—No lo sé —digo. No quiero tener que explicárselo. Giro por Lanikai y veo la casa de Racer. Racer es un buen amigo nuestro, sobre todo mío, aunque últimamente no tanto. Tengo que dar toda la vuelta al barrio, pues las calles son de sentido único. Estoy tentado de conducir en contradirección por la calle vacía, pero me abstengo de hacerlo. Disfruto con la tranquilidad de la calle, la arena blanca que el viento arrastra sobre el asfalto. El ambiente desértico me hace sentir que he sobrevivido a algo.

—¿Y si E.T. era el tonto de su planeta? —prosigue Sid—. ¿Y si todos los terrícolas fueran a un planeta y se dejaran allí a Screech o a Don Johnson, por decir algo? Los extraterrestres se llevarían una impresión equivocada sobre nosotros.

—Fascinante. —Aparco en el camino de acceso—. Quedaos en el coche, filósofos. Vuelvo enseguida.

Rodeo la casa caminando hasta la puerta trasera, y me sorprende encontrarme a Racer sentado en la pequeña terraza de cemento. Va en bata, sujeta una taza de café humeante entre las manos y contempla la playa, la marea baja y los pequeños rizos de las olas.

Al verme, me sonríe con cara de cansado, en absoluto extrañado por mi visita.

—Racer —lo saludo. Me acerco a la mesa y tiro de una silla hacia mí, pero el asiento está mojado.

—Qué hay, Matt —dice y mira la silla mojada—. Si quieres, vamos adentro. —Se levanta y veo que tiene la parte de atrás de la bata empapada por la silla.

Entramos en la cocina, donde me sirve una taza de café.

—Gracias —digo—. ¿Tienes un poco de leche?

—No —responde.

—No pasa nada —digo.

Se pone a rebuscar en los armarios.

—A lo mejor tenemos de esa cosa en polvo. Nunca sé dónde está nada. Noe es la que lo ordenaba todo. No, no me queda leche.

—¿Cómo está Noe?

Se sienta a la mesa de la cocina.

—Cancelé la boda. Ella se mudó a otro sitio.

—¿Qué? ¿En serio? ¿Por qué?

Tamborilea con los dedos sobre la mesa. Hay unos mangos salpicados de manchas marrones sobre una hoja de periódico.

—No acababa de sentirme a gusto con ella. —Apoya la cabeza en las manos—. No les caía bien a mis padres. Nunca me dijeron nada, pero yo sabía que no les caía bien, y eso no pude superarlo. Trabaja de canguro, ¿sabes? Y de bailarina. Viene de un mundo muy distinto, no sé si me entiendes.

Pienso en su familia, que también era propietaria de plantaciones y prosperó gracias a la explotación azucarera. Aun así, sus padres son tan afectuosos que me parece poco probable que no se encariñaran con Noe. Es lo que tiene la sociedad hawaiana: no hay muchos esnobs.

—No debería tener importancia, pero la tiene, ¿sabes?

—Claro, claro —digo.

—Tenía la sensación de estarme equivocando. —Endereza la espalda en su silla—. Pero no pasa nada, sobreviviré. No estábamos hechos el uno para el otro. —Los ojos se le ponen vidriosos por un momento, pero luego me enfocan de nuevo—. ¿Solo te has pasado para saludar?

Miro los mangos y tomo un sorbo de mi café solo.

—Sí, hacía un tiempo que no nos veíamos. Me venía de camino, iba hacia… —Hago un gesto en dirección a Kailua. Entonces me doy cuenta de que su casa no cae de paso para ir a ningún sitio. Está en una calle sin salida.

—¿Cómo está ella? —pregunta.

—Bien —contesto—. Prácticamente nunca había visto a Racer emocionarse por nada, y siento que me estoy metiendo donde no me llaman; ha perdido a su prometida, y eso no es moco de pavo. No quiero interrumpir su sufrimiento con más sufrimiento. Pienso en que a sus padres no les gustaba Noe del mismo modo que a mí no me gusta Sid y al padre de Joanie no le gusto yo.

—La princesa Kekipi —digo—. Sabes que se casó en contra de la voluntad de sus padres. Creo que es lo que hacemos todos. Debes hacer lo que tú quieras.

Racer asiente.

—No es demasiado tarde —afirma.

—No lo es —convengo.

Deja caer los hombros. Me pregunto qué hará.

—En fin. Tengo a mis hijas esperando en el coche. —Me pongo de pie para marcharme, aunque solo he tomado unos sorbos de café. Racer no parece consciente de lo absurdamente breve y carente de sentido que ha sido la visita. Me acompaña a la puerta principal. Hay un edredón en el sofá, una botella de vino en la mesa de centro y una guía de televisión abierta con los programas marcados con círculos en tinta roja. Mientras sujeta la puerta para que no se cierre, se protege los ojos del sol con la otra mano. Saluda a mi familia con un gesto.

—Todo saldrá bien —le digo. Él asiente con la cabeza y cierra la puerta. Camino hacia el coche un poco aturdido, deseando con todas mis fuerzas que Racer se case con esa chica. No sé por qué, pero me importa.

—No he podido —confieso cuando me siento.

—¿No has podido qué? —pregunta Scottie.

—Pues en la siguiente casa tendrás que poder —señala Alex.

Racer ha sido un ejercicio de calentamiento. La siguiente casa es la prueba de fuego. Ya estoy listo para enfrentarme a personas a quienes no les gusto. Arranco el motor, dejo atrás el camino de acceso y conduzco hacia nuestra siguiente parada.

17

Estamos sentados en la terraza panorámica, porque es aquí donde encontramos a Scott cuando llegamos, arrellanado en una silla de mimbre con una copa en precario equilibrio sobre las rodillas. Observo a Scottie en el patio de abajo con su abuela, señalando las diversas cosas que ven. «Piedra —me la imagino diciendo—. Estanque.» La madre de Joanie tiene Alzheimer, y Scott, aparte de convivir con su mujer trastornada y su enfermera, se dedica a cuidar el jardín y a hacer largos en la piscina. Lo he visto nadar antes, y cuando emerge para respirar, provisto de sus gafas y su gorro de natación, ofrece una imagen desoladora, con la cara reluciente por el agua y la boca alargada hacia abajo como el retrato de *El grito* de Munch. Beber es otra de sus aficiones. Una tradición familiar. He percibido el olor a whisky en su aliento cuando ha visto a Scottie y ha exclamado: «¡Bingo!», que es lo que hace siempre cuando la ve.

Le he dado la noticia y le entregado el testamento vital de Joanie, que ahora Scott está estudiando. Sid lleva un rato sin decir nada, cosa que agradezco, pero cuando me vuelvo hacia la tumbona en la que está tendido y me fijo en sus gafas de sol, en la visera de su gorra negra tapándole la cara y en su inmovilidad, caigo en la cuenta de que se ha dormido. Alex está sentada en un extremo de la tumbona, junto a las piernas de Sid. Me irrita verla tan cerca de él todo el rato.

—Es como si estuviera escrito en otro idioma —comenta Scott, pasando las páginas.

—Lo sé —respondo.

—¿Qué es esto?

—Un testamento vital. Tú también tienes uno.

—Ya, pero no es un galimatías sin pies ni cabeza. Leer esto es como intentar entender el coreano. —Agita las hojas con el brazo extendido hacia Alex y hacia mí.

—Seguro que el tuyo es igual. ¿Quieres que te explique el meollo de lo que dice?

Scott hace caso omiso de mí y se concentra en las páginas, probablemente reacio a que yo le explique algo. Nunca le he caído bien. En la época en que Joanie y yo estábamos recién casados, él intentaba enredarme en los proyectos de negocio que tenía, pero yo siempre le decía que no hago negocios con amigos ni familiares. No era más que una excusa para mantenerme al margen de sus grandes planes que, por lo general, tenían que ver con restaurantes temáticos. He tenido que soportar incontables peroratas de mi suegro sobre las excelentes posibilidades de tal o cual localidad para convertirse en el nuevo Waikiki. Estuve a punto de picar una vez para que me dejara en paz, pero, gracias a Dios, no lo hice.

—Un galimatías —farfulla.

—Yo te lo explico, Scott. Sé que es un lenguaje difícil de entender. Resulta complicado, pero si quieres puedo aclarártelo. —Pienso en las declaraciones, que son casi como promesas que tu yo sano le hace a tu yo agonizante: «Si caigo en un coma permanente, no deseo que se prolongue mi vida por medios artificiales ni que se me apliquen tratamientos para el mantenerme con vida. Doy mi autorización para que se descarten o interrumpan los tratamientos para el mantenimiento de la vida, la alimentación o la hidratación artificiales, o los cuidados paliativos». La manera en que está redactado lo de los cuidados paliativos siempre me toca la fibra. «No deseo que se me administren cuidados paliativos que puedan prolongarme la vida.» Suena como si Joanie no quisiera consuelo o muestras de cariño. Esta es la parte del testamento que Scott es capaz de entender, la parte que expresa claramente que ella no desea seguir viviendo

—¿Quieres que lo repasemos juntos? —me ofrezco de nuevo—. Se trata de una declaración de voluntades anticipadas; en otras palabras, sus instrucciones sobre los procedimientos médicos que quiere que le apliquen o, en este caso, los que no quiere. Nada de respiradores mecánicos, nada de…

—No quiero oírlo. Sé perfectamente lo que dice: que no quiere que estemos todos pendientes mientras ella se marchita como hoja en otoño. Dice que los médicos no pueden hacer nada de nada, y que ella prefiere irse a otro lugar.

—Abuelo —dice Alex—, ¿estás bien?

—Sí. Me he mentalizado para esto, y me alegra que Joanie tuviera la sensatez de escribir esta cosa y que no se comportara como una persona egoísta. Es una chica valiente —grita con voz trémula—. Siempre fue más fuerte que su hermano. Barry se pasa la vida lloriqueando. Aparentaba treinta años cuando tenía dieciséis. Incluso podría ser homosexual, hasta donde yo sé.

—Barry no es homosexual —replico—. Le gustan mucho las mujeres. —Pienso en Barry. Antes era tan regordete y afectuoso… Ahora practica el bikram yoga y una cosa que se llama budoku, y se ha vuelto ágil y duro, como un animal salvaje.

—Ella es más fuerte que tú, Matt —prosigue Scott—. Vivía más en un año que tú en una década, sentado en tu oficina, forrándote. A lo mejor si hubieras dejado que tuviera su propio barco y le hubieras comprado un equipo seguro, o si le hubieras dado mucho dinero para que se fuera de compras como les gusta a las mujeres, tal vez no se habría aficionado a esos deportes tan peligrosos. A lo mejor si le hubieras proporcionado más emociones en casa…

—Abuelo —lo censura Alex.

—Y tú, Alexandra, te peleaste con tu madre cuando ella no intentaba más que infundirte un poco de empuje. ¡Joanie rebosaba pasión! Es una buena chica —repite, como si discutiera con alguien—. Nunca le dije nada de esto. ¡Pero lo estoy diciendo ahora!

Scott se pone de pie y se acerca a la barandilla del porche, dándonos la espalda. Le tiemblan los hombros. Alza la vista, con los brazos en jarras, como para determinar el tiempo que hará. Se limpia la cara con el faldón de su camisa de franela, tose, escupe y se vuelve hacia nosotros.

—¿Os apetecen unos panecillos? He hecho unos panecillos. ¿Queréis beber algo?

Tiene los ojos vidriosos, y tamborilea con las manos en los bolsillos. Me gusta el modo en que lloran los hombres. Es eficiente.

—Claro, Scott. Nos encantaría comer unos panecillos y beber algo.

Cuando él entra en la casa, me dirijo a Alex.

—¿Estás bien? La noticia lo ha afectado, eso es todo.

—Lo sé. Estoy bien.

No se la ve muy bien. Tiene el entrecejo fruncido y la mandíbula torcida.

—Bueno, ¿y qué pasará cuando hagan eso? —pregunta.

—¿Cuando hagan qué?

—Desconectarla de todo. O sea, ¿cuánto tardará?

He hablado con el médico esta mañana y me ha explicado que Joanie respira bastante bien por sí sola, por lo que podría seguir con vida hasta una semana sin respiración asistida.

—Cerca de una semana, creo.

—¿Cuándo van a hacerlo?

—Están esperando a que vayamos —respondo.

—Ah —dice Alex. Le toca la pierna a Sid, pero él no reacciona.

Scottie y su abuela echan a andar hacia nosotros con raíces de jengibre blanco en las manos.

—Debe de ser difícil para el abuelo sobrellevar esto sin la abuela.

Scottie toma a su abuela de la mano y la guía escaleras arriba. Nunca sé qué decirle a Alice. Cada vez que me encuentro frente a ella me siento como cuando alguien me muestra a un bebé, y me da la impresión de que yo soy el centro de atención, de que todo el mundo está pendiente de ver cómo voy a interactuar con él.

—Hola, abuelita —canturreamos Alex y yo.

Ella nos fulmina con la mirada a los dos. Scott sale de la casa con sus panecillos y una bandeja con bebidas. Whisky con hielo. Ni siquiera me molesto en coger también el vaso que le corresponde a Alex. Sé que no beberá delante de mí. Sid se incorpora de pronto y mira en torno a sí como un perro al que le llega el olor a beicon. Alarga el brazo para coger un whisky, y yo me quedo mirando la mano con que agarra el vaso. Lo deja en la bandeja y se recuesta en la tumbona. Scott clava en él la vista, y Sid le dedica un saludo marcial.

—¿Tú quién eres? —pregunta Scott—. ¿Qué haces aquí?

—Es un amigo —dice Alex—. Me está haciendo compañía.

Scott mantiene los ojos fijos en Sid por unos instantes antes de volverse hacia Alice para darle su whisky.

—Hoy iremos a ver a Joanie —le informa.

Alice sonríe de oreja a oreja.

—¿Y a Chachi?* —pregunta.

Sid prorrumpe en carcajadas. Scott lo mira de nuevo y le posa la mano en el hombro, lo que me hace temer por su vida.

—Cierra el pico, muchacho —dice Scott—. Podría matarte con esta mano. Esta mano ha visto mundo.

Sacudo la cabeza y miro a Sid y Alex.

Scott retira la mano del hombro de Sid y se dirige otra vez a su esposa.

* Alusión a *Joanie Loves Chachi* (Joanie quiere a Chachi), telecomedia estadounidense de principios de los ochenta. *(N. del T.)*

—No, Alice. A nuestra Joanie. Nuestra hija. Vamos a darle todo lo que siempre ha querido. —Me lanza una mirada hostil—. Piensa en qué podría querer, Alice. Se lo conseguiremos y se lo daremos. Se lo vamos a llevar hasta su cama.

—Joanie y Chachi —canturrea Alice—. ¡Joanie y Chachi!

—¡Cállate, Alice! —grita Scott.

Alice contempla a Scott como si este acabara de decir «patata». Entrelaza las manos, sonríe y mantiene la pose durante unos segundos. Él la mira a la cara y entorna los ojos.

—Perdóname, cariño —se disculpa—. Puedes decir lo que quieras.

—Ha sido gracioso —alega Sid—. Yo solo me he reído. Ella tiene sentido del humor, eso es todo. A lo mejor sabe que lo que dice tiene gracia. Yo creo que lo sabe.

—Voy a pegarte —dice Scott. Los brazos le cuelgan a los costados, con los músculos tensos y las venas gruesas como cañitas para batidos. Sé que va a golpear a Sid porque es lo que hace cuando se pone así. Lo he visto golpear a Barry. Scott también me ha golpeado a mí, una vez que gané una partida de póquer que estaba jugando con él y sus amigos. Ha cerrado los puños, y veo sus nudillos huesudos de anciano, y sus numerosas manchas de vejez, que casi se juntan para formar una sola marca continua, como una quemadura. Acto seguido, eleva el puño, apuntando a Sid, en un movimiento semejante al de una serpiente que echa la cabeza hacia atrás antes de atacar. Veo que Sid empieza a subir el brazo para protegerse la cara, pero luego lo baja y se agarra el muslo. Es casi como si hubiera decidido no parar el golpe. Al final, un ojo derecho recibe un puñetazo, una hija mayor rompe a chillar, una hija menor se asusta, un padre intenta tranquilizar a muchas personas a la vez, y una suegra grita y aplaude entusiasmada, como si todos hubiéramos hecho algo realmente asombroso.

18

Conduzco por la avenida Kahala, en dirección a la casa de Shelley y Lloyd. No quiero decirle a Shelley que mi mujer va a morirse pronto, no porque no me guste transmitir esa clase de noticia, sino porque Shelley es una pitbull y la esposa de un senador, y cree que puede conseguir cualquier cosa llamando a la persona indicada.

Sid va en el asiento de atrás, atontado.

—Mi padre me enseñó a avisar antes de golpear —fue lo único que Scott le dijo a Sid después de propinarle un puñetazo en la cara.

—Ya —fue lo único que Sid le dijo a Scott después de recibir un puñetazo en la cara.

Se miraron el uno al otro, y entonces Sid echó a andar hacia mi coche y Scott entró en la casa. Llamó a Alice, que se había quedado fuera, y le dijo que tenían que reunir cosas para llevárselas a su hija. No mencionó el nombre de Joanie, seguramente para no tener que oír nada sobre Chachi.

—¿Cómo vas del ojo? —pregunto—. Joder, Alex, ¿podrías venir aquí delante, por favor? Me siento como un chófer si los dos vais detrás.

—Eso estaría bien —dice Sid—. Lo de tener un chófer. El ojo va bien. —Se quita de la cara el paquete de espinacas congeladas que hemos comprado en el 7-Eleven—. ¿Qué opinas?

Miro por el retrovisor. Mi hija tiene la pierna apoyada encima de las suyas. «¿Cómo he llegado a tener que cargar con este tipo? —me pregunto—. ¿Dónde puedo devolverlo?» Tiene el párpado de un color azul claro. La piel de debajo del ojo está un poco hinchada, y en vez de un hombre con una historia interesante, Sid parece un chaval con un feo episodio de alergia.

—Tiene buen aspecto —digo.

—No puedo creer lo que me ha pasado —comenta Sid—. O sea, ¿a cuánta gente le ha pegado en la cara un viejo? Ha sido surrealista.

Le da un apretón en el muslo a Alex.

—Alex —insisto—. Ven aquí delante.

Ella pasa por encima de la consola para acomodarse en el asiento del copiloto, y entonces oigo el sonido de una palmada en el culo.

Exhalo un profundo suspiro.

—¿Por qué le has dicho a Scottie que vaya al hospital con los abuelos? —pregunta Alex.

—¿Cómo que por qué? Tiene que ver a mamá. Y tú también.

—Pero tal vez no debería ver a mamá a todas horas, sobre todo a partir de ahora. ¿No va a estar cada vez más desmejorada?

—No lo sé —digo.

—¿Y si sufre y se le nota?

—Entonces tendrás que estar a su lado —dice Sid—. Y sacarlo todo para que no se te acumule dentro y te haga perder la puta cabeza. No puedo creer que tu abuelo me haya dado una hostia en el ojo. —Contempla el paquete de espinacas.

—Así es él —digo—. En realidad, hacía tiempo que no le veía pegar a alguien. Ha sido bastante increíble.

—Tienes que ir a ver a tu madre —señala Sid.

Alex no le replica. Si yo hubiera dicho lo mismo, se habría resistido, y no estoy seguro de si le estoy agradecido a Sid o justo lo contrario.

Giro por Pueo y reduzco la velocidad. Me siento como si circulara por King's Trail, por un terreno áspero e irregular, para venderle mercancías a gente que no las quiere. Pienso en la otra razón por la que se usaba el camino: para huir. Cuando alguien infringía la ley, se iba corriendo por el camino para salvar la vida.

—¿Cómo es que en *AFV* siempre escogen el vídeo menos gracioso? —pregunta Sid.

—¿De qué hablas? —inquiere Alex.

—*America's Funniest Videos*, el programa de televisión sobre vídeos graciosos. Siempre escogen el vídeo más penoso.

—¿*AFV*? ¿Lo llamas *AFV*? —pregunto.

—Todos los vídeos son penosos, Sid —dice Alex—. A ver si te enteras.

—Que no —dice—. Te equivocas. A mí me matan de risa.

—¿Queréis callaros los dos? —Bajo el volumen de la radio y aparco junto al bordillo. La casa está oculta tras una maraña de buganvillas y un elevado muro de piedra.

Veo que una chica nos observa desde una ventana de la primera planta, antes de desaparecer.

—Era K —dice Alex.

—¿K? ¿Por qué K?

—La gente hace esas cosas. David Chang ahora se hace llamar Alika, su nombre hawaiano. A ella le ha dado por simplificar su nombre, supongo. Tampoco quiere usar su apellido. Solo su segundo nombre. Creo que se ha hartado de oír nombrar a Lloyd.

—Está en mi clase de escritura creativa —tercia Sid—. ¿Os acordáis de esa fiesta en la que contrató a esas *strippers*? Fue una auténtica pasada.

—¿Queréis entrar a saludar mientras yo hablo con Shelley?

Alex se vuelve hacia Sid.

—Claro.

Bajamos del coche, abrimos la puerta de madera de la cerca y recorremos el sendero hasta la puerta principal. Toco el timbre y oigo unos pasos.

Cuando la hija abre la puerta, saludo con un gesto y dejo que sea Alex quien hable. Le da un abrazo a K.

—¿Has vuelto? —pregunta K. Mira a Sid—. ¿Qué hay?

Se inclina hacia delante, él también, y se besan en los labios. Qué bien se lo montan los chicos adolescentes. No son conscientes de que estas muestras despreocupadas de cariño pronto se acabarán.

—Hola, señor King —me dice K—. Lloyd no está en casa.

—Entonces ¿dónde? —digo—. ¿En la oficina? ¿Mejorando nuestra sociedad?

—Haciendo surf —responde—. Hay oleaje del sur.

—¿No acaban de operarlo?

—Sí. Conserva la cadera. ¿Queréis verla?

—¿No perdió unos dedos de los pies? ¿Puede hacer surf en esas condiciones?

—Es muy animoso. —Con un destello de orgullo, se aparta de la puerta para franquearnos la entrada.

—Tu padre es el puto amo —dice Sid, como si me leyera el pensamiento.

Lloyd es el amo. Pienso en los amigos de Alex: sus padres son personajes imponentes; su pasado, sus metas y sus iniciativas son grandiosos y dominantes. Me pregunto si nuestra prole al completo ha decidido darse por vencida. Nunca serán senadores o propietarios de un equipo de fútbol americano; nunca serán presidentes de la NBC en la Costa Oeste, fundadores de Weight Watchers, inventores de los carritos de supermercado, prisioneros de guerra ni los principales proveedores de nueces de macadamia del mundo. No: esnifarán coca, fumarán hierba, asistirán a clases de escritura creativa y se reirán de nosotros. Tal vez dejen constancia de nuestro espíritu emprendedor, pero nunca lo harán suyo. Al fijarme en estas dos chicas, lo veo en sus ojos: nos compadecen, pero al mismo tiempo están decididas a vencernos a su manera, cuando descubran cuál es. Yo jamás he descubierto la manera de vencer a mis amos.

—¿Está tu madre? —le pregunto a K.

—En el porche de atrás —me contesta.

—Me da la impresión de que en esta isla todo el mundo está en el porche. Voy a saludarla.

Los chicos están muy juntos. Avanzo unos pasos antes de volver la vista hacia ellos. Se han apiñado junto a las escaleras.

—¿Queréis ver mi vestido para el baile de graduación? —oigo decir a K—. Es de auténtico putón. —Luego oigo que Alex se pone a hablarle a K de su madre, y me pregunto si ella, si todos los hijos de nuestros amigos, están enterados de la aventura de mi esposa.

Me encuentro a Shelley bajo una sombrilla beige de lona. Tiene un cenicero y un crucigrama sobre la mesa y lleva un bañador negro bajo un caftán negro traslúcido. Al verme, se lleva la mano al pecho.

—Vaya susto me has dado —dice, pegándome con el periódico. Luce un moreno intenso en la cara. Fuma, no usa protector solar ni hace ejercicio, lo que la convierte en una figura casi reverenciada en nuestro círculo.

—Se la ve bien, a K —comento—. ¿Por qué se hace llamar K?

—Vete a saber —dice Shelley—. Debe de estar intentando anular sus orígenes hawaianos o qué sé yo. Y le ha dado por componer unos poemas espantosos. Siéntate. —Quita el periódico que había tirado en la silla y yo tomo asiento. Contemplo la piscina, centelleante y turquesa, como toda piscina que se precie.

—Hay novedades sobre Joanie —declaro—. Su estado va a peor, como suele decirse. Vamos a dejar que descanse en paz. La dejaremos marchar. Joder, tengo que encontrar una forma mejor de expresarlo.

Shelley se sube las gafas de sol y se las deja apoyadas sobre la cabeza.

—¿Quién es su médico?

—Sam Johnston.

—Es bueno —afirma con aire decepcionado. Se inclina hacia delante, con los dedos entrelazados. Es una postura que indica que está a punto de entrar en acción, preparada para curar lo incurable, y por un momento me hago la ilusión de que puede llamar a alguien, de que puede escribir una carta. De que puede organizar un acto benéfico que nos sacará de esta.

—Es lo que hay —digo—. Solo quería decírtelo para que vayas a verla.

—Oh, mierda, Matt. No sé qué decir.

—Acabas de decirlo.

Se reclina en su silla y le doy unas palmaditas en su cálida pierna.

—¿Estás haciendo esto con todo el mundo? ¿Visitas a domicilio?

—Lo intento. Solo con nuestros amigos más íntimos.

Se queda mirando su paquete de cigarrillos y se baja las gafas de sol.

—No tienes por qué. Puedo encargarme yo. Puedo llamar, o acercarme a sus casas, como estás haciendo tú. Dios santo, no puedo creer que esto esté pasando. —Se le escapa un gemido, y veo que le resbalan lágrimas por debajo de las gafas.

—No me importa comunicárselo a la gente. Siento la necesidad de hacer algo. —Pienso en mi ruta de casa en casa. Soy como la lava; avanzo despacio y altero los cimientos para siempre—. ¿Hay algo que quieras contarme sobre Joanie? —pregunto—. ¿Sabías algo?

—¿Qué? —Se enjuga las lágrimas con los dedos—. ¿A qué te refieres? ¿Me estás pidiendo que pronuncie unas palabras en su…?

Shelley no quiere completar la frase, y yo no quiero oírla.

—No —digo—. Ya sabes cómo es esto. Sería agradable oír lo que otras personas saben de ella, pero no te preocupes. No es el momento. —Me pongo de pie—. Intento que mis visitas sean breves. Lo siento. Tengo la sensación de estar arrasándolo todo sin pararme a arreglar el estropicio.

Ella no se levanta para abrazarme. No es muy dada a abrazar a las visitas o acompañarlas hasta la puerta, y yo me alegro de poder prescindir de esas cosas ahora mismo. No pretendía preguntarle por Joanie, por su aventura; no debería pensar en eso.

—Se lo diré a Lloyd —murmura—. Iremos a verla hoy. Por favor, avísanos si hay algo que podamos hacer. Por favor.

—Gracias, Shelley.

—Es más, olvida lo que te he dicho. No nos avises. Estaré en contacto contigo, quieras o no. Reuniré a las chicas. Nos ocuparemos de todo, de los detalles. Tú solo tienes que decirme qué quieres.

—Gracias —digo, y me vienen a la mente los preparativos funerarios, la comida, las flores, la ceremonia. Ella se lleva el bajo del caftán a la cara y extiende el brazo para coger sus cigarrillos.

—Shelley —digo—, ¿podrías llamar a Racer? ¿Podrías decírselo por mí? Iba a explicárselo yo, pero no lo hice.

—¡Por supuesto! —exclama, y me doy cuenta de lo contenta que se pone la gente cuando tiene una misión concreta.

Los chicos están en la cocina comiendo pollo *lo mein* directamente de una sartén de aluminio.

—¿Quieres? —pregunta K, con una expresión llena de tristeza y compasión—. Es del acto benéfico de Lloyd. También tenemos sushi, si quieres.

Cojo un par de palillos, tomo unos bocados y luego les anuncio a Alex y a Sid que tenemos que ponernos en marcha de nuevo.

Los chicos se besan, se abrazan y prometen llamarse unos a otros. K nos acompaña a la puerta y luego se encamina escaleras arriba. Subimos al coche y yo arranco despacio.

—Va a escribir sobre esto —afirma Alex—. Fijo.

—Pues más vale que me deje bien —dice Sid.

—¿Sobre qué va a escribir? —pregunto. Una mujer vive. Una mujer muere. Mientras conduzco, pienso en quién será el siguiente, qué casa debemos echar abajo a continuación. Russell Clove vive en la misma calle, un poco más adelante, pero no tengo ganas de aguantarlo en este momento, así que escojo a Bobbie y Art.

Vuelvo la vista hacia Alex, pero finjo mirar los letreros de las calles que hay detrás de ella. Se la ve agotada, en ruinas, como algo cuyo esplendor se extinguió hace mucho tiempo.

Cuando nos encontramos cerca de la casa de Bobbie, dice:

—Sé dónde vive, ¿sabes? Por si quieres verlo.

19

Alex me dice que pare.

—Es aquí —señala.

Intento echarle un vistazo a la casa, pero la rodea un muro de coral. Alcanzo a ver las crestas de las olas más allá de los tejados de las casas. La de él no está muy atrás, lo que significa que es relativamente rico, pero no asquerosamente rico. En un principio esto me alegra, pero cada vez me gusta menos. Si nos hubiésemos detenido frente a una mansión con la entrada custodiada por leones de piedra, lo habría entendido, pero esta casa es del montón, lo que hace que su amor me parezca más auténtico. Me acerco al bordillo y aparco delante de la casa donde vive el amante de mi esposa.

—Su cerca mola —comenta Alex.

Me fijo en el muro de coral.

—No está mal.

—¿Vamos a quedarnos aquí sentados esperando a que salga? —pregunta Sid.

—No —respondo—. Hemos venido, hemos visto. —Me dispongo a arrancar el motor, pero no lo hago.

—¿Estará en casa? —pregunta Alex—. ¿Y si llamamos al timbre?

—Llama tú —dice Sid.

—Llama tú —contraataca ella. Él le asesta una patada al

respaldo de su asiento, y ella se vuelve para agarrarle la pierna. Él la coge del brazo y ella rompe a reír.

—¡Basta! —grito—. Dejad de meteros mano.

—Caray —exclama Sid—. No me extraña que tu mujer te pusiera los cuernos, si no te gusta eso de meter mano.

Vuelvo la cabeza bruscamente hacia él.

—¿Te pegan a menudo?

Se encoge de hombros.

—Me han dado lo mío.

Miro a mi hija.

—¿Sabes que estás saliendo con un retrasado de aúpa? Lo sabes, ¿verdad?

—Mi hermano es retrasado, tío —dice Sid—. No uses esa palabra para insultar.

—Ah. —Guardo silencio, con la esperanza de que interprete mi silencio como una disculpa.

—Has picado, pringado —dice, y esta vez le da una patada al respaldo de mi asiento—. ¡No tengo un hermano retrasado! —Su pequeña trampa le está proporcionando grandes dosis de diversión—. A propósito de los retrasados —añade—, ¿alguna vez te sientes culpable por desear que un retrasado o un viejo o un minusválido caminen más deprisa? A veces, cuando espero a que crucen la calle, pienso: ¡Venga, arreando!, pero entonces me siento culpable.

—Cállate, Sid —dice Alex—. Acuérdate de lo que hablamos. Y no estamos saliendo, papá.

Esto parece dar resultado. El chico no dice esta boca es mía. Lo observo mientras se acuerda de lo que fuera que hablaran.

—Esto es de lo más estrambótico —digo—. Estar aquí sentados, acechándolo.

—No lo estamos acechando —replica Alex—. Está en el trabajo, seguro. Tendrá que currar mucho para poder permitirse una cerca como esta—. Se inclina para hacer girar la llave en el contacto y luego enciende la radio—. ¿Qué necesidad tienes de verlo? ¿Piensas decirle algo? —Le da al aire acondicionado, que me sopla en toda la cara.

—Eso gasta gasolina —digo.

—Oh, venga —protesta ella.

—¿Crees que este coche funciona con el metano de Dios? —grita Sid, y tanto Alex como yo volvemos la cabeza.

Ahora Sid está despatarrado en medio del asiento trasero, como si reivindicara todo el coche como propio.

—¿Qué pasa? Es una frase de una peli.

—Solo quiero verlo —digo. Escucho la música, pero Alex cambia la emisora, espera y la cambia otra vez, y otra, y otra.

—A ver si encuentras algo que te guste de una vez.

—Todo es basura en plan *rhythm and blues*. —Continúa recorriendo el dial.

—Pon el 101.7 —indica Sid. Se inclina hacia delante, acercando su cara a la mía. Huele a tabaco y a una mezcla de colonia barata y caramelos con sabor a frutas.

—101.7. —Alex no para de pulsar el botón para cambiar de emisora, y cada vez que lo toca, el estéreo emite un pitido apagado.

—Sintoniza el 101.7 directamente —digo.

Una voz que más bien suena como un gruñido invade el coche. En cierto modo, me reconforta que me recuerden que hay otras personas enfadadas en el mundo. No soy el único. La brisa entra por mi ventanilla abierta, trayendo consigo el aroma a sal marina con un ligero toque de cáscara de coco. La emisora de radio ahoga la voz del cantante cada tres palabras, lo que me hace pensar aún más en los tacos. Joder, me digo. Qué palabra tan bonita. Si solo pudiera decir una palabra para el resto de mi vida, sería esta. Sid menea la cabeza hacia la derecha, luego hacia la izquierda y vuelta a empezar. Parece un palomo.

—¿Sabes a qué se dedica? —pregunta Alex—. ¿Está casado?

—No lo sé. No sé nada de él —digo, más para mí que para

ella. Ni siquiera se me había pasado por la cabeza la posibilidad de que esté casado, aunque lo dudo. Su casa parece la de un soltero, y hasta su nombre, Brian Speer, suena como el de una persona independiente, libre de ataduras, que vuela en solitario. Es un nombre que me resulta muy familiar. Tal vez por eso quiero verlo, porque tengo la sensación de que lo conozco. Aquí todo el mundo se conoce. Seguro que lo conozco de algo.

—¿O sea que no se lo has preguntando a Kai ni a Mark?

—No hemos entrado en detalles.

—¿Por qué no?

—Pues porque no.

Un coche se acerca por la calle y todos nos agachamos en nuestros asientos, lo que me hace sentir un poco ridículo. El coche pasa de largo y desaparece detrás de la cuesta que lleva a las fincas a pie de playa. Cuando miro a Alex hecha un ovillo, una sensación de incompetencia absoluta se apodera de mí. Llevo un letrero en la frente con las palabras: «Mal padre». Un letrero enorme. Me imagino esta situación desde su punto de vista. Su madre, que ha engañado a su padre, está en coma, y ella está acompañando a su padre a ver al amante de su madre. Su hermana se pasea por allí en su lencería y se apuñala a sí misma con animales marinos. ¿Por qué he dejado que me traiga aquí? ¿Por qué he puesto al descubierto mis necesidades?

—Esto es una estupidez. —Le doy al contacto, pues me he olvidado de que el motor ya está en marcha, y oigo un chirrido.

—Si alguien se metiera con mi chica, le montaría un buen pollo —asegura Sid.

—Sí, claro, Sid —suspira Alex—. Las chicas no necesitamos caballeros andantes.

Es como si Joanie estuviera sentada a mi lado. Es exactamente lo que diría ella. Me dan ganas de preguntarle a mi hija: «¿Por qué no? Todo sería más fácil; a mí me encantaría tener un caballero andante. ¿Qué hay de malo en que alguien te rescate?».

Conduzco de regreso hacia la avenida.

—Tiene el pelo negro —dice Alex—. Por si te interesa saber qué pinta tiene.

Nos alejamos de las casas y avanzamos por la amplia calzada hacia los miradores que están debajo de Diamond Head. Reduzco la velocidad para dejar pasar a unos chicos que llevan tablas de surf bajo el brazo. Uno de ellos, con rizos largos color ladrillo, cruza la calle bamboleándose. Sujeta su larga tabla con una mano, mientras con la otra intenta evitar que se le caiga el bañador.

—Antes te acercaba hasta aquí, ¿te acuerdas? —digo en voz baja, para mantener la conversación en privado.

—Sip —responde ella, y suelta una risita breve, casi como si estuviera enfadada.

—¿Por qué dejaste el surf?

—Cosas que pasan. ¿Por qué dejaste de jugar con el Lego? Sencillamente son cosas que pasan.

—No es lo mismo. A ti se te daba bien.

—Si ni siquiera llegaste a verme.

—Pero me contaron que eras muy buena.

Me mira y yo le dedico una sonrisa ancha, alentadora, de buen padre.

—¿Eras surfista? —pregunta Sid—. ¿Una de esas chatis surfistas que están como un queso?

—¿Por qué lo dejaste? —pregunto de nuevo.

—Primero lo dejé porque me venía la regla y no sabía usar los tampones, así que me pasaba sin ir, ya sabes, unos cinco días, y luego simplemente perdí la costumbre.

—¿Cómo puedes no saber usar un tampón? —pregunta Sid.

—Estuve un año sin decirle a mamá que ya tenía la regla.

—Hasta yo sé usar un tampón —afirma Sid.

Subo el volumen de la radio.

—La primera vez creí que me había cagado en los pantalones —dice Alex. Noto su mirada fija en mí, como si esperase una reacción.

—Puaj, Alex —exclama Sid—. A lo mejor sí que te habías cagado.

—Bueno —intervengo—, eso es un asunto personal y privado.

—Escondía mis compresas usadas debajo del colchón porque no sabía dónde tirarlas. Mamá las habría visto en el cubo de la basura. El colchón iba absorbiendo la sangre. Así fue como se enteró, cuando le dio la vuelta al colchón.

Alex posa la vista en mí, expectante, pero yo no la miro a los ojos. Tengo la impresión de que dar una buena respuesta es de vital importancia, como si me estuviera sometiendo a un examen.

—¿Por qué se lo ocultaste? Debió de ser muy trabajoso para ti. —Y vergonzoso, quisiera añadir. Y vergonzoso.

—No lo sé —dice Alex—. Tal vez porque ella siempre insistía en que me vistiera y me comportara como una chica mayor, y esto le habría dado más argumentos para decir que yo ya era una mujer y esas cosas. Tal vez yo no quería serlo todavía. Tenía trece años.

Se nota que ha reflexionado sobre el tema. Me pregunto en qué otras cosas piensa, qué más le preocupa. Rodeamos la falda del volcán inactivo.

—Oye, Alex —dice Sid—, ¿alguna vez has tenido esa sensación de no estar del todo fresca?

—Cállate, Sid.

—¿Estás segura de que es consciente de lo que pasa? —inquiero—. Porque, desde luego, no se comporta como si supiera que nuestra familia atraviesa momentos difíciles.

—Papá —dice Alex, en voz tan alta y tan de repente que me hace frenar y prestar atención a la calzada—. Da media vuelta —dice.

—¿Para ir adónde? — Avanzamos a lo largo de Kapiolani

Park. Hay gente haciendo footing por todas partes. Uno de ellos cruza la calle delante de mí. Lleva un pantalón corto con rajas a los lados de las perneras. Veo el vello negro de sus piernas húmedo y apelmazado por el sudor. Tiene un iPod sujeto al bíceps por medio de una correa.

Oigo que la ventanilla de atrás se abre.

—¡Mira por dónde vas, tontolaba! —grita Sid.

—Da la vuelta en la fuente y tira por donde hemos venido —me indica Alex.

—¿Por qué?

—Me ha parecido ver algo. No estoy segura. Tú da la vuelta.

Giro hacia la costa, rodeo la fuente, enfilo Kalākaua y empiezo a recorrer el camino en dirección contraria.

—¿Hemos retrocedido lo suficiente?

—Creo que sí —responde ella—. No pares.

—Le dijo ella a él —tercia Sid.

—¡Que te calles! —chilla Alex—. Sigue hasta la señal de Stop.

Hago lo que me pide.

—Mira —señala la casa que está al otro lado de la calle.

Es una construcción pequeña, azul, con contraventanas blancas de listones, estilo plantación. La casa está en venta. Joanie siempre me presionaba para que nos mudáramos a la ciudad, a este lado de la isla, donde viven sus amigos, lejos de Maunawili, donde llueve. Yo nunca quise vivir en esta zona, con sus aficionados al footing y sus mansiones horteras en la avenida Kahala. A Alex le gusta este lado también, o al menos antes le gustaba. La casita está en la acera opuesta a la del mar, pero se trata de una finca de lujo en Diamond Head y está reformada para parecer antigua.

—Muy bonita —digo—, pero está en la avenida. —Señalo los coches que pasan a toda velocidad—. Sería difícil salir de la plaza de aparcamiento.

—No —me interrumpe ella—. Fíjate en el letrero.

Achico los ojos para leer el letrero de «Se vende» y al ver su nombre caigo en la cuenta de por qué me resulta tan familiar. Todos los días paso por delante de ese nombre, grabado en relieve en blanco y azul: «Brian Speer. Agente inmobiliario. 978-7878».

En la foto veo su pelo negro. Veo lo seguro que está de sí mismo. Parece un anuncio de blanqueador dental. Se le ve enamorado.

—Ahí va —dice Sid.

—Ya sabes qué pinta tiene —dice Alex.

Me quedo parado frente al Stop, y todos contemplamos su foto durante un rato, sin hablar.

—¿Estás satisfecho? —pregunta Alex.

—No —respondo.

20

Me he aprendido su número de memoria, pero no le he llamado. No sabría qué decirle. No paro de darle vueltas a ese número. Sé que al final tendré que marcarlo.

Estoy sentado solo a la mesa del comedor, mirando nuestro jardín y la montaña. Estoy bebiendo whisky y me siento viejo. No he podido hacer más visitas después de ver su fotografía. No tenía ganas más que de volver a casa. Tengo el teléfono en la mano. Si marco el número, me saldrá el buzón de voz de su trabajo, pues son las nueve de la noche. Llamaré, escucharé su voz y luego colgaré. Sé que estoy dando largas al asunto, porque cuando por fin marque ese número, será como si me comprometiera a algo, como si firmara un contrato.

Marco para oír su voz. Al tercer timbrazo, salta la grabación: «Buenas, soy Brian. Siento no poder atender su llamada. Deje un mensaje y le llamaré en cuanto me sea posible».

¿Qué clase de hombre de negocios dice «Buenas»? Recuerdo que mi madre me reprendía cada vez que decía «Buenas» en vez de «Buenos días» o «Buenas tardes». Tiene un tono enérgico, casi impaciente, y eso es bueno cuando uno quiere que el cliente se lleve la sensación de que se le está haciendo un favor al quitarle su dinero. Cuando oigo la señal, cuelgo y me dirijo por el pasillo hacia la habitación de Scottie. Oigo a Esther leyendo en voz alta y paso de largo, pero cuando me acerco a mi dormitorio, llega hasta mis oídos la risa histérica de mis hijas. Me acuerdo de que Esther me dijo que los versos infantiles arrancaban a Scottie carcajadas de gozo, retrocedo por el pasillo para escucharla mientras lee.

—Juanito Romero vivía soltero…

—Vuelve a leer el de la gallina —oigo decir a Alex.

—Ya os lo he leído tres veces.

—Una vez más —ruega Scottie.

Oigo el sonido de páginas que pasan y luego:

—Oh, mi hermosa polla. Oh, mi bella pollita. Por favor, no cacarees si no es de día. Y tu cabeza…

Las risotadas no me dejan oír el resto. Sacudo la cabeza y sigo caminando hacia mi habitación vacía. Me sorprende agradablemente que Scottie sepa que «polla» tiene otro significado y que las rimas para niños no la apasionen de verdad. También me alegra que mis hijas se diviertan juntas; no las había oído reírse así desde hacía mucho tiempo. O tal vez nunca. Alex a duras penas salía de su cuarto cuando vivía en casa. Por otro lado, su diversión me excluye y me entristece. Siento que estoy reaccionando demasiado tarde para que este rollo paternal funcione de verdad. Además, ¿por qué no pueden reírse de otras cosas, de cosas normales?

—Eh, jefe. —Al volverme, veo a Sid salir de la alcoba de Alex en calzoncillos y sin camisa—. ¿Lo has llamado?

—Métete en tus asuntos —replico—. No vas a dormir en esa habitación. Y haz el favor de vestirte.

—¿Por qué? —pregunta.

—Creo que deberías irte a casa —digo.

—Eso no le gustaría a Alex —señala.

Es cierto, y sé que si yo forzara las cosas, tendría que enfrentarme a su rabia.

—Puedes dormir en la habitación de invitados —ofrezco—. O lo tomas o lo dejas. Creo que te interesa ganarte mi confianza.

Se frota el abdomen. Demasiado musculoso. No parece

natural. Tomo conciencia de mi barriga y la aprieto hacia dentro.

—Vamos a hacer lo que vamos a hacer —asegura.

—Sí, pero no os lo voy a poner fácil —advierto. Pienso en mi adolescencia. Sí, los chicos siempre encuentran la manera de hacer lo que quieren, pero recuerdo que encontrar un lugar donde echar un polvo era una de las cosas más complicadas del mundo. Las chicas no estaban dispuestas a acostarse contigo en cualquier sitio. Las mujeres, tal vez, pero las chicas no.

Mi cuarto es contiguo al de Alex. Me vuelvo hacia uno y otro lado.

—El parquet chirría —digo.

Suelta una carcajada.

—No te preocupes. Era broma. No somos así. No estoy aquí para eso. Aunque me dieras permiso, no dormiría en su habitación. —El azul claro en su rostro se ha vuelto negro, con un matiz de rojo intenso, como una mancha de frambuesa en torno al ojo—. No es nadie —dice—. Tú llámalo. Dale caña.

Doy media vuelta y me encamino de nuevo hacia mi habitación. Pienso en la mano de Sid, a punto de parar el golpe justo antes de bajar y agarrarse el muslo. Seguramente decidió encajar el puñetazo. Podría preguntárselo, pero no quiero que me dé un motivo para que me caiga bien.

Cuando llego a mi cuarto, telefoneo a Brian otra vez y escucho el mensaje de su contestador, pero esta vez su voz, sus palabras y su tono me resultan relajantes. Me percato de que, a diferencia de un rival auténtico, él no me intimida. Lo imagino en una de esas casas limpiando las encimeras, horneando pan para que las habitaciones decoradas con materiales baratos parezcan más acogedoras. Me lo imagino pasando el plumero. No es nadie. De hecho, podría trabajar para mí.

Después de la señal, digo: «Hola, Brian. —Tras una pausa, añado—: Me interesa la casa de Kalākaua. La azul con contraventanas estilo plantación».

Oigo a las chicas reírse de nuevo. Digo mi número, cuelgo y me quedo muy quieto, como si el menor movimiento pudiera estropearlo todo. ¿Cuál es mi intención? ¿Verlo, simplemente? ¿Humillarlo? ¿Compararme con él? A lo mejor mi única intención es preguntarle si ella me quiso alguna vez.

21

Al día siguiente vamos al hospital. Es la segunda vez que Alexandra ve a su madre desde el accidente. Estuvo allí cuando ingresaron a Joanie, y no había vuelto desde entonces. Se queda de pie a los pies de la cama, con la mano en la pierna de Joanie, que está tapada con una manta. Mira a su madre como si estuviera a punto de decir algo, pero, por más que espero, no abre la boca.

Cuando reparo en todas las latas de nueces de macadamia desperdigadas por la habitación, descubro que Scott no hablaba en sentido figurado cuando dijo que le daría a Joanie las cosas que ella siempre había querido, y que satisfaría todos los caprichos que había tenido.

—Dile algo —susurra Scottie.

Alex mira a Scottie y vuelve a posar la vista en su madre, que sigue entubada y conectada a las máquinas.

—Hola, mamá —saluda.

—Dile que estabas borracha —le sugiere Scottie—. Dile que eres alcohólica.

—Supongo que es genético —comenta Alex.

—Chicas —las reprendo, aunque no se me ocurre un motivo por el que reñirlas—. Poneos serias.

A juzgar por el aspecto de Joanie, la acaban de lavar. No lleva maquillaje, y su cabellera negra parece húmeda. De pronto, me entran ganas de llevarme a mis hijas de aquí. Sé que no saben qué decir y se sienten culpables por ello. Tal vez no debería obligarlas a ver esto. Tal vez no deberían ponerse serias. Tal vez yo esté equivocado y no debería desear que pasaran el máximo tiempo posible en esta habitación.

—¿Dónde está Sid? —pregunto. Me siento extraño al estar preguntando por él.

—Fumando un cigarrillo —responde Alex.

—Pídele disculpas a mamá —dice Scottie.

—¿Por qué? —salta Alex.

—Por emborracharte. Por no ser un chico. Mamá quería hijos varones. Eso me dijo la abuela. Y nosotras somos chicas.

—Siento haberme portado mal —dice Alex—. Siento haber gastado el dinero de papá en coca y licor, un dinero que te habría venido bien para comprar loción facial. Lo siento.

—Alex —la reconvengo de nuevo.

—Papá me deja beber Coca-Cola Light —dice Scottie.

—Perdón por todo —añade Alex antes de alzar la mirada hacia mí. Y prosigue—: Siento que papá no fuera lo bastante bueno para ti, mamá.

—Alex, te estás pasando. Deja de hablar así ahora mismo.

—¿O si no, qué? ¿Me vas a castigar sin salir? ¿O me enviarás a otro internado? ¿Vas a ponerme de cara a la pared?

No sé qué responder ni qué hacer. No quiero gritar «Tu madre se muere» delante de Scottie, así que recurro a un viejo método: agarro a Alex por el hombro, tomo impulso con la mano y le doy un azote en el culo.

—¡Toma leña! —exclama Scottie.

—Scottie, sal al pasillo.

—Pero si es ella la que se está pasando.

Levanto la mano.

—Que salgas.

Scottie sale al pasillo a toda prisa.

—¿Acabas de darme un azote? —pregunta Alex.

—No tienes ningún derecho a hablarle a tu madre de ese

modo. Se va a morir, Alex. Estas son tus últimas palabras. Es tu madre. Te quiere.

—Tengo todo el derecho del mundo a hablar de este modo, y tú también.

—Ayer estabas llorando. Sé que la quieres y que tienes más cosas que decirle.

—Lo siento, pero no. Es decir, sí, pero no en este momento. Ahora estoy enfadada. No puedo evitarlo.

Alex ha bajado la voz y parece sincera. La creo, o al menos la comprendo.

—No nos va a llevar a ninguna parte —digo—. Estar enfadados. De acuerdo, tu madre no estaba contenta con nosotros. Intentemos que esté contenta ahora. Pensad en las cosas buenas, en los aspectos positivos. Y no quiero que digas esas cosas delante de Scottie. No se lo pongas más difícil.

—¿Cómo puedes ser tan indulgente, quedarte tan tranquilo? —inquiere Alex. Ahora mismo no conozco la respuesta. No quiero decirle que estoy furioso, que me siento humillado y avergonzado por mi rabia hacia Joanie. ¿Cómo voy a perdonar a mi esposa por amar a otro? Me viene Brian a la mente. No me había parado a pensar cómo debe de sentirse en esta situación. No puede verla, ni hablar con ella, ni llorar su pérdida como es debido. Me pregunto si Joanie lo echa de menos pese a estar en coma, si desearía que él estuviera a su lado, en vez de nosotros.

—Ya me enfadaré más tarde —digo—. Supongo que quiero comprenderla. —Nos volvemos de cara a Joanie una vez más—. Dile algo agradable —le pido a Alex.

—Siempre quise ser como tú —le confiesa a su madre, pero niega con la cabeza—. Soy como tú. Soy exactamente igual que tú. —Lo dice como si se le acabara de pasar por la cabeza—. Eso me ha salido muy melodramático. He metido la pata.

—No —replico—. Está bien. Eres como ella, y eso es bueno.

—Ya sabe todo lo demás —alega—. Sabe que la quiero. Solo quiero decirle lo que no sabe.

—También sabe esas cosas —digo—. No tienes por qué decirlas.

—Me cuentan que te han zurrado. —Sid entra en la habitación seguido por Scottie. Se ha prendado de él. Se ha pasado toda la mañana quitándole la gorra y echando a correr dando chillidos mientras él la perseguía. Ya no me imita a mí. Imita a Sid.

—Hola, Joanie —saluda él y se acerca a la cama—. Soy Sid, el amigo de Alex. Me lo han contado todo sobre ti. Eres una tía dura, seguro que al final te pondrás bien. No soy médico, pero es lo que pienso.

Veo a Alex y a Scottie mirarlo con una sonrisa, casi como si gritaran: «¡Se equivoca! No va a salir de esta».

—Me estoy quedando en tu casa para ayudar a Alex. Así habla conmigo. Le estoy echando un cable.

El enfado de Alex parece haberse aplacado. Se acerca al cabecero de la cama y le toca la mejilla a Joanie. Scottie se apretuja contra mí y contempla la mano de Alex en la mejilla de su madre.

—No te preocupes —prosigue Sid—. Tu marido no me deja salir de mi habitación por la noche. Me tiene bien vigilado. Y tu viejo pega como todo un campeón. Fíjate en esto. —Acerca a Joanie el lado derecho de su cara—. Vaya —dice—. Eres preciosa.

Scottie camina hacia la cama y se detiene junto a Sid. El silencio se impone en la habitación durante un rato mientras Sid, de pie ante mi esposa, admira su rostro. Me aclaro la garganta, y él se dirige a la ventana y levanta la cortina.

—Hace buen día —comenta—. Despejado. No muy caluroso.

Miro a mi mujer, casi esperando que reaccione de alguna manera. Sid le caería bien, de eso estoy bastante seguro.

—¡Reina acaba de enviarme un SMS! —exclama Scottie—. Está aquí. Aquí en el hospital.

—Vaya por Dios, Scottie. Te dije que no. Nada de Reina.

—Dijiste que el jueves podría venir, y hoy es jueves. La necesito. Además, me hace mucha ilusión que conozca a mamá, ¿vale? Y Sid... A Reina le molará mucho su personalidad. Y quiero que Alex la conozca.

—¿Y yo qué?

—Tú también —dice.

—No me parece bien. —Cuando le di permiso para invitar a Reina, no sabía que mi esposa se moría.

—Pero, papá... Alex tiene a Sid.

—De acuerdo —accedo, pues no tengo ganas de discutir. Ni siquiera tengo ganas de hablar—. Si es lo que necesitas, me parece bien. —Por supuesto que me parece bien. Si eso la hace sentirse mejor...

Scottie sale corriendo al pasillo.

—Genial —digo—. ¿Estáis preparados para esto?

Al poco rato, Reina aparece en la puerta junto a Scottie, que nos la presenta. Reina mira en torno a sí como si la habitación estuviera sucia.

—Papá, esta es Reina. Reina, estos son mi hermana y Sid, y la de la cama es mi madre.

Reina levanta la mano ante sí y agita los dedos. Lleva una falda de tenis de felpa y una sudadera con capucha, también de felpa. Ambas prendas llevan estampado un logotipo con las palabras «Silver Spoon».

—Así que esta es tu madre. —Se acerca a los pies de la cama de Joanie—. Ya veo que era verdad. Está KO.

Miro a Alex, pero parece tan perpleja como yo. Scottie se coloca junto a su amiga y le toca el hombro a su madre.

—¿Le doy la mano? —pregunta Reina.

—Si quieres —responde Scottie.

—No, gracias —dice Reina.

—Esto es ridículo —refunfuña Alex.

Yo ni siquiera sabía que se hicieran niñas así. No nos hace el menor caso. Me siento como su criado. Sid la mira con el ceño fruncido, como si fuera la ecuación más complicada con que se ha topado.

Reina lleva una bolsa grande como un misil. Scottie se aparta de la cama y se sitúa al lado de Sid, que le posa la mano en la cabeza y le alborota el pelo. Scottie se reclina contra él, y cuando Reina se vuelve, los mira y asiente. Luego consulta su reloj.

—¿Dónde está tu madre? —pregunto.

—En el salón de belleza —contesta.

—¿No ha venido contigo? ¿Con quién estás?

—No estoy con nadie —dice—. O sea, la persona que ayuda a mi madre me espera en el coche, pero lo que es estar, no estoy con nadie.

Hay algo en la voz de Reina que hace que me entren ganas de pegarle un tiro con una escopeta de aire comprimido. Si se hiciera daño y se pusiera a pegar alaridos de dolor en este instante, yo sonreiría antes de ir en busca de ayuda.

—Escuchad, chicas. ¿Por qué no os vais fuera a charlar, a tomar un helado o lo que sea…?

—Demasiados carbohidratos —dice Reina.

—¿Qué?

—Carbohidratos —repite.

—Pues entonces cómete una hoja de lechuga, y después, Reina, tal vez deberías irte con tu ayudante, para no hacerla esperar…

—Hacerlo esperar. Es un samoano con un corazón de oro.

—De acuerdo, para no hacerlo esperar. Y Scottie, tú vuelve para que pasemos un rato juntos, en familia.

—No pasa nada —asegura Reina—. Yo ya estoy. —Mira a Scottie y se despide con un gesto de la mano—. Veo que no eres una mentirosa después de todo.

Los ojos de Scottie van y vuelven entre Sid, su hermana y yo. Me pregunto de qué está hablando Reina.

—¿No quieres quedarte un rato? —pregunta Scottie, empujando a Sid para separarse de él.

—No, tengo que coreografiar una escena de baile. —Reina mete la mano en su bolso, echa un vistazo a su aparato para enviar mensajes de texto y pone cara de exasperación—. Justin es tan sub… —comenta—. Vale, nos vemos en el club. Espero que tu madre se ponga mejor. Besos.

Todos nos quedamos mirándola boquiabiertos mientras se aleja.

—¿Qué ha querido decir con eso de que no eres una mentirosa, después de todo? —le pregunto a Scottie cuando Reina ya se ha marchado—. ¿Y qué es «sub»? ¿Qué significa eso de que «Justin es tan sub»? ¿Por qué te ha llamado mentirosa? ¿Qué le pasa a esa niña?

—No se creía que mamá estuviera dormida, y… —Hace una pausa y se vuelve hacia Sid. Su rostro adquiere una tonalidad parecida a la de un tomate cherry.—. Y «sub» es la abreviatura de «subnormal».

—Y… —dice Alex.

—Y eso es todo —declara Scottie.

—¿Así que tenías que demostrarle a esa capulla que mamá está en coma? —pregunta Alex—. ¿Qué coño tienes en la cabeza? ¿Un montón de pastillas idiotizantes?

—Tú cállate, puta huérfana —espeta Scottie.

—Hala —dice Sid—. Tranquila.

—¿Sobre qué más creía que le estabas mintiendo? —inquiere Alex.

Me vienen a la mente la imagen de Scottie acurrucándose junto a Sid y la mirada que les lanzó Reina.

—¿Era por Sid? ¿Le habías dicho algo sobre Sid?

—¡No! —replica.

—No tienes por qué inventarte cosas para impresionar a esa chica —digo—. Aunque haga cosas con chicos, eso no significa que tengas que hacerlas tú también. —Ahora siento que mi único deber en la vida es asegurarme de que Scottie no se parezca a Reina en nada, pues sé que el potencial está latente en su interior, a punto de emerger a la superficie.

—Solo le dije que era mi novio para que me dejara en paz —explica Scottie.

—Pero qué idiota eres —le suelta Alex.

—¿Qué más te da? Él me ha dicho que no es tu novio. Seguro que les mete el dedo a miles de chicas.

—¡Scottie! —grito.

Alex parece dolida.

—Me da igual —dice—. No estamos juntos ni nada.

Scottie abre la boca para decir algo, pero se limita a negar con la cabeza. Miro a Joanie, que yace allí, en silencio.

—Te está vibrando el teléfono —señala Scottie. Se saca el móvil del bolsillo, el móvil que me ha hurtado para mandarle mensajes de texto a su amiga. Ni siquiera le da importancia al hecho de haberme desobedecido. O al hecho de haber dicho «les mete el dedo» delante de mí. Es como si no fuera su padre.

Como no reconozco el número, no contesto. Me gusta que la gente deje mensajes, y devolverles la llamada después de ensayar lo que voy a decir.

—Nunca lo coges cuando te llaman —observa Scottie—. ¿Y si es alguien que necesita ayuda?

Alex me arrebata el teléfono de las manos.

—¿Diga? —responde.

—Pero ¿qué…? ¿Es que no existo, chicas? ¿Sois conscientes de que aquí el que manda soy yo?

—¿Quién es? —susurra Scottie.

—Oh, no —dice Alex—. No se ha equivocado de número. Soy su ayudante…, Sharon.

Scottie abre la boca, fascinada. Siempre me ha maravillado la capacidad de Alex para mentir sin esfuerzo.

—Eso suena bien —dice Alex, dándome un golpecito en el brazo—. ¿Dónde? Estupendo. ¿Hasta cuándo? De acuerdo. Bueno, pues gracias. Tal vez nos pasemos un momento el domingo. Muchas gracias. Vale. —Cierra el teléfono.

—¿Y bien?

—Era una agente inmobiliaria, papá. De la oficina de Brian. Dice que estará encantada de enseñarte la casa por la que preguntabas por teléfono. Bien hecho, papá. Muy astuto.

—Muy buena, King —tercia Sid.

—¿Y qué pasa con Brian? —pregunto. Me siento extraño al hablar de esto en presencia de Joanie. Me coloco de espaldas a ella.

—Está en Kauai —dice Alex.

—¿Hasta cuándo?

—Hasta el día dieciocho.

—¿Te han dado un número en el que pueda localizarlo?

—No. ¿Qué quieres decirle? —pregunta Alex, y yo vuelvo a quedarme sin palabras.

—¿De qué habláis? —Scottie se hace un hueco entre nosotros.

—¿Crees que sabe lo de mamá? —especula Alex.

—Claro —digo. Supongo que lo más probable es que él sepa que Joanie está hospitalizada, pero no tiene manera de saber que son sus últimas semanas de vida, tal vez sus últimos días. Me pregunto qué hacían juntos, mi esposa y Brian. Pienso en lo que Kai dijo o insinuó: que yo empujé a Joanie a tener un lío, que mi actitud fría y distante la arrojó en sus brazos. Yo creía que lo nuestro era especial, que ella no necesitaba tantas atenciones como otras mujeres.

Miro las nueces de macadamia y las fotografías de motocicletas y barcos que Scott ha pegado en las paredes. Veo gardenias, sus flores favoritas, y una botella de vino.

—¿Vamos a seguir yendo a las casas de la gente para hablarles de la fiesta? —pregunta Scottie.

Alex se encoge de hombros y yo me siento culpable por haberla impulsado a inventarse esas historias, aunque seguramente le gusta inventárselas.

—No —contesto—. Eso se ha terminado.

—¿Cuándo será la fiesta? —pregunta Scottie.

Le sacudo unos granos de arena de la camiseta. ¿De dónde saca estos trapos? Voy a tener que comprarle ropa nueva. La camiseta lleva el dibujo de un elefante panza arriba, con las patas en alto y la lengua colgándole de la boca como un tobogán. La leyenda dice «Pedo perdido», y reparo en las latas de cerveza desperdigadas por el desierto, al fondo.

«¿Cuándo será la fiesta?», me pregunto y caigo en la cuenta de que sería una buena forma de informar a las demás personas de mi lista. No puedo continuar con mi ronda de visitas, de modo que haré que ellas vengan a mí. Tendré que hablar de nuevo con el doctor Johnston y pedirle que lo posponga. Que espere. Quiero asegurarme de que todo el mundo tenga la oportunidad de despedirse. Quiero que asistan todas las personas indicadas.

22

Ha venido todo el mundo excepto Kent Halford, que está en Sun Valley, y Bobbie y Art, que casi nunca se dignan hacer acto de presencia ni se molestan en inventar excusas. Les he pedido a Alex y a Sid que se lleven a Scottie al cine.

Atardece. He dispuesto unas bandejas con sushi, frutas y pan armenio sobre la mesa del comedor, y los invitados están de pie alrededor, con cócteles y palillos en la mano. Es como una fiesta, y empiezo a sentirme fatal porque ellos no saben por qué están aquí. No sospechan que son las personas que me quedan por informar.

Los he dejado charlar y alternar durante un rato, pero ha llegado el momento. Estoy listo. Me dirijo a la cabecera de la mesa, desde donde podré ver a todos los presentes. Carraspeo. Solo tengo que decirlo, desembucharlo todo, y después podré retirarme.

—Escuchadme —digo—. Sé que todos os habéis interesado esta noche por el estado de Joanie y que os he dado respuestas ambiguas, pero quiero comunicaros que el coma de Joanie es irreversible. Pronto dejará de recibir cuidados médicos. No se va a recuperar.

Buzz se ríe de algo que dice Connie, y Lara susurra algo. A Buzz se le borra la sonrisa de los labios.

—Os pido disculpas por soltarlo así. Lo que pasa es que quería decíroslo en persona. Todos sois amigos muy queridos, nuestros mejores amigos. Os agradezco todo lo que habéis hecho por nosotros. Joder. —Me arde la garganta y tengo los ojos llorosos, lo que no entraba en mis planes. Tenía un buen discurso preparado. Lo había ensayado, y no me pasaba esto en los ensayos. Todas las miradas están puestas en mí. Las mujeres se aproximan. Las abrazo una por una a todas, Lara, Kelly, Connie y Meg, aspirando su perfume, ocultando mis lágrimas en su cabello.

—¿Estás seguro? —inquiere Connie—. ¿Del todo?

—Sí —digo.

—¿Podemos verla? —pregunta Lara.

—Sí —respondo—. Por favor, id a verla. Ahora mismo, o mañana por la mañana, o cuando tengáis un momento. Es lo que quería deciros. Por eso estáis aquí.

—¿Y Kai? —quiere saber Lara.

—Ya se lo he dicho.

Russell y Tom se me acercan. Siento pena por Russell, que viene a abrazarme con una sonrisa tímida. Es la misma expresión que veo siempre que alguien me da una mala noticia. No puedo evitar sonreír con cara de tonto. Russell me propina unas palmadas en la espalda con brusquedad, mientras yo aprieto el mentón contra su hombro.

—¿Han tomado los médicos esta decisión? —pregunta Orson. Es un abogado de la acusación especialista en demandas con una multitud de clientes femeninas que él denomina su Círculo Demandante—. Porque necesitas el diagnóstico de dos médicos.

Me quedo mirándolo.

—Por supuesto —dice—, tú sabes lo que haces.

—¿Cuánto tiempo…? —inquiere Kelly—. ¿Qué pasará a partir de ahora?

—No mucho tiempo —respondo—. Es todo lo que sé. Y sería genial que fuerais todos al hospital en los próximos días para que las chicas puedan pasar un rato a solas. Si queréis entrar a verla. No estáis obligados.

El nuevo novio de Kelly parece aliviado. Me doy cuenta de que intenta que no se le note que está masticando algo. El hijo de Kent Halford, que se llama igual que él, ni siquiera intenta disimular su apetito. Unta brie en la galleta salada y se la lleva a la boca. Me gusta que esté comiendo, que esté haciendo lo que le da la gana, aunque supongo que siempre lo ha hecho. Recuerdo cuando era vecino nuestro; nos robó el cortacésped en plena noche y lo condujo hasta el mirador de la H3 para reunirse con sus amigos. Regresó en estado de embriaguez y me lo encontré montado en el cortacésped, comiendo rosquillas en nuestro patio delantero. Me le acerco y también unto un poco de queso en una galletita. Sé que su abuelo ha muerto hace poco y que Kent estaba muy unido a él. Doy por sentado que la muerte de su abuelo lo autoriza para cagarla de mala manera o para intentar comportarse.

—Qué mal rollo —dice.

—Lo sé —digo yo.

—Aprecio mucho a la señora King. Siempre me ha tratado muy bien.

—Ella te aprecia a ti —le aseguro.

Se queda absorto en sus pensamientos. Es mucho mejor persona que su padre. Me gusta el modo en que parece esforzarse por exprimir las neuronas que le han tocado.

—He robado cervezas de vuestra nevera exterior —confiesa—. Lo hago a menudo.

—Lo sé —digo.

Buzz nos aborda, sacudiendo la cabeza.

—No puedo creer que esto esté pasando. Ese hijo de puta de Troy…

—No digas eso. —Paseo la vista por los invitados: Connie y Kelly muy arrimadas, hablando de Joanie y de mí; el novio de Kelly y el nuevo marido de Meg, Kula, de pie en el patio con sus cócteles, contemplando la montaña, sin saber qué otra cosa hacer; Russell, sentado en el brazo de un sillón, cerca de la barra; Meg, Dios sabe qué piensa mientras recoge tazas y platos vacíos. Ella y Joanie siempre parecían molestas la una con la otra; riñen a menudo y abiertamente, lo que demuestra lo estrecha que es su relación. Orson parece estar soltándole un sermón a Lara, tal vez una retahíla de todos los culpables: el Queen's Hospital, la lancha rápida, Howard Aaron, el propietario de la lancha, Troy Cook, el motor, el timón, la mar picada cerca de la costa, la pasión por la competición y la velocidad.

Lara se me acerca.

—¿Y Shelley? —pregunta.

—Se lo he dicho. Se lo he dicho a toda la gente que creo que debe saberlo. He llamado a Troy.

—Nos estamos olvidando de alguien —dice Meg. Se dirige hacia Kent, le quita los pedazos de sushi de la mano y lo fulmina con la mirada.

—¿De qué vas, mamá? Me encanta el sushi.

—Deja que se coma el sushi, Meg.

Los invitados fijan su mirada en mí, esperando que continúe, como debe ser.

—Tengo que salir de aquí —digo en voz baja para que solo Buzz y Kent me oigan.

—Vete —me insta Buzz—. Yo me ocupo de todo. Te comprendemos. No se hable más.

Miro el queso, las galletas saladas, las diminutas huevas rojas en el sushi.

—Lo siento, tíos —me disculpo—. Sé que queréis que diga algo más, que os explique la situación. Veréis: ella redactó un testamento vital. He ahí el porqué.

—No sigas —me interrumpe Lara de modo que todos puedan oírla—. No hace falta que digas nada más. Ya ha pasado un tiempo, Matt. Estábamos preparados, lo entendemos. Estamos aquí por ti, para apoyarte.

Lara y Joanie están en un grupo de *hula*. La última vez que vi a Lara estaba en mi salón, practicando con las otras mujeres, dando golpecitos en la moqueta con los pies descalzos y describiendo un amplio círculo en el aire con los brazos, siguiendo sus manos con la vista como diciendo: «Fíjate en esta exuberancia. Qué lugar tan hermoso». Al notar que se me empañan los ojos, tomo un trago de la Coca-Cola de Kent, que tiene un fuerte sabor a ron. Me mira con expresión de alarma y le doy unas palmaditas en la espalda.

—Vaya —digo—. No está nada mal. —La sensación del ron en la garganta es maravillosa. Tengo a Buzz tan pegado a mí que es como si fuera del servicio secreto—. Deberíais iros —les digo—. Si conseguís que los demás se vayan marchando...

Buzz bate palmas.

—Escuchadme todos. Es hora de que dejemos a la familia a solas.

Noto que me sonrojo.

—No hay ninguna prisa —aseguro, pero ellos captan la indirecta y entienden que los están invitando a irse. Los hombres son los primeros en acercarse a estrecharme la mano, lo que me hace sentirme como el padrino, con Buzz a mi lado supervisando las despedidas. Las mujeres vienen después y me dan unos abrazos tan fuertes que duelen un poco.

—¿Hay alguien más a quien podamos decírselo? —pregunta Meg—. ¿No nos falta nadie? Me moriría de vergüenza si nos olvidáramos de alguien.

Kent apura su copa.

—Mamá, si se nos ocurre alguien, ya se lo diremos. —Me abraza, luego toma a su madre de la mano y la guía hacia la puerta.

—Te queremos, Matt —la oigo decir.

Le doy las gracias a Buzz, que por unos instantes se olvida de que él también debería marcharse.

—Voy a tumbarme un poco —anuncio—. Estamos en contacto. —Giro sobre los talones y echo a andar, concentrándome en las lisas piedras del sendero para intentar llegar hasta un sofá o una cama en la que pueda descansar un momento. Estoy satisfecho por el modo en que he manejado el asunto, aunque me ha resultado difícil. Es lo que Joanie habría querido. Me acuerdo de las cosas que le ha llevado su padre —el vino, las fotos, los bombones, símbolos de su deseo—, y cuando llego al estudio, me sorprendo a mí mismo pensando en los símbolos y objetos de recuerdo que le gustaría que yo le ofreciera. Entonces se me ocurre algo que desearía que no se me hubiera ocurrido nunca. Pienso en el recorrido de casa en casa que he emprendido, en las personas que he reunido para que se despidan.

¿Y él? No se me había pasado por la cabeza que tal vez sea quien mejor la conoce y más la quiere, que quizá esto sea lo que ella más desea. Él no está al corriente de lo que pasa, y eso no es justo. Si dejo a un lado mis sentimientos, soy capaz de entender el dolor que este desconocimiento puede traer consigo... para él, para ella y, posiblemente, a la larga, para mí. Ahora sé quién falta y qué tengo que hacer. Debo decirle que regrese de Kauai para despedirse de Joanie. Necesito incluirlo en mis planes. Traerlo a casa, por ella.

23

Los chicos han visto una película sobre unos jóvenes que van fumados y se mueren de ganas de comer hamburguesas. Intento escuchar a Alex cuando explica que el filme trata sobre mucho más que su antojo de hamburguesas, y le respondo que estoy seguro de que así es.

—¿Crees que se merece la oportunidad de despedirse? —le pregunto a Alex.

Está de pie frente a la puerta de mi habitación, lo que significa que está de buen humor. A veces, cuando llegaba a casa tras pasar la tarde fuera con sus amigos, se acercaba a nuestra puerta y nos contaba cómo había ido todo mientras Joanie y yo la escuchábamos desde la cama. Nos hacía reír a su madre y a mí, lo que la motivaba a permanecer más tiempo ahí, intentando prolongar nuestra diversión. Me encanta cuando se queda de pie frente a mi puerta.

—¿Te refieres a él? ¿A decirle a él que se despida?

—Sí —respondo—. A Brian.

—No —dice Alex—. Eso es de locos.

—¿De verdad?

Se fija en el dictáfono que tengo en la mano.

—¿Estás grabando nuestra conversación?

—No, Alex, estaba haciendo el resumen de una declaración.

—¿Cómo puedes trabajar?

—¿Cómo puedes tú ir al cine? ¿Cómo puedes haber invitado a un amigo a dormir aquí?

Aparta la mirada. La mitad del cuarto está iluminada por mi lámpara. La otra parte está a oscuras, y la definida silueta de la montaña aparece enmarcada por la ventana que se extiende a lo largo de la habitación. Esta imagen casi siempre me recuerda una foto panorámica.

—¿Vas a decirle que vuelva para despedirse? —pregunta Alex.

—Sí. —Aunque en el fondo pienso que debería decirle «que te den por el culo» antes de ponerme en plan buen samaritano.

—Eres mejor persona que yo —afirma Alex.

—No, no lo soy.

Ella sacude la cabeza y me da la sensación de estar dirigiéndome a una persona mucho mayor.

—Me gustaría que me acompañaras a Kauai —digo—. Y Scottie también. Creo que le haría bien pasar un día lejos del hospital. Podemos salir por la mañana, encontrarlo y estar de vuelta mañana por la noche. Si tardamos más de un día, no pasa nada, pero no nos quedaremos allí más de dos noches. Es nuestra fecha límite. Si no lo encontramos, al menos sabremos que lo hemos intentado.

—¿Y eso te hará sentirte mejor de alguna manera?

—Lo hago por ella —replico—, no por él o por mí.

—¿Y si se viene abajo? ¿Y si se queda hecho una mierda?

—Entonces me ocuparé de él. —Me imagino a Brian Speer llorando a moco tendido sobre mi hombro. Me lo imagino junto a la cama de Joanie, su amante, avergonzándonos a mí y a mis hijas con sus estridentes sollozos—. Para tu información, estoy enfadado. No soy un tipo noble y puro. Quiero hacer esto por ella, pero también para conocerlo a él. Quiero hacerle unas cuantas preguntas.

—Pues llámalo. Cuéntales a los de su oficina que se trata de una emergencia. Le dirán que te llame.

—Quiero decírselo en persona. No se lo he dicho a nadie por teléfono, y no pienso hacer una excepción en este caso.

—Se lo dijiste a Troy.

—Troy no cuenta. Tengo que hacerlo así. Por teléfono podría escaquearse. Si lo veo cara a cara, no tendrá adonde escapar.

Los dos desviamos la vista cuando nuestras miradas se encuentran. Ella no ha cruzado el umbral de mi habitación. Nunca lo hace durante sus charlas nocturnas frente a la puerta.

—¿Teníais problemas? —pregunta Alex—. ¿Te engañó con otro por eso?

—No creo que tuviéramos problemas —respondo—. Es decir, siempre estuvimos igual.

Eso era lo malo, que nuestro matrimonio había sido siempre igual. Joanie necesitaba altibajos, moverse sobre un terreno accidentado. Tiene gracia que pueda embeberme en pensamientos sobre ella ahora, y en cambio, cuando la tenía delante de las narices, apenas pensaba en ella.

—No he sido el mejor marido del mundo —añado.

Alex mira por la ventana para eludir mi confesión.

—Si vamos a Kauai, ¿qué le digo a Scottie?

—Supondrá que nos vamos de viaje por algún motivo u otro. Quiero alejarla de aquí.

—Eso ya lo has dicho —señala Alex—. ¿Por qué habría de ir yo también?

—Eres la única persona que tengo a mi lado —digo—. Y quiero que estemos todos juntos. Será positivo para nosotros.

—Ah, así que vuelvo a pintar algo en esta familia.

—Alex, lo que está pasando es más importante que tu resentimiento. Siento que hayas tenido una infancia tan desdichada.

Me lanza una de esas miradas tan características de ella y de Joanie que me hacen sentirme inútil y apestoso.

—¿Así que le diremos a Scottie que nos vamos de vacaciones ahora que mamá está en el hospital?

—Será solo un par de días —digo—. Scottie ha ido al hospital todos los días desde hace casi un mes. Necesita un respiro. Esta situación no es buena para ella. Me gustaría que te encargaras de responder a todas las preguntas que se le ocurran. Ella te admira. Hará caso de todo lo que le digas. —Tengo la esperanza de que si le asigno un papel de autoridad, una misión concreta, Alex se comporte como una adulta y trate bien a Scottie—. ¿Lo harás?

Se encoge de hombros.

—Si las cosas se te escapan de las manos, avísame. Te ayudaré. Estoy aquí para apoyarte.

Alex se ríe. Me pregunto si hay padres que pueden decirles a sus hijos cosas como «Te quiero» o «Estoy aquí para ayudarte» sin que se les rían en la cara. He de reconocer que me encuentro un poco violento. Las demostraciones de afecto, en general, me resultan desagradables.

—¿Y si mamá no sobrevive dos días más?

—Sobrevivirá —le aseguro—. Le explicaré lo que vamos a hacer.

A Alex parece incomodarlo esta idea de que lo que yo diga le infunda a su madre deseos de vivir.

—Me llevaré a Sid —dice—. Si no viene conmigo, no iré.

Me dispongo a protestar, pero al fijarme en la expresión de sus ojos, comprendo que sería otra batalla perdida para mí. Hay algo en ese tipo que la está ayudando. Además, parece que le cae bien a Scottie. Puede mantenerla distraída. Trabajará para mí.

—De acuerdo —digo—. Trato hecho.

Llamo a la agente inmobiliaria que habló con Alex. No sabe o no quiere decirme dónde se aloja Brian, pero sí me comunica que está en Hanalei. Imprimo una lista de hoteles de Hanalei y telefoneo a todos, sin resultado. Reservo dos habitaciones en Princeville; me sorprende que él no se hospede allí. O duerme en una pensión que no aparece en internet o ha alquilado una casa o no se ha registrado. No sé qué hacer. No tengo manera de localizarlo, pero estoy seguro de que, si voy, acabaré por toparme con él. Es lo que pasa en las islas, sobre todo en la ciudad miniatura de Hanalei.

Pienso en los otros preparativos de los que debo ocuparme antes de partir. Tengo que acabar de redactar esa petición, pedirle a alguien que prepare una declaración. Necesito que mis hijas hagan causa común conmigo. He de conseguir que Sid se vaya a su casa. Necesito estar con mi esposa, perdonarla. Necesito ser capaz de mirarla sin pensar en él.

Tengo que llamar al médico de Joanie. Llamo a Sam al hospital. Como no está allí, lo telefoneo a su casa.

—No —dice—. No puedo seguir posponiéndolo.

—Solo necesito unos días más —insisto—. Un día. Tengo que ir a Kauai a buscar a alguien.

Replica que tiene que cumplir el testamento ahora que hay un diagnóstico de coma permanente. Debe hacerse mañana.

—Pero no importa —dice—. Vete. Tienes tiempo.

Hago las maletas, esperando que no esté equivocado.

TERCERA PARTE

LA CREACIÓN

24

Hace una mañana preciosa.

Miro el lado del armario que correspondía a Joanie y toco su ropa. Cierro los ojos y entro en el armario, dejando que sus blusas y vestidos me caigan encima. Hoy le retirarán el respirador, despojarán su habitación de lo que la mantiene con vida, y nuestra familia la dejará sola. Me sabe mal, pero es algo que hay que hacer y, como dice el médico, puede hacerse. Según él, será bueno para las chicas, así que me dejo ilusionar por el viaje. Tal vez podríamos aprovechar el tiempo que pasaremos fuera para crear un vínculo especial, algo que nos permita asimilar que a partir de ahora seremos tres. Quiero que la experiencia sea fructífera.

Cuando emerjo del armario, veo que las chicas entran despacio en la habitación.

—Estamos listas —dice Scottie.

—Pues entonces vámonos —digo yo, y echo a andar hacia el pasillo.

Las chicas permanecen inmóviles.

Me percato de que están recorriendo con la mirada mi cuarto, el cuarto de su madre. Están contemplando el lugar en que su madre solía dormir.

Me acerco al tocador y finjo que recojo más cosas, para que ellas puedan quedarse un poco más. Los pájaros están armando un buen barullo. Miro por la ventana la higuera de Bengala y veo que las aves disputan por un sitio en las ramas. A una de ellas la echan a empujones una y otra vez, pero ella vuelve siempre al mismo lugar.

El sol brilla implacable sobre los montes Ko'olaus, y unas pocas nubes se acercan flotando desde Waimanalo, reteniendo el calor en nuestro valle.

—Cuando vendas nuestras tierras, ¿compraremos la finca de Doris Duke y me dejarás contratar a un samoano para mí sola? —pregunta Scottie.

—No —digo.

—¿Puedo quedarme con los diamantes de mamá? —inquiere.

Me vuelvo y veo a Scottie en la cama, rebuscando en los cajones de la mesilla de noche de Joanie. Saca una foto del contenido, lo que me hace sentir como en el escenario de un crimen.

—No, no puedes quedarte con sus diamantes —dice Alex.

—¿Por qué? —quiere saber Scottie.

—Porque eres una cucaracha vil y egoísta, y los diamantes implosionarían al contacto con tu horrible piel.

—¡Alex!

—Eh, que se ha pasado tres pueblos con la pregunta. Además, me da igual que tenga diez años. Yo me bebí mi primera cerveza a esa edad. Tiene que madurar. Y dejar de hacer fotos. ¿Por qué estás documentando esto? ¿De verdad te apetece recordar esto?

—Sí —responde Scottie—. Cuando mamá regrese, ya se lo preguntaré a ella. —Guarda su cámara y la instantánea en el tocador antes de cerrar el cajón de su madre. Perlas artificiales y perlas de verdad. Diamantes falsos y diamantes auténticos. Los collares entrelazados relucen en la foto.

—Vamos —las apremio—. Estos días serán una carrera contrarreloj. No hay tiempo para nada de esto.

—¿Por qué serán una carrera contrarreloj? —pregunta Scottie.

Hago caso omiso de la pregunta y camino a paso veloz por el pasillo hasta el garaje. Las chicas me siguen, discutiendo.

—En la Xbox, mato a tiros a fulanas profesionales, así que ojo con lo que dices —advierte Scottie.

—En serio —dice Alex—, estás tarada. Cómprate un poco de Rubifen.

—Y tú una pomada para el acné —contraataca Scottie—. Tienes un volcán en la barbilla que está a punto de entrar en erupción, como el Mauna Kea.

—El Mauna Kea está inactivo, tonta del culo.

—Tu culo está inactivo.

—Ni siquiera sabes lo que eso quiere decir, Scottie.

—¿Y tú qué sabes?

—¡Callaos! —grito, lo que me hace sentir como mi suegro. Meto las bolsas en el maletero, furioso pero a la vez pensando qué hacer con los diamantes, las joyas y la ropa de Joanie. Claro que Scottie puede quedarse con sus diamantes. Soy consciente de que se trata de una pregunta práctica, pero no puedo reconocer delante de Scottie que no ha hecho mal en preguntar.

—¿Dónde está Sid? —pregunto—. ¿Por qué siempre tengo que preguntar dónde anda ese idiota?

—No lo llames así —protesta Scottie.

Sid sale por la puerta de atrás.

—¿Has cerrado con llave? —digo.

Vuelve atrás y yo lo superviso para asegurarme de que la puerta está cerrada como corresponde.

—Me pido delante —grita Scottie, pero Alex abre la puerta del lado del copiloto y se sienta. A Scottie está a punto de darle un ataque, hasta que obligo a Alex a sentarse en la parte de atrás.

—¿No habíamos quedado en que me ayudarías con ella? —le pregunto a Alex antes de que Scottie suba al coche—. Te estás comportando como una auténtica gilipollas. Venga, espabila.

Me siento al volante y miro con el entrecejo fruncido los trastos que tenemos en el garaje. Habrá tanto que tirar, que reclamar, por lo que pelear...

Sid sube al asiento de atrás, y con él entra un olor a tabaco y a marihuana recién fumada tan fuerte que casi me coloca. Scottie se planta en el asiento delantero y se abrocha el cinturón de seguridad.

—Arranca —dice, y aunque empiezan a entrarme dudas sobre todo esto y estoy a punto de soltar alguna inconveniencia o de ponerme a gritar, arranco. Tomo este extraño desvío y rezo por que todo salga bien.

25

La cola en el control de seguridad es más larga de lo normal. Aun así, muchas de las personas que esperan parecen contentas, lo que me resulta irritante. No hay nada peor que estar enfadado y verse rodeado de semblantes serenos. Los guardias están revisando las maletas de todo el mundo, y eso que solo se trata de un vuelo entre islas hawaianas.

—Fijo que solo hacen esto para sentirse como guardias de seguridad de verdad, lo que no es precisamente una gran aspiración en la vida —dice Alex.

Menos mal que mi hija no es una persona feliz. Observamos a un hombre revolver en la bolsa de una mujer que está más adelante. Ella tiene el pelo crespo y blanco, y la espalda encorvada, con una joroba como un casco de albañil. El hombre agita un paquete antes de volverlo a colocar en la bolsa. «Podría haber sido una granada —me entran ganas de decir—. Si vas a revisar, hazlo bien.»

A cuatro chicos que tenemos justo delante les preguntan dónde están sus zapatos.

—Sabíamos que tendríamos que quitárnoslos —dice uno—, así que directamente *pasemos* de ponérnoslos.

—Pasamos de ponérnoslos —lo corrige Scottie. Los chicos vuelven la vista hacia ella. Todos llevan dientes de tiburón colgados al cuello, y lucen un abdomen robusto y duro. Uno de ellos tiene un ukelele y un tatuaje tribal que le rodea la pierna derecha. Otro lleva una camiseta que deja al descubierto un costado entero del torso, una tetilla negra y una espesa mata de pelo en el sobaco. Vuelvo la mirada hacia Scottie, fingiendo que no la conozco.

—Tienen que llevar zapatos —señala la mujer guardia de seguridad.

—¿Por qué? —pregunta el más bajo del grupo. La mujer saca un pescado de su nevera portátil. Es negro, tiene los gruesos labios abiertos y un ojo gelatinoso desorbitado. Parece horrorizado. La de seguridad coge el pescado por la cola, y los tres chicos lo miran rebosantes de orgullo.

—Qué asco —dice Scottie.

Alex la agarra de la manga para tirar de ella hacia atrás y decirle algo.

—Buena pieza —comenta Sid, y todos los chicos asienten con la cabeza.

Otro guardia de seguridad se acerca a la mesa y me hace señas de que avance. No llevo gran cosa en mi equipaje de mano, solo mi cartera y una carpeta con trabajo pendiente. Echa un vistazo a lo que hay arriba de todo y, acto seguido, centra su atención en las chicas. Tengo que morderme la lengua para no decirle: Si yo llevara una bomba, ¿no cree que me lo habría currado un poco más a la hora de esconderla? Deja pasar a Scottie sin mirar su bolsa y, en cambio, revisa la de Alex más a fondo que la mía. Saca un paquete de Marlboro Reds.

Scottie suelta un grito ahogado y fija la vista en mí, con los ojos abiertos de par en par, como el pez.

—¿Vas a darle de azotes?

El guardia de seguridad me mira y, tras vacilar por unos instantes, me tiende los cigarrillos. Se los devuelvo.

—Es una adulta —digo, sobre todo para que me oiga Scottie—. Toma sus propias decisiones.

Con una actitud algo reverencial, Scottie observa cómo vuelven a guardar los cigarrillos en la bolsa de su hermana, y, mientras nos dirigimos hacia la puerta de embarque, tengo la sensación de que algo ha cambiado. Alex camina junto a mí y Scottie avanza en pos de ella, muy callada.

—¿Eran tuyos esos cigarrillos? —le pregunta Scottie a Sid.

—No —responde y se da unas palmaditas en el bolsillo—. Los míos los llevo aquí.

Ella me mira casi con furia por no reprender a su hermana.

—Aprende a vivir con ello, Scottie —dice Alex.

Durante el vuelo, Scottie guarda silencio y Alex lee revistas sobre actrices peligrosamente delgadas. Scottie escribe en una libreta. Van sentadas una a cada lado de mí, como alas. Sid está al otro lado del pasillo. Cuando vuelvo la mirada hacia él, lo veo estudiar atentamente la tarjeta plastificada de las instrucciones de seguridad. Los chicos descalzos han conseguido milagrosamente subir al avión; oigo a uno de ellos tocar el ukelele. Tengo la mente en blanco. Siento que necesito una estrategia, pero no se me ocurre ninguna salvo «encontrarlo».

Scottie está anotando algo, muy decidida.

Alex mira por la ventanilla con aire derrotado. Le doy un golpecito con el codo.

—¿Y si el médico está equivocado? —pregunta—. ¿Y si ella está bien y se despierta?

—Aunque eso ocurriera —digo—. Ella quedaría… —Intento buscar una palabra adecuada—. Quedaría dañada.

—Ya —dice Alex—. Ya lo pillo.

Contemplo Kauai por la ventanilla, con sus abruptos acantilados y su costa escarpada. Por lo general me hace ilusión venir aquí. Hay dos carreteras de dos carriles, puentes de un solo carril y playas largas y desiertas. Todo funciona a un ritmo lento y relajado, y espero contagiarme de la serenidad de la isla. Me pregunto qué estará haciendo él en este momento; si aguarda su turno para cruzar un puente, si está en la sala de juntas de un hotel, en un almuerzo de negocios o tumbado tranquilamente en la playa. Me pregunto si sabe qué aspecto tengo, si ha estado en mi habitación y ha visto fotos mías sobre la cómoda. Voy a cambiarle la vida a ese hombre.

Cuando iniciamos el descenso, echo una ojeada al papel de Scottie para ver en qué ha estado tan absorta durante todo el viaje. Leo: «No me burlaré de los hawaianos mayores. No me burlaré de los hawaianos mayores». Esta promesa ocupa la página entera. Dirijo la mirada a Alex y señalo a Scottie.

—¿Qué pasa? —dice Alex—. Me he ocupado del asunto.

Mientras Scottie espera con Sid a que salgan nuestras maletas, le pregunto a Alex por qué cree su hermana que hemos venido a Kauai.

—Le he dicho que buscaríamos a una amistad de mamá.

Recorro el aeropuerto con la mirada. No dejo de pensar en que me encontraré con Brian o al menos con algún conocido. Es muy difícil viajar por aquí sin toparse con algún conocido; perderse en una isla resulta imposible. Me pregunto si deberíamos mudarnos a las colinas de Arkansas o algún otro sitio ridículo.

Como no podía ser de otra manera, oigo: «¡Eh, Matt King!», y me estremezco al reconocer la voz de uno de mis primos, aunque no sé exactamente de cuál. Ni siquiera me sé los nombres de todos; se parecen tanto entre sí como los caballos castaños. Al volverme, veo a Ralph, también conocido como Boom (sabe Dios por qué). Todos los primos tienen apodos de origen misterioso que denotan un carácter pendenciero o cierta afición a la náutica. Ralph lleva un atuendo casi idéntico al mío: pantalón caqui y un Reyn's Spooner, zapatillas de goma y un maletín, lo que demuestra que tiene alguna responsabilidad en la vida. No sé a qué se dedica. No sé a qué se dedica ninguno de ellos. Hay que decir en favor de mis primos que no son avariciosos, horteras ni ostentosos. Su único propósito en la vida es pasarlo bien. Practican el motociclismo acuático, el motocross, el surf y el paddle, participan en triatlones, alquilan islas en Tahití. De hecho, algunas de las personas más poderosas de Hawai parecen vagabundos o especialistas de cine. Pienso en la evolución de nuestro linaje. Nuestros antepasados misioneros llegaron a las islas y les dijeron a los hawaianos que se vistieran, que trabajaran duro y dejaran de bailar el *hula*. De rebote hicieron otras cosas como cerrar algunos tratos ventajosos, comprar una isla por diez de los grandes o casarse con una princesa y heredar sus tierras, por lo que sus descendientes no dan palo al agua. No llevan ropa, salvo pantalones cortos para correr o biquinis, juegan al voleibol playa y han hecho suyo el baile *hula*.

Ralph me palmea la espalda. Sonríe de oreja a oreja y asiente repetidas veces. Mira a Alex, y me doy cuenta de que no se acuerda de cómo se llama. Ella se aparta de nosotros y se acerca a Sid. Casi la hago volver de un tirón para que no me deje a solas con Ralph.

—Te veo bronceado —observo.

—Muy bien —dice sin dejar de sonreír. Sé que está moreno porque se ha puesto autobronceador—. ¿Has venido a hablar con alguno de los primos? —pregunta—. ¿Quieres asegurarte de que estén contentos con tu decisión?

—No —respondo—. Para serte sincero, quiero tomar la decisión sin dejarme influir por lo que piense la mayoría.

—Ya —dice con aspecto desconcertado—. ¿Cómo está Joanie?

—Sigue igual —digo.

—Es una mujer muy fuerte —sentencia Ralph.

—Sí —coincido—. Es fuerte.

Los dos fingimos estar interesados en el equipaje que da vueltas sobre la cinta.

—La vi hace unos meses —dice—. Justo antes del… Tenía buen aspecto. —Se queda con la mirada perdida. Me da una palmada en la espalda—. Se pondrá bien.

—Lo sé —digo, ansioso por huir de esta conversación, pero entonces se me ocurre una oportunidad—. Oye, ¿tienes aquí el coche?

—Sí —responde—. ¿Necesitáis que os lleve a Princeville?

—Eso sería genial.

Veo a Sid cargado con todas nuestras maletas. Tiene los ojos inyectados en sangre. La hierba lo ha dejado mudo. ¿Se supone que debo leerle la cartilla por fumar hierba en mi casa? ¿También ha fumado Alex? O tal vez debería desentenderme. Dejarme llevar, alejarme de las preocupaciones. Pasar de todo. Tomármelo con calma.

—¿Estás bien? —le pregunto a Sid.

—¿Qué?

—Digo que si estás bien.

—Sí —contesta Sid—. Solo estaba pensando en cosas.

Seguimos a Ralph hasta el aparcamiento. Hago un esfuerzo por relajar los hombros y respiro hondo. Contemplo a mi familia, que camina delante de mí. Vistos desde atrás, parecen normales. Se los ve bien.

Ralph tiene un Jeep Wrangler, lo que emociona a Scottie e incluso a Alex, en un grado apenas perceptible. A Sid el viento le pone el pelo de punta, de modo que parece estarse electrocutando. Es el coche más incómodo en el que jamás he viajado. Hasta cuando circulamos cuesta abajo por carreteras lisas y planas, tengo la sensación de que el vehículo está fuera de control.

—Me muero de hambre —grita Scottie desde el asiento de atrás. Entonces oigo un «ay» y me pregunto si Alex le ha pegado. No quiero saberlo.

—Me he fijado en la camiseta de Ducati que llevas. —Ralph mira a Alex por el retrovisor—. ¿Sabes ir en moto?

—Sí —responde Alex—. Mamá me enseñó.

—¿Qué? —grita por encima del rugido del viento.

—¡Sí! —responde Alex a voz en cuello.

—¿Te enseñó tu madre? ¿O este tío? —Me propina un golpe en el brazo, y me quedo mirando el punto en que su puño me ha tocado.

—Mi madre —dice Alex.

Joanie llevaba una Ducati. Me sorprende que Alex lleve la camiseta.

—¿Dónde viste a Joanie? —le pregunto a Ralph. Sería de lo más humillante que todo el mundo supiera lo de su amante excepto yo. Su amante. Dios santo.

—En la última reunión de accionistas —dice Ralph.

—¿A Joanie?

—Sí. ¿No te acuerdas?

—Ah, claro —digo sin tener la menor idea de qué está hablando—. Sí que me acuerdo. —Me la imagino cogiendo un vuelo precipitadamente, asistiendo a una reunión de accionistas y regresando a tiempo para recoger a Scottie. No me cuadra.

—Tienes suerte de contar con alguien tan entusiasta de tu parte.

—Ya —digo.

—¡Tengo hambre! —chilla Scottie de nuevo.

Ralph sale a toda velocidad de la carretera principal, hacia Kapaa, y entra en el aparcamiento del mercado de pescado. La grava cruje con fuerza bajo los neumáticos, y, cuando Ralph frena, todos nos vemos impulsados hacia delante y luego caemos contra el respaldo. Le doy dinero a Alex y le pido que compre *poke*, una ensalada de pescado crudo típica de Hawai, para matar el hambre. Sid baja del coche, con Scottie a la zaga. El chico estira los brazos por encima de su cabeza y se inclina hacia la derecha. Scottie se fija en su abdomen.

Cuando se alejan hacia la tienda, pregunto:

—Bueno, ¿y qué dijo ella, en la reunión?

—Oh, dijo que era absurdo no aceptar la oferta de Holitzer, que su proyecto era sólido, que abriría nuevas oportunidades para Kauai y demás. Y dijo que, en tu calidad de accionista mayoritario, agradecerías el apoyo de todos, pero que ibas a seguir adelante con nuestro consentimiento o sin él. Eso dijo. La gente se cabreó un poco. Pero no sé si Holitzer me convence del todo. No es el mayor postor. ¿No nos conviene aceptar la mejor oferta? ¿No es lo que tendría más sentido?

—Le gustaba el proyecto de Holitzer. —Miro a Ralph, con la esperanza de que me dé más pistas—. Le gustaba que planeara arrendar unas tierras al organismo de conservación del medio ambiente. Las restantes pensaba venderlas y parcelarlas, ¿verdad?

—Y reurbanizar cuando venza el contrato de arrendamiento.

—Claro —digo. Los actos de Joanie no me parecen muy lógicos. Todos los compradores en potencia tenían planes muy similares. Todos querían introducir nuevos negocios, urbanizar los terrenos y construir viviendas para luego vender los terrenos y las casas. ¿Qué motivos tendría para asistir a una reunión a hurtadillas, sin decírmelo? ¿Por qué habría de ponerse chula con mis primos?

—Quiero colaborar con vosotros, Ralph. Lo sabes, ¿verdad? Soy consciente de que mi voto tiene mucho peso, pero no estoy aquí para hacer enfadar a nadie.

—¡Estoy de camino a Princeville! —exclama Ralph.

—Así es —digo. Es como un niño.

—¡Ni hablar!

Asiento con la cabeza, sin saber cómo reaccionar, pero entonces me percato de que tiene uno de esos auriculares de manos libres en la oreja y está hablando por teléfono. Me siento como un tonto de remate. Las chicas salen de la tienda con cajas de *poke* y tenedores de plástico. Sid lleva unas cuantas barras de caramelo y unas cinco bolsas pequeñas de patatas. Reanudamos la marcha y circulamos por entre varias de las casas de mis antepasados, convertidas en museos. Se las señalo a las chicas. Ya las habían visto antes, pero las miran de todos modos. Ralph reduce la velocidad cuando pasamos por delante de la finca, los jardines tropicales y los turistas que van en carros tirados por caballos Clydesdale.

—Antes era una plantación de azúcar —dice Scottie.

—Exacto —digo. Miro la casa, y se me antoja extraño pensar que sus antiguos habitantes determinaron de algún modo la vida de personas a quienes nunca conocieron ni se imaginaron siquiera que existirían. ¿Estoy yo determinando la vida de un puñado de personas que aún no han nacido?

—Ojalá viviéramos en el pasado —comenta Scottie.

—Esto es el pasado —dice Alex—. Lo será.

Scottie se queda callada al oír esto. Me pregunto qué le pasa por la cabeza. Sid está dando buena cuenta de todas las patatas. Tiene todas las bolsas abiertas sobre las piernas. No ha dicho esta boca es mía durante todo el viaje. Temo que en cualquier momento nos obsequie con alguna de sus reflexiones idiotas, pero eso no llega a suceder.

Empezamos a descender hacia Hanalei.

—Mirad —les indico a las chicas—. Fijaos en eso.

Diviso más abajo la plantación de taro, calentándose bajo el sol. Supongo que el valle no tiene un aspecto muy distinto que hace cien años. Más allá se vislumbra el mar, de color azul oscuro, y conforme nos acercamos a la falda de la colina, la extensión de playa se revela ante nosotros. Mirad, estoy a punto de decir de nuevo, pues siento la imperiosa necesidad de dejarles claro que lo que ven ya no estará a nuestro nombre. ¿Por qué asistió Joanie a esa reunión? ¿Por qué quería que aceptara la oferta de Holitzer?

Intento pensar más preguntas que plantearle a Ralph. Vuelvo la vista hacia los chicos.

—Sid —digo—. ¿Te encuentras bien?

—La mar de bien —dice—. Gracias.

26

Las chicas y Sid están de pie junto a las columnas de mármol del vestíbulo. Estoy pidiendo en la recepción que me cambien las dos habitaciones por una suite de lujo. Así estaremos todos juntos. Las chicas se muestran impresionadas. Se miran entre sí y sonríen. No se dan cuenta de que si quiero una suite es porque no me fío de ellas. Pregunto de nuevo si Brian Speer está registrado aquí, pero no lo está.

Mientras entramos en el ascensor, tres chicas se acercan caminando tan deprisa que me da miedo que nos arrollen.

—¡Alex! —chillan las tres a coro.

Veo que a mi hija se le escapa un breve gesto de irritación antes de chillar también:

—¡Oh, Dios mío! ¿Qué tal?

—¿Qué haces aquí? —pregunta una de ellas. Lleva unas gafas de sol apoyadas sobre la cabeza. Un bolso le cuelga del codo. Nos mira a Scottie y a mí como si sus sospechas se confirmaran: Alex ha venido con nosotros, con su familia. Entonces repara en Sid—. ¡Oh, Dios mío! ¿Qué hay? —Abraza a Sid y luego a Alex.

—¿Qué hacéis vosotras aquí? —inquiere Alex.

—Vacaciones de primavera —dice otra chica, apartándose momentáneamente el móvil de la oreja, antes de seguir hablando por él—: Tú trae el bañador y algo de ropa para salir. Nada muy *fashion*. Ropa mona y ya está. —Me observa mientras habla.

Me llevo a Scottie a un banco cercano y nos sentamos.

—Tenemos que quedar todos juntos, o sea —oigo que dice la rubia.

—Desde luego —asiente Alex.

Nunca la había oído hablar así. Por lo general es muy callada y gruñona. Este tono cantarín me da dentera.

El volumen de las voces de las chicas baja, luego vuelve a aumentar y oigo que la rubia grita:

—Y entonces voy y le digo: «¡Venga ya!».

—¡Zas, en toda la boca! —exclama la otra chica y se ríe.

Miro a Scottie, pero parece tan perdida como yo.

—Hay, o sea, mogollón de gente allí, pero tenéis que ir. Nosotras acabamos de ir. Es total.

—Ha sido una pasada verte, cielo. Te echamos de menos. Ya nunca sales. Entonces, ¿os llamamos a la habitación esta noche? O, Siddy, ¿llevas tu móvil?

—Sí —responde él—. Pero seguramente solo vamos a estar de *relax*.

—Oh, qué pena —dice una de las chicas mascota, poniendo cara de tristeza—. Pero os llamaré de todos modos.

Alex despliega una sonrisa de éxtasis, pero su entusiasmo no parece sincero. Creo que no es tanto por su madre como por estas chicas. Me pregunto si las madres o los padres más comprometidos hacen esto constantemente, observar a sus hijos mientras interactúan con sus iguales, presenciar escenas que nadie más ve.

Las chicas pasan junto a nosotros pavoneándose, agitando los dedos para despedirse de Scottie y de mí.

—Menudas zorras —murmura Alex mientras nos dirigimos hacia el ascensor.

—Calientapollas —añade Scottie.

—¿Y eso qué significa, Scottie? —pregunto.

Se encoge de hombros.

—¿Quién te enseñó a decir eso? —inquiero.

Señala a su hermana.

—Solo me han dicho de quedar porque me han visto con Sid —asegura Alex.

—¿Podemos ir a la playa? —pregunta Scottie.

—Claro —digo—. Pasearemos por la playa —Miro a Alex, pero ella mantiene la vista al frente.

—Podrías haberte ido con ellas —digo—. Con tus amigas.

—No me han invitado —replica.

Yo siempre había creído que Alex era una de las chicas que llevaban la batuta en su círculo social. Tiene todas las cualidades necesarias para ello.

—La última vez que estuve con esas chicas fue en casa —dice Alex—. Tú debías de estar trabajando en tu habitación o algo así. Mamá llevaba un pedo tremendo. Quería que fuéramos a bailar. A mí no me apetecía, pero todas mis amigas estaban fascinadas con ella, así que se las llevó consigo. Se fue con ellas, sin más. A bailar. Y yo me quedé en casa.

Nos detenemos en las plantas cinco, seis, siete, ocho, nueve. Cuando me fijo en el panel, veo que todos los botones del ascensor están encendidos.

—Por Dios, Scottie. ¿Esto te parece divertido?

—Lo ha hecho Sid.

—¿En serio?

Sid se ríe.

—Tiene gracia.

—¿Por qué nunca le paraste los pies a mamá? —me pregunta Alex.

Por fin salimos del ascensor en el piso que toca. Alex encabeza la comitiva, seguida por Scottie, que va repitiendo «Zas, en toda la boca» por todo el pasillo del hotel.

—No sabía cómo —contesto.

—No te dabas cuenta —dice Alex.

—Pero estás hablando de tu madre. ¿Por qué no te caen bien esas chicas?

—Sí que me caen bien —asegura—. Soy yo la que no les caigo bien a ellas, por alguna razón. No me tienen en cuenta.

—Parece sumirse en profundos pensamientos, y cuando me mira, tiene los ojos llorosos—. La verdad es que nunca lo he entendido. Siempre me han hecho sentir mal. Creo que no me caen bien.

—A tu madre tampoco le caían bien. —Estoy a punto de preguntarle a Alex qué ha visto en Sid. Va delante de nosotros, sujetando algo por encima de la cabeza de Scottie, haciéndola dar botes. Ha vuelto a la vida de repente. No le pregunto a Alex qué ha visto en él porque temo que mi desaprobación la una todavía más a él. Así funcionan las cosas. Tendré que aparentar que no me molesta y que no tengo ganas de ahogarlo en la bahía. Hay algo en él que me da mala espina. De hecho, hay muchas cosas en él que me dan mala espina, pero no me había hecho sentir incómodo hasta hace un momento, cuando íbamos en el coche. Su silencio me resultaba de lo más extraño.

Alex está sentada en el balcón de nuestra suite. Abro la puerta corredera de cristal y salgo de la habitación con aire acondicionado al caluroso exterior. Ella está fumando un cigarrillo. Me siento y lo miro con nostalgia, no necesariamente porque eche de menos fumar, sino la época en que fumaba. A los dieciocho años, ni se me pasaba por la cabeza que algún día tendría que enfrentarme a esta clase de problemas. Me resultaría mucho más fácil ser un mal padre. Me encantaría fumar con mi hija, aquí sentado con un surtido de bebidas alcohólicas del minibar de la habitación, bebiendo a morro y arrojando las botellas vacías a la piscina de abajo. Cuando era joven y estaba a punto de procrear, creía que tener hijos sería como recuperar a mis viejos amigos de la universidad. Saldríamos juntos y haríamos estupideces.

—Apaga eso —digo.

Alex le da una calada al cigarrillo antes de aplastarlo con la suela de su sandalia, algo que me habría causado una gran admiración cuando era un muchacho. Este gesto casi me convence de que ella sabrá salir adelante en este mundo.

—¿No podrías fumar light, al menos? —pregunto—. Como Sid.

—Podría —responde. Levanta las piernas para apoyar los pies sobre la barandilla y se inclina hacia atrás en la silla, de modo que queda en equilibrio sobre dos patas. Me recuerda a su madre; Joanie era incapaz de permanecer sentada con las cuatro patas de la silla en el suelo.

—Mamá está bien —le comunico—. He llamado al hospital, y me dicen que respira con normalidad. Está estable.

—Eso es bueno —comenta Alex.

—Estás haciendo progresos con Scottie —digo—. Gracias.

—Sigue hecha un lío.

—Solo es una niña. Está bien. No está tan mal.

—Es por culpa de Reina —dice Alex—. Scottie no para de hablar de ella. Me dijo que Reina dejó que un chico le metiera la lengua en el agujero. Así lo dijo: «la lengua en el agujero».

—Pero ¿qué os pasa a los chavales de hoy?

—Me ha dicho que los padres de Reina van a dejar que se opere las tetas cuando cumpla los dieciséis, porque es entonces cuando termina la pubertad.

—Esa chica es lo peor —digo—. Por favor, ¿tú te fijaste bien en ella?

Me gusta hablar de los defectos de otras chicas. Pongo también los pies encima de la barandilla y dejo que las patas delanteras de la silla se levanten despacio. El hotel está construido en la pared de un acantilado, y desde el balcón oteo la bahía, las personas reducidas a puntitos, las cabrillas que salpican el océano como estrellas en un cielo azul marino. A la izquierda, la costa de Na Pali asciende sinuosa hacia otro horizonte. Alex contempla aquella extensión de agua oscura con rabia, como si el mar tuviese alguna culpa.

—¿Y qué me dices de ti, Alex? ¿Te van bien las cosas? Ya no… consumes, ¿verdad?

—¿Que si consumo? Dios, hablas como un auténtico pringado.

No respondo.

—No —dice al fin—. No me meto nada.

—¿Nada de nada? —insisto—. He notado olor a maría. En Sid.

—Pues eso cuéntaselo a Sid —dice—, no a mí.

—¿Lo has dejado sin más? ¿No es difícil? Como dicen que es una epidemia y no sé qué más…

Caigo en la cuenta de que ni siquiera la llevamos a una clínica de desintoxicación para asegurarnos de que lo dejara. Nos convenció de que no tenía un problema, y debió de resultarme muy fácil olvidar lo bien que miente.

—No es una epidemia —replica—. Es decir, lo es, pero no para alguien como yo. No me muevo en ambientes marginales.

—¿Así que lo dejaste sin más?

—Sí, papá. No es para tanto. Hay muchos chicos que toman drogas y luego las dejan. Además, me enviasteis a un internado, ¿recuerdas? Ya no podía conseguirlas. Supongo que mamá sabía lo que se hacía.

No tengo idea de cómo debo reaccionar. Mi madre se habría deshecho en llanto y se habría encerrado en su habitación. Mi padre me habría alistado en el cuerpo de marines o me habría pegado un tiro. Joanie la envió lejos, lo que parece una solución igual de mala, pero ¿y yo? No hice nada. No la apunté a un programa de desintoxicación, ni a una terapia, ni organicé conversaciones familiares. Mandarla a otro sitio no era la mejor decisión que podíamos —que yo podía— tomar, pero desde luego era la más fácil. Yo observaba el conflicto desde una cierta distancia, manteniéndome al margen, como si Alex y Joanie estuvieran discutiendo sobre vestidos para el baile de graduación.

—Ya no tomo drogas —afirma Alex—. Pero sigo pensando que eran divertidas.

—¿Por qué estás siendo tan sincera conmigo? —pregunto.

Se encoge de hombros y apoya las patas delanteras de la silla en el suelo.

—Mamá se está muriendo.

Una parte de mí sabe que a Alex le irá bien en la vida. Mejor que bien. Incluso la creo cuando dice que las drogas fueron solo una etapa para ella, una moda pasajera. Tal vez no hice nada porque no tengo el miedo suficiente para ser un buen padre. Me acuerdo de todo lo que implicaba ser un chaval, tener a mamá y papá como padres. Cuando hacía cosas malas, sabía, como sabe ella ahora, que por más que me esforzara, jamás me metería en líos. Quizá los chicos con dinero se sienten contrariados por esta inmunidad, y esto los lleva a perseguir la autodestrucción a una edad temprana. Alguien nos rescatará, piensan. Podremos salir del aprieto de alguna manera. Hagamos lo que hagamos, no acabaremos en la calle. Recuerdo que, cuando salía de juerga con los amigos, nuestras gansadas pronto quedaban reducidas a anécdotas que contábamos durante las cenas. Esto siempre me llenaba de frustración, como si no tuviera lo que había que tener para rebajarme al nivel de los demás. Me pregunto si Alex también se siente así, como una perdedora fracasada.

—Estoy orgulloso de ti —digo, porque es lo que siempre dicen los padres en la tele después tras una conversación franca.

Ella pone los ojos en blanco.

—No hay mucho de lo que sentirse orgulloso.

—Sí que lo hay —digo—. Has espabilado. Te enviamos al internado, te dejamos en manos de la encargada de la residencia. Y aquí estás, ayudándome con Scottie. Lo siento, Alex, lo siento mucho. Gracias por echarme una mano. —Me percato de que es su nueva madre. Ha asumido este papel de la noche a la mañana. Me la imagino en una taza, con un chorro de agua caliente cayéndole encima. Mamá instantánea.

—Ya, ya —dice.

Y no hay más que hablar, supongo. La conversación de la familia King sobre drogas ha concluido.

Contemplamos el hermoso océano, un paisaje que, sin duda, acompaña miles de momentos incómodos, tristes y bellos.

—¿Se encuentra bien Sid? —pregunto—. Estaba muy callado.

—Se cansa —dice—. No se ha echado la siesta, y sin su siesta no sirve para nada. —Se vuelve hacia mí, obviamente para comprobar si me he tragado su historia. Le queda claro que no—. Lo está pasando mal —admite.

—¿Ah, sí? Pues nosotros también.

—Olvídalo —dice—. ¿Cómo vamos a encontrar a ese tío?

Reflexiono sobre ello. Por un momento me había olvidado de él, y eso que es el motivo por el que estamos aquí.

—Vosotros dos llevaréis a Scottie a la playa, y yo me pondré a hacer más llamadas. Estamos en una isla, por Dios santo. Aquí todo el mundo se conoce.

Guarda silencio mientras medita sobre todo esto. Se pone de pie y me tiende la mano para ayudarme a levantarme. Me doy cuenta de que me tiene fascinado. Es una persona a quien quiero conocer.

—Lo encontraremos —asevera Alex. Y la determinación en su voz me hace pensar que tal vez ella también tenga un par de cosas que decirle.

27

Está allí abajo, en algún sitio. Ha venido por trabajo y seguramente se aloja en alguna de las casas de la bahía que alcanzo a ver desde este balcón. Eso es todo lo que la gente de su oficina ha tenido a bien decirme. ¿No debería estar junto al lecho de enferma de mi mujer? ¿No debería estar yo allí?

De pie en el balcón, recorro la costa con la mirada. Luego decido ponerme el traje y encaminarme hacia la bahía. Voy a buscar a las chicas. Localizaré al amante de Joanie y tal vez me dé un chapuzón en el mar y me tire sobre las olas, como cuando era joven.

Las chicas y Sid están tomando el sol cerca del embarcadero. Miro a Scottie tendida sobre su toalla, con las piernas juntas y la cabeza inclinada hacia el sol. Yo preferiría que estuviera jugando en el mar. Por lo visto, es fundamental posponer al máximo los baños de sol.

Me le acerco y me coloco de manera que le tapo el sol.

—Levántate, Scottie. Ponte a tirar una pelota o algo.

Alza el brazo.

—Necesito coger un poco de color.

—¿Qué ha pasado con tu álbum de recortes? ¿Por qué lo has dejado?

—Es una bobada —dice.

—No —replico—. Es genial. Me gustaba lo que hacías.

Hay algo distinto en ella. Caigo en la cuenta de que son sus pechos: están enormes. Veo que se ha rellenado el sujetador del biquini con bolas de arena húmeda.

—¿Qué es eso? —pregunto—. Scottie. Tu bañador.

Se pone la mano a modo de visera y se contempla el pecho.

—Tetas playeras —dice.

—Quítate eso —le ordeno—. Alex, ¿por qué has dejado que haga eso?

Alex está tumbada boca abajo, con la parte superior del biquini desabrochada. Levanta la cabeza y mira a Scottie.

—No lo había visto. Sácate eso de ahí, idiota.

Sid alza la cabeza.

—Sinceramente —dice—, las tetas grandes te hacen un poco gorda.

—Como dice Bebe, las tetas no molan —añade Alex—. Y Sid es un puto mentiroso. Le encantan las tetas grandes.

—¿Quién es Bebe? —Scottie deja que la arena se le escurra del biquini.

—Un personaje de *South Park* —explica Sid—. Y también me encantan las tetas pequeñas, Alex. Estoy en contra de cualquier tipo de discriminación.

—Deberías seguir con tu álbum de recortes, Scottie —digo—. Quiero que lo termines. Tienes que mantenerte al día en los estudios. —No se cree que esté preocupado de verdad, lo noto. El álbum de recortes es sinónimo de infantilismo; ella ha tomado conciencia de eso, y estoy seguro de que es Alex quien le ha abierto los ojos.

—¿Ha habido suerte? —pregunta Alex.

—Sí —asiento—. Está aquí, en Hanalei. Justo aquí. —Alzo la vista hacia los verdes patios que se extienden hasta las casas.

—¿Quién está aquí? —inquiere Scottie.

—El amigo de mamá del que te he hablado —dice Alex.

—¿El cómico?

Alex me mira.

—Sí —responde—, el cómico.

—Qué interesante, Alex —digo—. Chicas, ¿os apetece un bañito?

—No —dicen las dos.

—¿Y qué tal un paseo? A lo mejor nos cruzamos con el cómico.

—No —se planta Scottie.

Alex se abrocha el sujetador del biquini antes de volverse boca arriba e incorporarse.

—Me apunto al paseo.

—Justamente iba a decir que he cambiado de idea y que tengo ganas de dar un paseo —declara Scottie. Le cae más arena de la parte de arriba del biquini cuando se pone de pie. Sid se levanta y salta, lanzando un topetazo al aire.

—¿Qué haces? —le pregunto.

—Sacudiéndome un poco. —Me da una palmada en la espalda antes de inmovilizarme cogiéndome por el cuello para alborotarme el pelo—. Has localizado al tipo. Buen trabajo —dice—. Eso es una pasada.

Me lo quito de encima y sacudo la cabeza.

—Eres un chico de lo más extraño. —Echo a andar en dirección contraria al embarcadero, y los tres me siguen. Me siento como una mamá pato.

Caminamos hasta que se acaban las casas y llegamos a la parte de la playa en que la corriente hace que las olas avancen sobre la orilla, para luego retroceder y chocar con otras olas, lanzando agua hacia arriba como un géiser. Nos quedamos mirándolas durante un rato hasta que Scottie dice:

—Ojalá mamá estuviera aquí.

Yo estaba pensando exactamente lo mismo. Supongo que es una forma de saber que uno quiere a alguien, si no puede presenciar algo sin desear que la otra persona estuviese allí para verlo también. Todos los días tomo buena nota de las anécdotas, los acontecimientos y los chismes, destaco las noticias más relevantes en mi cabeza e incluso ensayo mentalmente antes de contárselo todo a Joanie por la noche, en la cama.

Está anocheciendo, y temo que no lo encontremos, que nunca seré capaz de hacer algo bien por ella. En este mismo momento, por ejemplo, ¿no deberíamos estar llorando, paralizados por el dolor? ¿Qué hacemos los tres paseando? No puedo evitar pensar que aún no nos lo creemos; estamos acostumbrados a que nos salven, a no hundirnos en el abismo. Me siento culpable por no haberle revelado a Scottie la verdad sobre lo que está pasando.

—¿Podemos nadar con los tiburones? —pregunta Scottie—. He leído en la revista del hotel que te meten en una jaula en el mar y echan carnada al agua para que los tiburones se te acerquen. ¿Podemos?

—A tu madre la persiguió un tiburón una vez —rememoro.

—¿Cuándo? —pregunta Alex.

Damos media vuelta y desandamos el camino por la playa. Sid va detrás, fumando un cigarrillo.

—Estaba haciendo surf en Molokai cuando vio que tenía un tiburón debajo en el momento en que estaba sobre una ola. Se tumbó boca abajo sobre la tabla para no caerse y dejó que la ola la acercara a la playa.

—¿Cómo sabía que era un tiburón y no un delfín? —pregunta Scottie.

—Lo supo, sin más —respondo—. Dijo que era una mancha amplia y oscura bajo el agua. La ola acabó por perder impulso. Ella no paraba de remar con los brazos hacia la orilla. Echo un vistazo dentro del agua y detrás de sí, y no vio nada. Entonces miró hacia atrás de nuevo, y allí estaba la aleta.

Mis hijas están tan calladas que me vuelvo hacia ellas para

asegurarme de que no se han ido. Las dos me siguen a corta distancia con la cabeza gacha y arrastrando los pies sobre la arena húmeda.

—Ella siguió impulsándose tan rápidamente como podía, sin mirar atrás. En vez de intentar llegar a la playa, puso rumbo a una península escarpada, y cuando estuvo lo bastante cerca, se subió a las rocas.

—¡Y entonces el tiburón mordió la tabla!

—No Scottie. Ya no volvió a ver al tiburón. Escaló por las rocas y regresó al campamento a pie. Esa noche cenamos pescado, y vuestra madre le hincó el diente a un filete de atún y nos dijo a los Mitchell y a mí: «Hoy por poco acabo convirtiéndome yo en la cena», y nos contó lo sucedido.

Al menos, así termina la versión de la historia que les relataba a sus amigos. En realidad, ella regresó corriendo al campamento. Los Mitchell se habían ido de excursión a la cascada, y yo estaba preparando el atún. Estaba sentado junto a la hoguera. La divisé a lo lejos, haciendo equilibrios sobre las rocas negras y resbaladizas. Al comprender que algo no iba bien, me puse de pie y me dirigí a su encuentro. Parecía a punto de desmoronarse, le temblaba todo el cuerpo y caminaba con paso vacilante. La vi agacharse y supe que estaba vomitando. Cuando por fin llegué junto a ella, sufría escalofríos, tenía la cara muy pálida, el traje de baño sucio y varios arañazos en las rodillas y los muslos. Creí que la había agredido alguien y me puse a gritar. No recuerdo qué gritaba. Pero ella negó con la cabeza y, acto seguido, hizo algo que no había hecho nunca. Se dobló despacio sobre las rocas, arrastrándome consigo hacia abajo, se abalanzó sobre mi pecho y rompió a llorar. Estábamos sentados en las rocas en una posición de lo más incómoda, pero recuerdo que no moví un dedo, como si el gesto más ligero pudiera alterarla aún más o estropear el momento. Aunque Joanie sollozaba entre mis brazos, fue agradable para mí sentirme más fuerte que ella, necesitado por ella, verla tan vulnerable. Al fin me contó lo ocurrido y yo esbocé una sonrisa porque el modo en que me refirió la historia, con la respiración entrecortada y sorbiéndose los mocos, le confería el aire de una niña pequeña que acababa de despertar de una pesadilla, y porque solo yo tenía el poder de convencerla de que nadie iba a hacerle daño. Yo estaba allí. No había nadie en el armario ni debajo de la cama.

—Creía que no lo contaba —dijo—. Que era el fin. Me daba mucha rabia que me hubiese llegado la hora.

—No te ha llegado todavía —dije—. La has vencido. Estás aquí.

Aquella noche, al amor de la hoguera, ella volvió a ser la misma de siempre, con sus poses, su gesticulación, su charla amena. No me miraba. Me venían ganas de preguntarle: «¿Qué tiene de malo confesar que estabas asustada?».

—Por poco acabo convirtiéndome en la cena —repitió al finalizar su relato, y luego cogió su pescado y desgarró un trozo con los dientes, lo que arrancó carcajadas a todos, incluido a mí. Me gustaba su actuación, y el hecho de ser la única persona del mundo que la conocía de verdad. Imaginar que Brian pudiera conocerla de esa manera, o que ella llorase entre sus brazos como lloró entre los míos hace más de veinte años, me resulta insoportable.

—Contaba esa historia una y otra vez —les digo a las chicas.

Hemos regresado a la parte de la playa en la que proliferan las casas. La gente ha traído sillas de playa y copas de vino para contemplar la puesta de sol. Escudriño los rostros de todos, buscándolo a él, ya no tan seguro de mostrarme generoso e indulgente.

—¿Por qué dejó de contarla? —pregunta Alex—. Yo nunca la había oído.

—Supongo que tenía historias nuevas que contar —digo.

Las chicas parecen desconcertadas, tal vez asombradas de que sus padres hayan hecho cosas de las que ellas no tenían conocimiento.

—Como la de cuando se puso a correr en bolas en la boda de Lita —dice Scottie—. Me gusta esa historia.

—O la de cuando el gorila del zoo sacó el brazo entre los barrotes y la agarró —dice Alex—, o cuando le arreó a un jabalí salvaje con el zapato.

—O cuando la parte de atrás del vestido se le quedó enganchada a una media durante toda la fiesta, y ella no llevaba bragas —agrega Scottie.

—Creía que todos los hombres le silbaban porque estaba arrebatadora —continúa Alex.

Ahora entiendo por qué Scottie sentía la necesidad de inventar lances mejores que valiera la pena relatar. Buscaba la creación perfecta, la promesa de una leyenda. Miro mis pies, apoyados sobre la arena. A mí nunca me pasa nada que valga la pena relatar. Excepto tal vez en estos últimos días.

Sid nos alcanza, y advierto que no era tabaco lo que estaba fumando. Lleva un colocón del quince. Tiene los párpados caídos y una sonrisa estúpida en la cara. Me cabrea que ni siquiera se moleste en disimularlo.

—¿Qué te gusta de mamá? —me pregunta Scottie.

Por alguna razón me vuelvo hacia Alex, como pidiéndole una respuesta. Tiene una expresión expectante.

—Me gusta mucho… No sé. Me gustan las cosas que nos gustan a los dos. Simplemente lo bien que estamos juntos.

Alex clava la vista en mí como si me estuviera escaqueando de algo.

—Por ejemplo, a los dos nos encanta salir a cenar —prosigo—. Nos gustan mucho nuestras bicis. —Me río y añado—: Nos encantan las secuencias de montaje en las comedias románticas. Nos lo confesamos mutuamente una noche. —Sonrío y las chicas me miran como a un bicho raro. Espero a que Scottie me pregunte qué es una secuencia de montaje, pero no lo hace. Casi parece enfadada.

Una pareja camina delante de nosotros, cogidos de la mano.

—Me encanta que se le olvide lavar la lechuga y que nuestras ensaladas estén siempre llenas de piedritas.

—Yo lo odio —dice Scottie.

—A ver, no es que me guste —puntualizo—, pero es lo que espero de ella. Me he acostumbrado. Así es ella. Así es mamá. —Me vienen otros pensamientos a la cabeza y me río solo.

—¿Qué pasa? —pregunta Scottie.

—Estaba pensando en las cosas que no nos gustaban.

—¿Como qué? —inquiere Scottie.

—No nos gustaba la gente que dice «qué gracia» pero no se ríe. Si algo te hace gracia, deberías reírte. La gente que usa la palabra *hacer* en lugar de verbo más adecuados, como en: «Hice una ensalada para la cena». También nos parecía que los hombres que iban a peluquerías de postín eran raros. —Podría pasarme toda la noche enumerando ejemplos. Estos recuerdos casi me aturden. Qué bien lo pasábamos. Cuántas risas compartíamos. Creía que iba a casarme con una joven modelo, del mismo modo que mis amigos se casaban con sus secretarias, con sus canguros y con asiáticas que no dominaban el inglés. Iba a casarme con una mujer divertida y relajada que criaría a mis hijos y permanecería a mi lado. Me alegro de haberme equivocado de medio a medio.

—Eh, yo opino lo mismo —interviene Sid—. Sobre los tíos que van a peluquerías.

—¿De qué estamos hablando? —dice Alex—. No decís más que gilipolleces sin sentido.

La pareja que tenemos delante se vuelve ligeramente.

—¿Qué miráis? —les espeta Alex.

No me molesto en reprenderla, porque tiene razón: ¿qué están mirando? Aflojo el paso y Alex le atiza un puñetazo a Scottie en el brazo.

—¡Ay! —chilla Scottie.

—¡Alex! ¿Por qué seguimos con esta pauta de comportamiento?

—Devuélvele el golpe, papá —grita Scottie.

Alex la agarra por el cuello.

—Me haces daño —protesta Scottie.

—De eso se trata, ¿sabes? —replica Alex.

Cojo a las dos niñas por el brazo y las obligo a sentarse en la arena. Sid se tapa la boca con la mano y se inclina hacia delante, riéndose sin hacer ruido.

—¿Qué te gusta de mamá? —dice Alex, remedando a su hermana—. Cállate ya. Y deja de tratarla como a un bebé.

Me siento entre ellas sin decir una palabra. Sid se acomoda junto a Alex.

—Tranqui, fiera —le dice.

Miro las olas que revientan sobre la arena. Alguna que otra mujer me lanza una mirada de complicidad al pasar, como si ver a un padre con sus hijas fuese el espectáculo más bello del mundo. Cuesta tan poco conseguir que te admiren como padre… Me doy cuenta de que las chicas esperan a que yo hable, pero ¿qué puedo decir que no se haya dicho ya? He gritado. He razonado. Incluso he propinado azotes. Nada ha dado resultado.

—¿Y a ti que te gusta de mamá, Scottie? —pregunto, fulminando a Alex con la mirada.

Se para un momento a pensar.

—Mogollón de cosas. No es una vieja fea, como la mayoría de las madres.

—¿Y a ti, Alex?

—¿Por qué estamos haciendo esto? —inquiere—. ¿Cómo hemos llegado a este punto?

—Nadar con tiburones —digo—. Scottie quería nadar con tiburones.

—Eso se puede hacer —asegura Sid—. Lo he leído en el hotel.

—Mamá no le tiene miedo a nada —dice Alex.

Se equivoca, y además esto es una afirmación y no algo que a Alex le guste verdaderamente de su madre.

—Es hora de volver —digo.

Me pongo de pie y me sacudo la arena. Contemplo nuestro hotel en el acantilado, teñido de rosa por el crepúsculo. La expresión que he visto en el rostro de las chicas cuando les he hablado de su madre me ha hecho sentir muy solo. Jamás me entenderán tan bien como Joanie. No la conocerán tan bien como yo. La echo de menos, a pesar de que yo ya no entraba en sus planes de vida. Miro a mis hijas, misterios absolutos, y por un breve instante me invade la nauseabunda sensación de que no quiero quedarme solo en el mundo con estas dos chicas. Me consuela que no me hayan preguntado qué me gusta de ellas.

28

Regresamos a la habitación con las manos vacías. Telefoneo al hospital, y me aseguran que Joanie se encuentra muy bien. Empiezo a alegrarme hasta que recuerdo que, según ellos, que Joanie se encuentre bien significa que sigue respirando. Que no está muerta. Llamamos para que nos suban comida a la habitación y vemos una película sobre la segunda guerra mundial, que resulta incómodamente violenta. Salen cuerpos ensangrentados por todas partes.

—El director nos muestra cómo fue de verdad —dice Alex en respuesta a mis quejas—. Lo leí en algún sitio. Está haciendo un alegato contra la violencia.

Cabemos todos encima de la cama. Las chicas y yo estamos tendidos boca abajo, y Sid está en el extremo opuesto, recostado en el cabecero.

—Me pregunto qué estará haciendo el amigo de mamá en este momento —dice Alex.

—Viendo porno, seguramente —dice Scottie.

Sid se ríe. Scottie adopta una expresión inocente y calculadora a la vez.

—¿Por qué has dicho eso? —pregunto—. ¿Te estás haciendo la graciosa?

—El padre de Reina ve porno.

—¿Tú sabes qué es el porno? —pregunta Alex.

—Un resumen de un partido de fútbol americano.

Miro a Alex en busca de una pista. ¿Debería sacar del error a mi hija o dejar que siga pensando lo que no es?

—Una porno es una película en la que mujeres bonitas y hombres feos practican el sexo —explica Alex.

No le veo la cara a Scottie porque está mirando hacia abajo.

—Scottie... —digo.

—Ya lo sabía —asegura—. Solo estaba de broma.

—No tiene nada de malo que no lo supieras —dice Sid.

—¡Que sí que lo sabía! —se vuelve hacia mí—. Sé lo que son, lo que pasa es que creía que las llamaban de otra manera. Reina las llama «películas de masturbación». Las pone cuando sus padres no están en casa, y una vez invitó a unos chicos para ver si se les empinaba. A uno sí se le empinó.

—Esa Reina parece muy enrollada —comenta Sid—. Cada vez me cae mejor.

—¿Tú estabas presente? —pregunto—. ¿Has visto una de esas películas?

—No —responde Scottie.

—Scottie —dice Alex, asestándole a Sid una patada en las costillas—, Reina es una guarra degenerada, y deberías mantenerte alejada de ella. Ya te lo he dicho. ¿O quieres acabar como yo?

—Sí —dice Scottie.

—Me refiero a como yo era antes, cuando le gritaba a mamá.

—No —dice Scottie.

—Bueno, pues Reina va a ser una yonqui de la que se van a aprovechar todos los tíos. Es una petarda. Dilo.

—Petarda —dice Scottie. Se levanta y se pone a corretear por la habitación, repitiendo—: petarda, petarda, petarda, petarda.

—Me cago en diez —dice Sid—. Es un método educativo de esos chungos, ¿verdad?

Alex se encoge de hombros.

—Tal vez. Ya veremos, supongo.

—No lo entiendo —digo—. Ya no sé qué hacer. No hay manera de que deje de hacer estas cosas.

—Se le pasará —asevera Alex.

—¿De verdad? Pero ¿tú te has dado cuenta de cómo habláis, sobre todo delante de mí? Es como si no respetarais la autoridad.

Los chicos fijan la mirada en el televisor. Les digo que se vayan. Me voy a dormir.

Es casi medianoche y sigo sin pegar ojo. Me levanto para ir al baño y descubro que la luz del aseo del pasillo está encendida y la puerta entreabierta. De pronto tengo miedo de sorprender a Alex haciendo algo indebido, como esnifar rayas sobre la tapa del váter. Estoy a punto de dar media vuelta, pero, en cambio, me acerco con sigilo, echo un vistazo dentro y veo a Scottie delante del espejo del baño, que ocupa toda la pared. Adopta una pose rígida que mantiene durante unos segundos antes de pasar a la siguiente. Está haciendo de modelo. Me dispongo a decir algo, como que debería irse a la cama, cuando ella aprieta los brazos contra los lados de sus pechos para marcar canalillo, y ahora no quiero que sepa que la he visto. Se mira en el espejo y luego baja la vista hacia su cuerpo, como si el espejo se equivocara. Entonces la oigo mantener un diálogo consigo misma:

—¿Por qué nunca le paraste los pies? No sabía cómo. Lo que pasa es que no te enterabas, mamón. Ven aquí.

Se inclina hacia el espejo y lo besa con la boca abierta, deslizando la lengua sobre el cristal. Tiene las manos apoyadas en el espejo.

—Ooh, cariño —la oigo decir—. Méteme el lapicero en el maletero. Ponte el condón, nene. El que brilla.

Dios santo. Me alejo lo más silenciosamente posible y me reclino contra la pared, respirando hondo. Entonces me entra el pánico al pensar que está imitando a su hermana y a Sid, y me dirijo al dormitorio principal para cerciorarme de que él esté durmiendo en la cama plegable. Vislumbro un bulto en la cama y me pregunto si es su cuerpo de verdad o si ha colocado almohadas bajo las mantas. Me acerco a toda prisa, con el corazón desbocado. Él vuelve la cabeza y me mira a los ojos.

—Buenas —dice.

Me siento como un imbécil por estar de pie frente a él, sin resuello. La luz de la luna traza una línea que me cruza el pecho.

—Buenas —digo.

—Qué, ¿vigilándome?

—No podía dormir. Scottie… Está en el baño. —Me interrumpo.

—¿Sí? —dice, incorporándose.

—Está haciendo teatro. —No sé cómo expresarlo. No necesito expresarlo—. Está besando el espejo.

—Ah —dice—. Yo hacía cosas bastante desquiciadas de niño. Aún las hago.

Estoy totalmente despierto a altas horas de la noche, y eso siempre me pone de muy mal humor. Cuando voy mal dormido, no sirvo para nada. No tengo ganas de regresar a mi habitación. Me siento a los pies de la cama de Sid.

—Me preocupan mis hijas —confieso—. Me preocupa que tengan algún problema.

Sid se frota los ojos.

—Olvídalo —digo—. Perdón por despertarte.

—Las cosas se pondrán aún más feas —dice— cuando tu mujer se muera. —Se tapa con la manta hasta la barbilla.

—¿Qué comenta Alex sobre eso? ¿Qué te dice a ti?

—No me dice nada.

—¿A qué te refieres? La he oído decir que habla contigo.

—No —dice—. No hablamos de nuestros problemas. Simplemente… no sé. Nos enfrentamos juntos a ellos sin hablar.

—¿Te queda algo de esa hierba? —pregunto—. No puedo dormir. Necesito dormir.

Levanta su almohada y saca un porro de debajo.

—¿Duermes encima de eso?

Haciendo caso omiso de mí, lo enciende, dobla las rodillas hacia arriba y me lo pasa.

Me quedo mirando el canuto. A Joanie le gustaba la maría, pero a mí nunca me entusiasmó.

—Déjalo —digo—. No lo quiero.

—Puedes fumártelo en el balcón —sugiere.

—No —replico—. No lo quiero, de verdad. —Me percato de que una parte de mí intentaba impresionar a este idiota, y ahora me siento como un tonto.

Lo apaga contra una revista, sobre la mesita de noche.

—Yo tampoco lo quiero. Pero gracias por dejar, ya sabes, que fume. Me ayuda.

—Ya —murmuro—. Lo que tú digas. No puedo luchar contra todas estas cosas que hacéis los chicos hoy en día. Pero te pone taciturno. Lo he notado. La hierba.

Tamborilea con los dedos sobre su edredón. Paseo la vista por la habitación. Hay un mando a distancia de la tele sobre la cama. Pulso algunos botones.

—¿Qué harías tú? —pregunto—. Si estuvieras en mi lugar, ¿cómo lidiarías con mis hijas? ¿Cómo lidiarías con el hombre que hemos venido a buscar?

—¿Te has fijado en que los actores en las pelis siempre le echan mucho cuento cuando fuman? —dice—. Es todo muy exagerado. Y siempre se quitan algo de la lengua. Y tratan de hablar antes de soltar el humo. Es penoso.

Imita a los actores y lo capto. Entiendo a qué se refiere.

—Antes de nada, le pegaría una buena paliza al tío. Pam. —Finge que lanza un gancho de derecha y luego que hace caer con violencia un cuerpo sobre su rodilla—. En cuanto a tus hijas, no sé. Me las llevaría de viaje. No, les compraría cosas. Con la de pasta que tienes, podrías comprarles de todo. Alex me ha contado que vas a sacar una buena tajada.

Clavo la mirada en él y me pregunto si está con Alex por eso.

—¿Quieres una parte? ¿Algo de dinero?

—Claro —dice.

—Si te diera mucho dinero ahora, esta misma noche, ¿te marcharías?

—No —responde—. ¿Por qué iba a marcharme?

—No, Sid, te estoy pidiendo un favor. Si te doy dinero, ¿te marcharás?

—Ah —dice—. Ya lo pillo. ¿Eso es lo que quieres? ¿Qué me abra?

Tiene tiesos los pelos a ambos lados de la cabeza.

—No —contesto—. Supongo que no.

—Yo no sabría qué hacer si tuviera hijas —reflexiona—. ¿Cambiarlas por hijos?

—Pero entonces podría acabar con algo parecido a ti.

—Tampoco estoy tan mal —afirma—. Soy un tipo espabilado.

—Espabilado es una de las últimas palabras que usaría para describirte, amigo mío.

—Se equivoca su señoría —replica—. Soy espabilado, sé cuidar de mí mismo. Juego al tenis que te cagas y soy un observador perspicaz de lo que me rodea. Soy buen cocinero. Siempre tengo hierba a mano.

—Seguro que tus padres están muy orgullosos.

—Es posible. —Baja la mirada a sus rodillas y me pregunto si lo he ofendido.

—¿Saben dónde estás?

—¿Mis padres?

—Sí, Sid, tus padres.

—Mi madre está algo ocupada últimamente, así que prefiere perderme de vista.

—¿A qué se dedica?

—Es recepcionista en el Pets in the City.

—Allí es a donde llevamos a nuestro gato. ¿O sea que es temporada alta para las guarderías de animales?

—No —dice—. Está ocupada arreglando la casa, ordenando las cosas de mi padre. Murió hace unos meses.

En un principio creo que me está tomando el pelo, que es una broma como la de su supuesto hermano retrasado, pero luego caigo en la cuenta de que habla en serio. Está haciendo lo mismo que hago yo cuando la gente habla de Joanie: intentar sonreír y aparentar que lo lleva todo muy bien. Quiere que me sienta a gusto y se esfuerza por saltar de un tema a otro. Así pues, hago por Sid lo que me gustaría que otros hicieran por mí.

—Buenas noches, Sid —digo—. Descansa. Hasta mañana.

Se recuesta en su almohada.

—Ha sido una buena charla, jefe —dice—. Hasta mañana.

29

A la mañana siguiente salgo a correr por la playa, y me cruzo
con él. Mira hacia el mar mientras corre. Yo estoy más arriba,
cerca de las casas, donde la arena está seca y cuesta más correr
sobre ella. Doy media vuelta y lo sigo, descendiendo hacia la
arena compactada. Estoy excitado, nervioso y algo avergonzado por estar haciendo exactamente lo mismo que él en el
mismo instante. Corro y contemplo su parte posterior, sus
pantorrillas, su cuello. Su camiseta dice «Equipo de Lacrosse
de Stanford», lo que ya de por sí es vomitivo, y sus pantalones
son los típicos de los corredores serios: cortos y finos, con
aberturas grandes a los lados. Me imagino que es uno de esos
tipos que llevan el móvil al cinto. El cabrón es rápido, lo que
me obliga a acelerar el paso. Aparte de nosotros, hay poca
gente en la playa: unos surfistas que están probando el oleaje,
un pescador que hinca la caña en la arena, un perro negro que
olisquea los arbustos. El día se prepara para algo prometedor,
algo excepcional: la luz etérea empieza a hacerse más definida
y a relumbrar en la hamaca de arena blanca; la bruma se disi-
pa, revelando de forma tan tímida como espectacular el brillo
del mar y el verde azulado de las colinas.

Aminoro el ritmo para no acercarme demasiado a él. Noto un subidón de energía que sé que está alimentada por la rabia, así que intento concentrarme y recordarme a mí mismo
por qué estoy aquí. Quiero a Joanie, y ella quiere a ese hom-

bre que tengo delante, así que voy a llevárselo. Tiene derecho a despedirse. Le ha dado algo que yo no he podido darle. Seré como el gato que arrastra una rata hasta la puerta de la casa.

Una ola revienta en la playa y él se aleja de ella corriendo a toda velocidad. Yo mantengo el rumbo, dejando que el agua fría me salpique las piernas. Poco antes de llegar al embarcadero, afloja el paso, consulta su reloj y echa a andar cuesta arriba. Dejo de correr y observo adónde se dirige. Camina por la playa durante un rato antes de pararse a recuperar el aliento y proseguir la marcha hacia el embarcadero. Me pregunto si tiene el coche en el aparcamiento. Comienzo a andar sin saber qué voy a hacer si sube al coche. ¿Estoy preparado? ¿Seré capaz de hacer esto ahora? Entonces veo que gira sobre sus talones y se encamina hacia mí. Me vuelvo rápidamente hacia el agua. Me pongo a hacer estiramientos, torciéndome de tal modo que no le quito ojo en ningún momento. Me tuerzo hacia el otro lado y lo veo dirigirse hacia una de las casitas azules que son propiedad de mi primo Hugh. Pensaba que ya no las alquilaba, y me pregunto si conoce a Brian. Este sube los escalones del porche y abre la puerta mosquitera. Debe de conocer a alguien de la familia, lo que no es una coincidencia tan extraordinaria teniendo en cuenta lo comunes que somos por aquí. Como las cucarachas. Podría preguntarle a Hugh si conoce a Brian y, en caso afirmativo, de qué lo conoce. Podría hacer averiguaciones sobre el tipo antes de dar el siguiente paso. O podría lanzarme a ciegas. ¿Para qué necesito información? Él está aquí. Lo he encontrado. Ahora tengo que ir a por él.

Miro el hotel del acantilado, deseando que mis hijas estuvieran aquí. Me percato de que tengo miedo. Noto cada vez más el calor del sol en la espalda y lamento que el aire ya no sea el de hace unos momentos, un aire de promesa, en el que los elementos se estaban cociendo pero aún no estaban del todo preparados. No quiero seguir dando largas al asunto. Me encamino hacia la casita, caminando con dificultad sobre la arena suave y profunda, pero cuando me acerco, veo algo que me sorprende. Brian desaparece en el interior, y al poco sale y se sienta en una tumbona con un vaso de agua. Lo siguen dos niños —uno de unos trece años, el otro, no sé, de unos ocho—, y acto seguido de detrás de la puerta mosquitera emerge una mujer preciosa con un bañador blanco y un ancho sombrero para el sol, también blanco. Es elegante. Radiante. Despampanante. Es la esposa de Brian Speer.

30

Echo a andar de nuevo hacia el mar y me siento en la playa. Me pongo a esperar a que bajen Brian y su familia. Estoy seguro de que bajarán. Sería lo normal. Ha puesto un obstáculo en mi camino. Después de ver a su esposa y a sus hijos, no me veo capaz de seguir adelante con el plan. No es solo que me resulte complicado desde un punto de vista logístico, sino que no me siento cómodo al respecto. Me entran dudas sobre su lío amoroso, pese a que sé que ocurrió.

Diviso a mis hijas y a Sid, que van caminando sobre las rocas en dirección a la playa. No hay un sendero que comunique la playa del hotel con esta, solo rocas y mar, lo que disuade de entrar a quienes no son huéspedes y de salir a los huéspedes.

Cuando llegan a la bahía, miran en torno a sí hasta que me ven. Scottie se acerca corriendo y extiende su toalla sobre la arena.

—Alex ha llamado al servicio de habitaciones —dice con voz de acusica.

—Me alegro —respondo.

Scottie nunca sabe qué producirá el efecto deseado y qué no, y creo que esta es una buena táctica. Sus picaduras tienen mejor aspecto. Están blancas y secas, como cicatrices viejas. «¿Qué te está pasando? —quisiera preguntarle—. ¿Cómo puedo ayudarte?» La recuerdo posando frente al espejo anoche, juntándose los pechos con las manos. Nunca me había fijado en que tiene los pechos pequeños, pero así es.

Se tumba boca abajo y vuelve la cabeza hacia mí.

—¿Recibes la señal del cable en la tele de tu habitación, en casa? —pregunto.

—Sí —responde.

—¿Qué programas te gustan?

—*Los Soprano* —dice—. *Dog el cazarrecompensas*. Espera, ¿solo los canales por cable, o todos los programas?

—Creo que no deberías ver ningún programa —opino.

—Antes muerta —sentencia.

Alex camina hacia nosotros con aire despreocupado, y Sid va a la zaga, fumando. Observo que los hombres la miran hasta que advierten que se dirige hacia mí. Entonces desvían la mirada.

—¿Ha habido suerte? —pregunta.

—Ah, sí —dice Scottie—. ¿Has encontrado al amigo de mamá?

Medito mi respuesta. Si se enteran de que lo he encontrado, esperarán que yo actúe.

—No —respondo—. No ha habido suerte.

Sid me saluda con un gesto de la cabeza y yo correspondo con un gesto igual. Se ha convertido para mí en una persona totalmente distinta; un misterio, una roca. Debe de ser muy fuerte. O ir siempre drogado hasta las cejas.

—¿Habéis desayunado bien? —pregunto.

—Sip —responde Sid.

—Te he traído un bollo —dice Alex, tirándome un panecillo con pasas.

—Caray —digo—. Gracias. Es todo un detalle.

El sol brilla todavía con más fuerza, y me resulta placentero sentirlo en la espalda. Me he quitado las zapatillas deportivas y hundo los dedos de los pies en la arena fresca. Sid y Alex se tienden panza abajo, y Scottie se coloca boca arriba. Cada vez hay más gente en la playa y en el agua cristalina. Estamos rodeados de personas con sombrillas y sillas de playa, neveras portátiles, toallas, protector solar y gorras.

—¿Habéis traído filtro solar? —pregunto.

—No —dice Scottie—. ¿Tenemos agua?

—¿Has traído tú? —inquiere Alex.

—No —contesto.

Alex levanta la cabeza de pronto.

—¿Nos has traído algo para picar?

—Podemos ir caminando a la ciudad.

¿Cómo se las arreglan las madres para llevar consigo todo lo que necesitan sus hijos?

Alex se apoya en los codos y vuelve los ojos hacia un punto situado detrás de mí. Al seguir la dirección de su mirada, veo a la mujer de blanco. Nos mira con expresión amigable antes de bajar la vista y continuar caminando. Los dos chicos que he visto frente a la casita corren hacia el mar.

—No salgáis de la zona segura, por favor —les grita ella.

Los dos se abren camino a través de una ola pequeña antes de posarse como pájaros sobre la superficie y quedarse flotando a la deriva. La mujer se acerca un poco más a la orilla. Es perfecto, porque está más abajo que nosotros, lo que me permite mirarla descaradamente. Se descuelga las bolsas del hombro y saca una toalla de una de ellas. Con una leve sacudida de las muñecas, la hace ondear en el aire y descender flotando sobre la arena. Lleva un pareo verde traslúcido sobre el traje de baño; sin quitárselo, se sienta en la toalla y extrae un libro de la bolsa. Es un volumen grueso, de tapa dura.

Las dos chicas están pendientes de todos los movimientos de la mujer. Me pregunto si están comparando a su madre con ella o si simplemente la contemplan como algo que resulta agradable a la vista. Miro hacia atrás para comprobar si su marido viene también, pero solo veo a un hombre montado en un cortacésped y a unos niños del lugar que atajan por el césped provistos de cañas de pescar.

Los hijos de la mujer se deslizan boca abajo sobre las olas.

De vez en cuando, ella alza la vista para vigilarlos, marcando con el dedo la página que está leyendo.

—Deberías ir a nadar un poco —digo.

—¿Te metes en el mar conmigo? —pregunta Scottie.

No tengo muchas ganas, pero no quiero negarme porque sé que la mujer puede oírnos.

—¡Claro! —exclamo con un entusiasmo excesivo—. Alex, ¿te apuntas?

Alex se incorpora. Nunca sé cuándo voy a topar con su oposición. Siempre que creo haber descubierto la pauta que siguen estas chicas —diversión, intimidad, pelea, actitud desagradable, vuelta a la placidez—, ellas alteran el orden.

—Sid, ¿te vienes? —Me siento como un hipócrita, como si estuviese siendo condescendiente con él. Ahora merece mi cortesía porque su padre ha muerto.

—Vamos allá. —Se pone de pie rápidamente, corre hacia el mar y avanza entre las olas pisando fuerte antes de zambullirse. Lo pierdo de vista durante un buen rato y al final dejo de esperar a que emerja.

Las chicas y yo caminamos hacia el mar y yo me sumerjo poco a poco.

—Pilla esta, Steven —le dice el chico mayor a su hermano pequeño. Este se vuelve para ver la ola que se alza amenazadora sobre su cabeza—. ¡Venga!

Todos nos agachamos bajo la ola, y miro hacia la playa para comprobar si el chico ha logrado pillar la ola. Lo diviso a lo lejos. Se ha dejado llevar por la ola hasta la playa.

—Ha sido genial —grita.

—Te lo he dicho —grita el mayor. No mira a Scottie ni por casualidad. Está muy concentrado, esperando la siguiente ola, haciendo salidas en falso y golpeando el agua con las manos, contrariado. Menudo monstruito.

Veo que su madre nos mira por encima de sus gafas de sol. Alex y Sid se adentran más allá de la zona donde rompen las olas. Las veo nadar hacia la plataforma flotante verde. Scottie se acerca a los niños con disimulo y se pone en fila para pillar una ola.

—¡Yo voy antes! —le grita el mayor—. Te toca, Steven. Esta es tuya. ¡Vamos, vamos!

Steven está visiblemente alterado. Está sin aliento, y los gritos lo desorientan. Echa un vistazo a Scottie y se lanza. Manotea y patalea, pero la ola le pasa por debajo y él desciende, surcando el agua de espaldas.

—Estás en medio —le recrimina el mayor a Scottie—. Búscate otro sitio donde haya olas chulas.

Veo que Scottie reacciona con una actitud vacilante y nerviosa, como si el chico hablara en broma.

—Estás en un océano, colega —le digo—. No debería costaros tanto poneros de acuerdo para compartir un océano.

—Yo no estaba en medio —protesta Scottie—. Lo que pasa es que él no ha nadado con la suficiente fuerza.

«¿Qué respondes a eso, mocoso?» Le lanzo una mirada intimidatoria y él retrocede, tal vez porque ve a su madre entrar en el agua. Suavizo mi expresión y le sonrío al niño.

—Aquí viene una ola que lleva tu nombre escrito —digo—. ¡Toda tuya, chico!

Su madre me mira y asiente con la cabeza. El corte de su traje de baño es bastante recatado, y ella no se ha quitado el sombrero. Le oculta el rostro, por lo que lo único que veo es su cuerpo sumergiéndose. Su cabellera color castaño dorado se desparrama tras ella como una capa mientras se desliza con elegancia hacia sus niños. Scottie parece embelesada. Joanie se habría metido en el agua corriendo con un biquini tipo hilo dental y se habría comportado como el crío mayor, convirtiéndolo todo en una competición, apremiando a todo el mundo a la voz de «¡Vamos, vamos!».

La señora Speer nada de espaldas, haciendo girar sus largos brazos tras sí, con agua goteándole de la punta de los dedos. Sus pies chapotean ligeramente frente a ella. Que lleve puesto el sombrero todavía resulta tan ridículo como encantador.

—Pilla esta que viene, mamá —le dice su hijo pequeño.

La madre ve la pequeña ola que se dirige hacia ella y comienza a nadar a braza rumbo a la playa.

—¡Más rápido! —exclama el muchacho.

Scottie, que no despega los ojos de la mujer, intenta pillar la ola también. La mujer repara en ella y bracea más deprisa para no dejarse alcanzar. La ola va ganando altura y pronto llegará a su punto culminante. Ahora tengo miedo, no por Scottie, pues sé que esto se le da bien, sino por la mujer, que parece tan delicada como uno de esos objetos que se colocan en estantes altos y se iluminan con luces direccionales suaves. Mientras nada, mira hacia atrás, con una amplia sonrisa en los labios, hasta que alza la vista a la ola que se cierne sobre su cabeza y suelta un grito ahogado. Entonces la ola revienta y ella desaparece.

Pillo la siguiente ola y veo que la corriente ha traído hasta la orilla tanto a Scottie como a la mujer. La niña ya está de pie, pero la mujer está tendida de costado sobre la arena, con la cabeza envuelta en su largo cabello, un tirante de su bañador bajado y la parte inferior levantada de manera que le deja el trasero al descubierto.

Corro hacia la playa, pero entonces me acuerdo de que a algunas mujeres, como mi esposa, no les gusta que los hombres acudan en su auxilio. Finjo estar preocupado por Scottie.

—¿Estás bien? —le pregunto a la mujer, riéndome.

Otra ola la embiste, y ella resbala playa abajo; la resaca la arrastra, y, por lo visto, no puede salir. Dirijo la mirada hacia sus hijos, que se están tronchando de risa. Me acerco a ella y tiro de ella con suavidad para ayudarla a levantarse. Apoya las manos sobre mis hombros para recuperar el equilibrio y las aparta rápidamente. Sin duda, es lo más extraño y cálido que he sentido en meses, posiblemente en años: el contacto de sus manos. Todavía las siento. Me pregunto si las sentiré siempre, como una marca grabada a fuego en la piel. No tanto porque se trate de ella en particular, sino porque es una mujer que me está tocando.

—Madre mía —dice—. Me siento como si hubiera pasado por un túnel de lavado.

Me río, de forma forzada porque no es algo de lo que me reiría normalmente.

—¿Y tú? —le pregunta a Scottie—. ¿Sigues entera?

—Soy un chico —dice Scottie—. Miradme.

Se le ha metido arena en el bañador y se le ha acumulado en la parte de abajo, que le abulta considerablemente. Se rasca el bulto—. Tengo que irme a trabajar —añade. Creo que me está imitando y que la señora Speer se está llevando una impresión poco realista y humillante.

—Scottie —digo—. Sácate eso.

—Debe de ser divertido tener chicas —comenta la señora Speer. Dirige la vista hacia el mar y advierto que está mirando a Alex, que toma el sol sobre la plataforma flotante. Sid se inclina sobre ella y junta los labios con los suyos. Ella levanta la mano para tocarle la cabeza, y por un momento me olvido de que esa de allí es mi hija, y pienso en el tiempo que hace que no beso o me besan de esa manera.

—O a lo mejor te hacen ir de cabeza —agrega la señora Speer.

—No, no —replico—. Es genial. —Y lo es, supongo, aunque me siento como si acabaran de caer en mis manos y no me hubiera hecho aún a la idea—. Salen juntos desde hace siglos. —Hago un gesto en dirección a Alex y Sid. No tengo claro si son pareja o si todos los chicos que cursan el bachillerato se comportan así hoy en día.

La señora Speer me mira con curiosidad, como si estuviera a punto de decir algo, pero no lo dice.

—¿Y los chicos? —Señalo a sus dos cabroncetes—. Deben de darte mucho trabajo.

—Son de lo que no hay, pero están en una edad muy divertida. Me dan tantas alegrías…

Contempla a sus hijos, y su expresión no ayuda a convencerme de que le dan muchas alegrías. Me pregunto si los padres entablan muy a menudo conversaciones banales como esta, y cuántas cosas ocultan sobre sus hijos. «Son hiperactivos de la hostia; haría lo que fuera por poder inyectarles tranquilizante para caballos. Me insisten todo el rato en que vea lo que son capaces de hacer, pero la verdad es que me suda la polla. Ni que fuera tan difícil saltar desde un trampolín.»

«Mis chicas están muy perdidas —me dan ganas de decir—. Una le dice obscenidades a su propio reflejo. ¿Tú hacías eso cuando eras niña?»

—Tus chicas parecen estupendas también —señala ella—. ¿Qué edad tienen?

—Diez y dieciocho. ¿Y los tuyos?

—Diez y doce.

—Ah —digo—. Qué bien.

—La pequeña es muy especial, ¿no? —comenta—. A ver, especial no; me refiero a que es divertida.

—Oh, sí. Así es Scottie. Es la monda.

Los dos nos quedamos callados por un rato, observando a Scottie, que está sentada en la arena, dejando que las olas la zarandeen de un lado para otro.

—En realidad —digo—, las dos están un poco tristes. Su madre está en el hospital. —Tomo conciencia de que esto le causará una gran incomodidad a la señora Speer—. Se pondrá bien —añado después del «¡Oh, no!» de rigor—. Están preocupadas, eso es todo.

—Por supuesto —dice—. Debe de ser muy duro para ellas. ¿Puedo preguntarte qué ocurrió, si no es indiscreción?

—Sufrió un accidente náutico. —Busco en su semblante alguna señal de que esto le suene de algo.

—Lo siento —dice—. ¿En un velero? ¿O era una de esas lanchas de motor?

Me río, y de pronto una buena parte del cuello se le pone colorada.

—Una lancha de motor.

—Lo siento, no tenía idea…

—No, me río simplemente porque me ha parecido encantador. Eres encantadora.

Se lleva la mano al pecho. Creo que esto es lo más cerca que estaré de serle infiel a Joanie, lo más parecido a una venganza por mi parte. Si Joanie estaba enamorada de otro, ¿por qué no me lo dijo? Me pregunto si de verdad estaba aguardando a que yo vendiese mis acciones para presentar una demanda de divorcio. Espero que no fuese tan fría y calculadora. Me alivia saber que seguramente nunca lo sabré. Su silencio me permite convertirla en la persona que yo quiera.

La señora Speer contempla el mar, y yo la imito.

—Ayer vimos aquí a John Cusack —comenta—. Y a Neve Campbell. Estaban haciendo surf.

—Ah —digo—. ¿Y quiénes son?

—Son actores —explica—. De Hollywood. Son…, bueno, ya sabes…, famosos.

—Ah —digo—. Sí, vienen muchos por aquí. ¿En qué películas salen?

—Pues no estoy segura. Ahora mismo no se me ocurre ninguna.

—Interesante —opino.

—Es una bobada —dice— hablar de famosos. En fin…

—No —replico—. Es fascinante, en serio.

Le dirijo una mirada de ánimo. Se muerde el pulgar, baja la vista, la sube de nuevo hacia mí y dice, con una sonrisa:

—Me parece que te importa un comino.

—Tienes razón. —Me río—. De hecho, te equivocas. ¡Sí que me importa! No soporto a los famosos. No soporto las cantidades que les pagamos, y esas ceremonias de entrega de premios… Madre mía. ¡Son una soberana ridiculez!

—Lo sé, lo sé. Estoy de acuerdo, pero no puedo evitarlo.

—No te comprarás revistas de esas, ¿verdad?

—¡Pues sí!

—Oh, no —digo. Me llevo la mano a la frente. Entonces veo a Scottie corriendo hacia nosotros, y caigo en la cuenta de que por unos instantes me he olvidado de quién es esta mujer. Es la esposa de Brian. No es amiga mía. Y yo no debería estar riéndome ni disfrutando la vida en modo alguno.

—¡Tu sombrero! —exclama Scottie—. Lo he encontrado. —Sujeta en alto el sombrero de ala ancha y flexible. Está mojado, y cuando Scottie lo retuerce para escurrirlo semeja un manojo de algas marinas.

—Gracias —dice la señora Speer, alargando el brazo para cogerlo.

Scottie la mira fijamente y con timidez, como si esperase una recompensa.

—¿Quieres tu toalla? —pregunta—. Se te ha puesto la carne de gallina.

Bajo la vista hacia las piernas de la señora Speer, salpicadas de bultos diminutos.

—Supongo que no me vendría mal una toalla —dice.

—Voy a buscarla. —Scottie corre en dirección a la bolsa de la señora Speer, y yo la miro como pidiendo disculpas, pero la veo muy tranquila. Sube por la pendiente y se sienta en la arena seca y cálida. Yo sigo su ejemplo y deslizo los dedos por la arena. Echo un vistazo a los bultitos de sus piernas.

Scottie se acerca de nuevo y le cubre los hombros con la toalla a la señora Speer antes de sentarse a su lado.

—Yo también me afeito —declara Scottie.

La mujer se fija en las piernas de Scottie.

—Vaya —dice.

—Tenía que hacerlo, porque me atacó una manada de calaveras. Quiero decir de carabelas.

Esta era la frase que quería decirle a su madre. Me da rabia que sea tan desleal. Ha pasado página, ha adoptado a una especie de madre nueva sin vacilar. Le bastaría un día para enamorarse de otra persona, pero supongo que es lo normal en los niños. No lloran nuestra pérdida como nosotros quisiéramos.

—¿Y por eso tuviste que afeitarte? —pregunta la señora Speer.

—Sí. Para quitarme el veneno.

—¿Estáis alojados en las casitas? —pregunto.

—Sí —responde—. Como mi marido tenía que venir por trabajo, hemos pensado en aprovechar para darnos unas pequeñas vacaciones. Él conoce al propietario, así que...

—Hugh.

—Exacto. —Parece aliviada de que tengamos a un conocido en común.

—Es mi primo —digo.

—Ah, vaya. Ah. Bueno. Entonces debes de conocer a mi marido. Brian Speer.

Dirijo la vista al frente y veo a Sid y a Alex saltar de la plataforma, que se escora a uno y otro lado. La resaca se ha llevado al hijo mayor de la mujer más lejos. Podría ahogarse, posiblemente; está luchando sin éxito contra la corriente, intentando volver a la playa. Podría soltárselo todo a la mujer. Podría hacerla sentir tan mal como me siento yo, y de ese modo podríamos hablar de cosas más trascendentales que la edad de nuestros hijos. Podríamos hablar del amor y del desengaño, de los principios y los finales.

—No conozco a tu marido —admito.

—Ah —dice—. Es que he pensado que...

—Scottie, ve a decirle que nade en diagonal para que no lo arrastre la corriente.

Scottie, con una obediencia insólita en ella, se pone de pie y se adentra en el agua caminando.

La señora Speer se protege los ojos con la mano para buscar a su hijo, y entonces se levanta.

—¿Está a salvo?

—Sí. La corriente es un poco traicionera, pero no hay por qué preocuparse. Scottie le echará una mano.

Me mira con una expresión de honda preocupación. Lo percibo con absoluta claridad. Quiere que la ayude. La esposa de Brian necesita que yo rescate a su hijo. Aunque no alcanzo a ver el rostro del muchacho, sé lo que siente: está frustrado y avergonzado, lleno de incredulidad, aunque a la vez es plenamente consciente del aprieto en que se encuentra. Está vivo. Tiene un deseo muy sencillo: volver, volver, simplemente volver a tierra.

Ir a por Brian, ir a por Brian, traerlo de vuelta a tierra.

No tengo ganas de mojarme.

—Voy a por él —digo.

—Gracias —dice la esposa de Brian—. Eres muy amable.

31

Llevo a los chicos a cenar al Tiki's. El interior del restaurante está oscuro y hay esteras colgadas en las paredes. Siempre parece estar cerrado, y no abre a unas horas concretas ni en unos días definidos. La barra y las mesas llevan grapada una falda de rafia a la que se le quedan pegados trozos de coco rebozado. El servicio es lento, y los camareros siempre se comportan como si uno los estuviese acosando. La comida es grasienta y está preparada de cualquier manera, y da igual cómo pida uno su pescado (al horno, a la parrilla, salteado), porque invariablemente lo sirven rebozado. El Tiki's es mi restaurante favorito de Kauai. Mi padre me traía aquí. A veces, después de la cena, se sentaba a la carcomida barra y yo me quedaba junto a la mesa, escuchando al club del ukelele y coloreando el mantel de papel. Ya no hay manteles, solo la madera desnuda, y los niños cuyos padres se sientan a la barra se dedican a rayar la mesa con el cuchillo para la carne.

El club del ukelele sigue reuniéndose aquí para ensayar. Han venido esta noche; viejos hawaianos que fuman cigarrillos y comen cacahuetes hervidos entre *jam sessions*. Es agradable venir con mis hijas a un lugar que conozco desde que era pequeño, pero también las he traído porque sé que Hugh viene todas las noches para tomarse unos cócteles antes de cenar. Quiero hacerle algunas preguntas sobre sus invitados. Lo localizo junto a la barra y les indico a las chicas y a Sid que se acomoden. Sid le acerca una silla a Scottie, que se sienta y lo mira mientras él la empuja suavemente hacia la mesa.

—¿Adónde vas? —pregunta Alex.

—A saludar al primo.

Alex vuelve la vista a la barra.

—¡El primo Hugh!

Escruto su rostro para comprobar si lo dice con sarcasmo.

—¿Estás de broma?

—No —dice—. Adoro al primo Hugh.

—¿Por qué?

Sid mira a la barra y achica los ojos.

—Es viejo y gracioso —dice Alex.

Contemplo la espalda de Hugh, con sus mechones blancos y rebeldes, su torso grueso y sus delgadas piernas. Durante buena parte de mi vida, me daba un poco de miedo por la robustez de su cuerpo y la agudeza de su mente, pero supongo que llega una edad a la que uno empieza a inspirar más ternura que miedo, y me sabe mal por él.

—Bien, de acuerdo. Pedidme algo. Lo que sea. Y sed amables con la camarera. Hablad en dialecto. No habléis, ya sabéis, en inglés.

Ellos asienten. Lo han entendido. Sid se endereza en su silla y estudia la carta como si fuera el hombre de la casa.

Me acerco a la barra.

—Eh, primo —digo, colocándome a su lado.

—¡Eh! —exclama y se pone de pie a medias antes de dejarse caer en el taburete.

Me siento y establezco contacto visual con el barman. Se queda donde está y mira deliberadamente hacia el otro extremo de la barra. Hugh lo llama y, con su voz ronca de fumador, pide para mí un «anticuado». Suena bien. Me da palmadas en la espalda, y el barman asiente con un gesto casi reverencial. Hugh echa una ojeada hacia atrás para ver con quién he venido.

—¿Esas de allí son...?

—Scottie y Alex —digo.

—Cómo han crecido —comenta antes de volverse de nuevo hacia la barra.

A veces me encanta que, en el fondo, a nadie le importen los demás. De no ser así, Hugh saludaría a las chicas, les haría preguntas sobre ellas y sobre mí, se acordaría de que mi esposa está en coma. Nada de esto ocurre, y doy gracias a Dios por ello.

—He visto que tienes invitados —digo.

—¿Qué?

—Las personas que se están quedando en la casita.

—Ah, ya, ya. Un hijo de puta muy decidido. Es, esto… primo de la hermana de Lou. No, calla. Lou tiene una hermana, y el marido de la hermana, el cuñado de Lou, es primo de la mujer de ese tipo.

—Ajá —digo, aunque no me he enterado muy bien.

—No, espera. ¿A qué casita te refieres? —Hugh está borracho. Tiene perlas de sudor por toda la frente. Las recuerdo de cuando era niño. Siempre que se emborrachaba, le salían esas perlas, y él intentaba adoptar una expresión muy seria para disimular la confusión que reinaba en su cabeza. Es la expresión que luce en este momento—. ¿Te refieres a la casita de la bahía o a la que está junto a King's Trail?

—A la de la bahía —respondo—. Hay un tipo con su esposa y dos niños. —La rafia me roza los muslos, y busco en ella trozos de pescado rancio.

—Ah, claro, claro. Un hijo de puta muy decidido. —Hugh se inclina ligeramente hacia mí y le habla a mi barbilla—. Ando en negocios con un tipo, y el otro tipo, el de la casita de la bahía, es amigo de ese tipo.

—Es un detalle de tu parte dejar que se alojen allí —señalo.

Hugh se encoge de hombros y de repente se agarra a su taburete, supongo que por miedo a caerse.

—Bueno, ¿y qué tal es? —pregunto.

—¿Quién?

—Da igual —digo.

—¡*Hana hou!* —les grita a los músicos, que acaban de terminar una canción.

Acometen un tema de ritmo rápido, y me fijo en los ancianos, que cantan con los pequeños instrumentos de madera muy pegados al pecho, rasgueando a toda velocidad. Uno se pone de pie y se lanza hacia delante mientras toca, como si sus dedos necesitaran el impulso de todo el cuerpo. Tienen las manos ennegrecidas y de aspecto cartilaginoso. Scottie sorbe una cañita sumergida en una bebida blanca de frutas.

El barman no deja de lanzarme miradas para cerciorarse de que no necesito nada, como si quisiera compensar el feo que me ha hecho antes. Asiento con la cabeza y él posa la vista en una pareja que acaba de entrar. El hombre lleva una camisa hawaiana, y la mujer un *lei* morado al cuello, el típico que los hoteles regalan a los huéspedes cuando llegan. Sid tiró el suyo por el balcón, y Scottie lo imitó. Alex rompió el suyo en pedacitos mientras veía la película. El mío está colgado en la lámpara de la mesita de noche. Da la impresión de que el hombre y la mujer quieren marcharse pero no se atreven, por no parecer groseros. Se quedan de pie cerca de la puerta, esperando a que les asignen mesa, hasta que el marido finalmente se dirige a la más próxima. Veo que su esposa le pide que regrese, pero, después de mirar en torno a sí, sigue sus pasos. El barman aparta la mirada de ellos. Se golpea la palma de la mano con el puño, al compás de la música.

—¿Qué tal es el tío que se aloja en la casita? —Tomo un largo sorbo de mi bebida.

—Tiene suerte —dice Hugh—. Es un mariconazo con suerte. Su hermana está casada con el tipo.

—¿Qué tipo? —Esta conversación resulta imposible. La tortura no surtiría ningún efecto en Hugh. No hablaría, porque no sería capaz.

—El tipo con el que ando en negocios.

—¿Quién es…?

—Don Holitzer.

—¿Don Holitzer? Joder, Hugh. En cierto modo yo también ando en negocios con él, ¿no te acuerdas?

—Es lo que he dicho.

El pánico se apodera de mi cuerpo. Me siento como si alguien me estuviese gastando una mala pasada.

—Es lo que he dicho —repite Hugh—. El amigo de Don se está quedando en la casita.

—Ya —digo. Es inútil insistir. Intento respirar hondo unas cuantas veces sin que se note que estoy respirando hondo. Un solo pensamiento me da vueltas en la cabeza: «Don es el cuñado de Brian. ¿Don es el cuñado de Brian?».

—Qué interesante —digo—. Debe de ser un chollo, tener un cuñado como Don. —Me siento como si hubiera tenido una revelación que todavía no sé en qué consiste. No acabo de comprender por qué es un chollo ni en qué modo su posición social podía beneficiar a Brian o a Joanie. Uno no se hace rico simplemente porque el marido de su hermana sea rico. Supongo que esto trae consigo ciertas ventajas, pero ¿son esas ventajas las que motivaban la determinación de Joanie? Yo solo veo los inconvenientes: los hijos de Brian jugarán con los de Don y compararán constantemente sus posesiones. «¿Por qué no tenemos nosotros un robot Xbox iPod? ¿Por qué no tenemos una cascada de piedra en la piscina? ¿Por qué no tenemos coches nuevos ni un equipo de asesores infantiles?» Sería infernal. ¿Es a eso a lo que aspiraba Joanie, a ofrecerle al cuñado de su amante otra oportunidad de negocio? ¿Pasaba de su propia familia hasta el punto de centrarse en su familia política en potencia? Dirijo la mirada hacia mis hijas, desesperado, como si temiera que las hubieran secuestrado. Al ver que tengo la cena allí esperándome, casi se me saltan las lágrimas. Han pedido por mí. Han intentado adivinar qué me gustaría. Se han acordado de mí.

—Es agente inmobiliario —dice Hugh.

No respondo. Hugh me mira como si yo hubiera hecho algo malo.

—Estupendo. Espero que su negocio sea muy boyante.

—Lo será. —Hugh alza su copa y contempla el líquido que contiene, intentando determinar algo, aunque no sé exactamente qué. Agita la copa y bebe un poco. Oigo el sonido del hielo al chocar contra su cara. Se enjuga con la manga.

—Si le vendemos las tierras a Don, y todo apunta a que eso es lo que va a pasar…, es lo que quieres, ¿no?…, entonces Don va a reurbanizar y a vender…

—Lo sé.

Venga, suéltalo.

Hugh hace un ademán con el que da por sobreentendido el resto de manejos.

—Además —dice—, va a dejar que su cuñado se encargue de todas las operaciones inmobiliarias.

La revelación que se supone que debo tener se produce y la asimilo como un alimento extraño. Ya lo pillo. Por fin lo pillo. Brian es, a grandes rasgos, un agente inmobiliario que va a gestionar unas ciento veinte mil hectáreas de terrenos comerciales e industriales, mis terrenos. Joanie no se divorciaría de mí para irse con un agente inmobiliario que vive en una casa normalita, pero sí para irse con un socio de Don Holitzer, que posiblemente se convertirá en el mayor terrateniente de Hawai. Se divorciaría de mí para irse con alguien a quien pudiera moldear a su gusto.

Hugh suelta un silbido como los que se oyen en los dibujos animados cuando un personaje se despeña.

Los hombres de los ukeleles interpretan un tema lento que suena como un himno, una oda a mi pérdida. En este instante me resulta difícil querer a mi esposa. Si ella estuviera totalmente sana y yo me hubiera enterado de esto, le desearía una desgracia como la que está sufriendo ahora, al menos momentáneamente. Pero podría desbaratar los planes de Brian. Podría elegir a otro comprador.

—Quedan otros postores —le digo a Hugh—. A lo mejor él no se lleva ni un centavo. —Todavía puedo ganar, Joanie. Me la imagino postrada en cama, inerte, con llagas en la piel a causa de su inmovilidad, y el maquillaje incrustado en los poros porque nadie le lava la cara. Nadie puede administrarle cuidados, porque ella lo ha prohibido expresamente. No, no puedo ganar. Nadie puede ganar. Ni siquiera Brian saldrá ganando, pues se quedará sin ella.

Apuro mi bebida, que me ha generado en el pecho un calor rabioso que se extiende por todo mi cuerpo.

—Se llevará el gato al agua —asegura Hugh—. Todos preferimos a Don. Tú también. —Deja el vaso en la barra con un golpe, me mira y sonríe. Hay un brillo de resolución en sus ojos acerados: advierto que no han envejecido como el resto de él. No son bonitos. Son jóvenes, de expresión astuta, y sé que me está diciendo lo que tengo que hacer. Me está diciendo que mis relaciones con la familia se verán dañadas si no hago lo que él quiere. Me acuerdo de Racer, que rompió su matrimonio para complacer a su familia, y sé que estoy atrapado.

—Nos vemos mañana —digo. Mañana es el día que me reuniré con mis primos. Mañana tendré que complacer a personas que apenas conozco, pero con las que tengo lazos y compromisos innegables e inexplicables.

—La próxima vez quédate más tiempo —dice Hugh. Es su despedida habitual.

Se baja de su taburete, le hace un gesto con la cabeza al barman y levanta la mano despidiéndose del restaurante, mientras se fija muy bien dónde pone los pies, como si pisara terreno peligroso—. ¡*Hana hou*! —les grita a los músicos antes de calarse su sombrero de vaquero y marcharse.

Me acerco a mi mesa, a la comida que me espera en el plato.

—Esto mola —dice Sid.

—Es total —coincide Scottie, apartando por un momento la boca de su cañita antes de seguir sorbiendo.

Si me fijase muy detenidamente en mis hijas lloraría, así que no las miro. Dirijo la vista a los ancianos y me pregunto si algún día seré viejo o si moriré antes de tiempo. Tomo un bocado de mi cena, pero me cuesta tragarlo; una mezcla de ansiedad y tristeza corre por mis venas como una droga, y noto la garganta inflamada.

Scottie juguetea con su comida en el plato.

—He pedido *mahimahi*, pero creo que esto no es más que pan frito —dice—. Se han olvidado del pescado.

—Son cosas que pasan —digo.

—Lo mío estaba de muerte —afirma Sid—. Cualquier cosa frita me encanta: queso, verduras, fruta…

El plato de Alex está vacío. Arrellanada en su silla, contempla tranquilamente a los músicos con una expresión amorosa. Me da toda la impresión de que no está pensando en nada ahora mismo, y me alegro por ella.

Los músicos atacan el último acorde de forma apoteósica, dando rienda suelta a las manos para que rasgueen sin parar, elevando las notas hasta el cielo. Algunos se ponen en pie de un salto y se inclinan hacia delante como si estuviesen llegando a la meta. Las chicas y Sid aplauden y lanzan gritos de entusiasmo. Scottie da patadas en el suelo. Yo agacho la cabeza y me meto comida en la boca, intentando aplacar la emoción que amenaza con derramarse. Miro a la pareja de turistas. Me concentro en ellos. La rafia de su mesa me tapa la mano del hombre, pero se nota que la tiene sobre el muslo de la mujer, que se ha quitado el *lei* y lo ha colgado del respaldo de una silla desocupada. Sobre la mesa hay botellas de cerveza y vasos de hielo con sombrillitas de papel. La mujer se ha puesto una en el cabello. Él intenta llevarle a la boca un poco de su postre —plátano frito con helado—, pero ella coge el tenedor y lo prueba por sí misma, antes de cortarse otro trozo.

Cuando las ovaciones de nuestra mesa se apagan, Alex me dedica algo parecido a una mirada de culpabilidad. La interpreto como una señal de que sabe que su alegría es impropia de ella, o que está fuera de lugar, pues no deberíamos ponernos alegres en estos momentos. Creo que todos sabemos que deberíamos volver a casa pronto, pero no tenemos ganas. Los músicos guardan sus instrumentos.

—Es muy temprano —comenta Alex—. Tengo la sensación de que ya son las diez.

—Eso es porque nos hemos pasado todo el día al sol —dice Scottie. Se vuelve hacia mí y yo asiento.

Pienso en el hijo de Brian. Lo he llevado a la playa desde el mar. Le he enseñado algo que debería haber aprendido de su padre: que si te atrapa la corriente tienes que nadar de través hacia la orilla, nunca directamente hacia delante. Tuvo que agarrarse de mi cuello mientras yo lo remolcaba hacia la playa.

—¿Te pareces a tu padre? —le pregunté.

—No lo sé —dijo, haciéndome cosquillas en la oreja con el aliento.

—Esta noche, tal vez cuando te acuestes, dile a tu madre que lo siento.

—¿Por qué?

No respondí. No pude continuar con aquella conversación. La vi en la orilla, con el agua corriéndole sobre los pies mientras esperaba a que yo le llevase a su hijo. Cuando llegamos a la playa, él se bajó de mi espalda y yo le expliqué cómo nadar en la corriente. No fue capaz de mirarme a los ojos. Su madre corrió hacia él, y cuando extendió las manos para estrecharlo contra sí, con el rostro crispado de angustia, él eludió su abrazo y se sentó. Recuerdo que ella me dio las gracias y, acto seguido, se llevó a toda prisa a los chicos de regreso a la casita. Cuando me dejé caer en el suelo para descansar, vi a Scottie trazar un corazón en la arena con un palo. AMO A… Una ola barrió la orilla y borró su declaración.

—¿A quién amas? —le pregunto ahora—. En la playa… estabas dibujando en la arena.

—A nadie —dice.

Alex emite un siseo que imita el sonido de alguien al orinar.

—Al chico jirafa —dice.

—¡Cállate!

Todos nos reímos, y Scottie adopta un aire triunfal, tal vez orgullosa de su artimaña para acercarse al chico, o quizá simplemente orgullosa de estar enamorada. Porque estar enamorado te hace sentir superior. Hasta que descubres que ese amor no es correspondido.

—De todos modos, no se trata de él —añade Scottie. Desliza el dedo sobre la mesa, tal vez escribiendo un nombre. El de su amor verdadero.

—Yo a quien quiero… es a ti —suelto de repente. Mis hijas me miran, no muy seguras de a quién va dirigida la frase. Me parece que prefieren no saberlo, pues ninguna de las dos me ha oído decir eso antes en serio. La mayoría de los músicos se ha marchado del restaurante, pero se han quedado unos pocos, que se han puesto a tocar de nuevo. Todos nos mostramos aliviados. Mi súbita manifestación de amor puede pasar a un segundo plano.

—Por el amor que os tiene vuestro padre —dice Sid, alzando su vaso de agua.

Alex me mira a mí y luego a Sid. Me pregunto si ella sabe que el padre de Sid ha muerto. Le toca la otra mano, la que no sujeta su vaso alzado. Yo levanto mi copa y, con un golpe suave pero firme, la choco con su vaso. Los dos bajamos nuestras bebidas. La pareja de turistas se pone de pie, y la mujer coge su bolso y el *lei* de orquídeas. El hombre cuenta billetes, mira en torno a sí, con la cuenta y el dinero en la mano, y lo deja todo encima de la mesa. La mujer nos devuelve la mirada, me despido de ella con un gesto, y ella, tras corresponder a mi saludo, se encamina hacia la puerta. El hombre baja la vista hacia la mesa, retira unos billetes del montoncito y se los guarda en el bolsillo antes de seguir a su esposa.

Observo a los músicos. Dos de ellos están tocando guitarras en vez de ukeleles. El que sigue tañendo este instrumento canta «Hi'i-lawe», de Gabby Pahinui, su voz gutural. Los otros dos tocan guitarras al estilo *slack key*, con algunas cuerdas aflojadas para darles una afinación abierta, y los sonidos me invaden como el alcohol; la fuerza, la tristeza y la valentía se instalan en mi interior. *Slack key. Ki ho'alu.* Significa «afloja la clavija». Es lo que me gustaría hacer. Ponerme cómodo y relajarme, aflojar la clavija. Ojalá pudiéramos quedarnos aquí y no regresar jamás a casa. Pero no podemos. Tenemos cosas de las que ocuparnos.

Le pedí al hijo mayor que le dijera a su madre que lo sentía. Si me preguntase ahora por qué, le respondería: «¿Por qué? Por lo que estoy a punto de hacer».

32

Caminamos por el paseo que bordea la bahía. Pese a que Alex me ha recordado que aún es temprano, me sorprende que todavía haya luz, aunque sea tenue. El sol de color naranja rojizo se está zambullendo en el mar. Scottie va delante de nosotros, arrancando flores de los jardines de la gente. Todos creen que estamos volviendo al hotel. Todos creen que hemos fracasado.

—Asegúrate de que no coja nada de los árboles —le indico a Sid—. Y dile que tome el siguiente camino que baje a la playa.

Me mira a mí y después a Alex, como si estuviéramos a punto de conspirar contra él.

—Claro. —Se aleja trotando para alcanzar a Scottie, y le alborota el pelo. Ella le da un puñetazo en el hombro y luego lanza su ramo hacia arriba. Sid intenta coger en el aire todas las flores posibles.

Veo a Alex observándolo. Su expresión de desconcierto la hace parecer mucho mayor.

—Esa mujer de antes —le digo—, la de los dos niños. Era su esposa.

—Te estás quedando conmigo. —Se para en seco y me mira—. ¿La tía buenorra del sombrero?

—Sí —digo—. Esa. ¿«Buenorra»?

—Dícese de una mujer atractiva —explica—. Que está buena. ¿Cómo sabes que es su esposa?

—Esta mañana los he visto a los dos salir de la casita con sus hijos. —Reanudo la marcha.

—¿Por qué no has dicho nada?

No respondo.

—No puedo creer que tenga una familia. Y ahora ¿qué vas a hacer?

Oigo que se acerca un coche por detrás. Los dos nos salimos de la calzada, pero Alex por un lado y yo por el otro. Cuando el coche pasa, ella regresa junto a mí.

—Voy a decírselo —anuncio.

—¿Cuándo?

—Ahora mismo. Por eso estamos aquí. Para decírselo, ¿no?

—Pero ¿y qué pasa con ella?

Pienso en su delicado sombrero estropeado por el agua. Pienso en sus piernas frías.

—¿Vas a presentarte sin más? —pregunta Alex—. ¿En su casa? ¿Vas a llamar a su puerta?

—Sí —digo—. Eso es lo que voy a hacer.

Alex tiene la boca abierta y un destello de emoción en los ojos.

—No pongas esa cara —le digo—. No te ilusiones tanto. No se trata de eso. La situación no tiene nada de divertida.

—No he dicho que fuera divertida. ¿A qué viene eso?

—Lo he visto —señalo— en tu mirada.

Ella no está al corriente de mis últimas averiguaciones, del hecho de que este tipo iba a apoderarse de algo más que de mi esposa. Puede llegar a apoderarse de todo nuestro pasado.

—Puede coger el último vuelo de vuelta, con nosotros —digo—. Para despedirse. ¿Estás preparada para eso?

—No —contesta, dirigiendo la vista al frente, hacia su hermana, que va entrechocando con Sid. Scottie le tiende una rama de buganvilla, y cuando él está a punto de cogerla, ella la aparta de golpe.

—¿Tú estás preparado? —pregunta Alex.

—No del todo —admito. Nunca lo estaré. Al mismo tiempo, siempre hay que llegar al final. Uno no puede ir volando hacia un destino y quedarse flotando en el aire. Quiero llegar al final de esto, y me siento fatal por ello. El verdadero final es la muerte de Joanie.

—¿Me acompañas? —pregunto.

—¿Yo?

—Sí, tú, Alex. Tú.

—¿Mientras hablas con él?

—No. Tú puedes hablar con ella mientras yo hablo con él.

—¿Y qué hacemos con la niña de las flores? —Señala a Scottie, que le está poniendo a Sid una flor detrás de la oreja.

—Que venga también. Puedes vigilarla por mí. Los tres podéis distraeros entre vosotros. Yo hablaré con él. Simplemente le explicaré lo que está pasando. Solo quiero… poner fin al asunto.

—¿Ahora mismo?

—Sí —digo—. Ya lo sabes.

Scottie y Sid doblan por el camino a la playa y desaparecen. Alex ha aflojado el paso. Me pregunto si todo esto puede salir mal. No hago bien en implicar tanto a Alex. Debería tener a otras personas en mi vida con las que contar.

—¿Qué le ha pasado al padre de Sid? —pregunto.

Alex me echa una mirada breve.

—Sé que ha muerto —digo.

—Ah —dice—. Sí.

Me pregunto si por eso le cae bien Sid. Porque tiene un padre que se ha muerto.

—Un accidente de tráfico —aclara—. Iba borracho. El otro conductor también. Los dos iban borrachos, pero el otro no murió. Era un chaval.

Quiero preguntarle si Sid lo lleva bien, si está aquí por eso, si están compartiendo sus tragedias respectivas, o si tal vez ella está intentando averiguar qué se siente al perder a uno de los padres. Supongo que ya conozco las respuestas a mis preguntas.

—¿Está ayudando esto a Sid en algo? —pregunto—. Me refiero a estar aquí.

—No lo sé —responde Alex.

—¿Te está ayudando a ti? ¿Su presencia en este sitio te ayuda en algo?

—Sí —dice.

Aguardo a que continúe, pero se queda callada. Descendemos por el camino que va a la playa, y cuando llegamos, ella se quita los zapatos. Caminamos por la arena seca y mullida. Me palpo la cara. Hace unos cuatro días que no me afeito. Estoy convencido de que Brian estará duchado e impecable, al igual que su mujer y sus hijos, y no me parece bien meterme en esto teniendo peor pinta que él. Avisto a Scottie y a Sid más adelante y les grito que se detengan. Cuando les damos alcance, les digo que vamos a visitar a la mujer del sombrero y a sus hijos.

—¿Te refieres al subnormal que por poco se ahoga? —inquiere Scottie. La bebida blanca de frutas se le ha secado en las comisuras de la boca, lo que le confiere un aspecto rabioso.

—Sí —digo—. Ese mismo. —Me doy cuenta de que esos chicos podrían haberse convertido en los hermanos de mis hijas, y casi deseo que hubiese ocurrido así; habría sido la venganza perfecta, enviarle a mis hijas furiosas a Brian. El pobre habría estado totalmente perdido.

Alex se adelanta, roza a Sid cuando pasa a su lado y él la sigue. Sé que ella se lo está contando todo. Sid vuelve la mirada hacia mí y luego posa la mano sobre la cabeza de Alex, un gesto que parece íntimo y frío a la vez.

Tomo a Scottie de la mano para que no intente reunirse con ellos.

—¿Te ha invitado ella? —pregunta.

—No, solo se me ha ocurrido que podríamos pasarnos a saludar. Conozco a su marido. Tengo que hablar con él.

Alex y Sid dejan de caminar para esperarnos.

—Buen trabajo —dice Sid.

—Ya —digo.

La marea ha bajado y la playa se ha ensanchado. Una línea irregular que atraviesa la arena marca hasta dónde llegaba el agua hace unas horas. La gente ha venido a contemplar la puesta de sol, que ya ha concluido, pero siguen sentados en sillas de playa bebiendo vino y cerveza. Tienen los hombros echados hacia atrás, como si todavía estuvieran tomando el sol. Conforme nos aproximamos, me siento como si me dirigiera hacia el patíbulo.

Miro a Sid, tal vez buscando su apoyo, pero está ensimismado. Cada vez que se queda callado, me imagino que está pensando en su padre, y me asusta tenerlo cerca. Una parte de mí está casi enfadada. Este es mi momento. Tengo muchos problemas que afrontar, y me traen sin cuidado los suyos. También me traen sin cuidado las pelis porno, los erizos de mar y el amor adolescente, pero aquí estamos.

El embarcadero está más adelante, y unos niños bajan corriendo hacia el agua y luego suben corriendo la pendiente. Scottie se une a ellos. Me pregunto a partir de qué edad uno ya no puede unirse sin más a los otros chicos. Cuando nos acercamos, veo que dos de los niños son los hijos de Brian. Miro hacia la zona más alta de la playa para ver si sus padres están allí en tumbonas, empapándose de la noche, pero no están.

La luna brilla con fuerza tras unas nubes negras, y el resplandor intenso tras los mechones oscuros me recuerda una radiografía. Oigo que el agua se desliza sobre la arena; suena como si alguien agitara un recipiente lleno de vidrios rotos. Los niños que se divierten en la playa corren hacia mí, intentando coger una pelota. El más pequeño golpea la arena con el puño.

—¿Están tus padres allí arriba? —le pregunto. Está sorprendentemente limpio para ser un crío de los que juegan por aquí. Scottie tiene una mugre negruzca bajo las uñas que siempre me olvido de limpiarle.

—Sí —responde.

—¿Están viendo pelis porno? —pregunta Sid, que aparece detrás de nosotros.

El muchacho asiente con solemnidad, y su gesto denota que no tiene la menor idea de lo que está afirmando.

—Scottie, ¿quieres quedarte aquí abajo? —grito.

—Naturaca —grita ella.

—Naturalmente —la corrijo.

Cuatro chicos se le acercan a toda prisa, mirando la pelota que surca el cielo detrás de ellos. Estoy a punto de advertirle que tenga cuidado, pero ella se abre paso corriendo entre el grupo de niños y salta para atrapar la pelota, que cae en algún sitio que no alcanzo a ver.

—Sid, ¿puedes vigilarla un poco?

Sid alza la vista hacia la casa. Aún lleva la flor sujeta tras la oreja.

—Claro —dice—. Me quedo por aquí.

Scottie sube a la parte de la playa en la que están reunidos los chicos que tienen un par de años más. El hermano mayor les está explicando las reglas de algún tipo de juego.

—Espera —le dice a Scottie, extendiendo el brazo hacia delante para cerrarle el paso—. ¿Qué edad tienes?

—Diez y medio —la oigo decir.

—Vale, te dejamos participar a ti, ¡pero a nadie más! —les advierte a los demás.

Sid los pasa de largo y enciende un cigarrillo. Todos los chicos lo observan fascinados. Debería pedirle que lo apague, pero me da igual.

El chico mayor continúa con su discurso. Es como si los estuviese arengando antes de una batalla.

—Agarraos fuerte —le oigo decir—. No respondo de lo que os pase.

Madre mía.

—Eh, muchacho —lo llamo mientras Alex y yo pasamos junto a ellos—. ¿Estás bien? Hoy has estado a punto de ahogarte.

Mira nerviosamente a sus discípulos.

—Estoy bien —contesta. Y antes de que yo pueda añadir algo, dice en voz más baja—: Empecemos.

Alex y yo atajamos a través del seto y avanzamos hacia la casa.

33

Caminamos despacio. La casita se eleva frente a nosotros.

—¿Qué digo? —pregunto, y me arrepiento de inmediato. Necesito demostrar que lo tengo todo bajo control. Necesito que ella crea que sé lo que voy a decir.

—Deberías decirle que mamá se va a morir pronto —dice ella con rotundidad—. Busca la manera de quedarte a solas con él. Estoy seguro de que no será difícil; él querrá apartarte de ella en cuanto sepa quién eres.

—Siento haberte metido en esto, haberte revelado este secreto de tu madre. Me he portado de forma muy egoísta.

—Yo ya lo sabía todo sobre ella —replica—. No te preocupes.

No lo sabe todo. No sabe lo de la campaña de su madre a favor de Brian, lo de sus planes para irse a vivir con él. No sabe lo del miedo de Joanie, ni lo de su profundo amor por ella. No lo sabe todo, y yo tampoco.

Dos cabezas asoman a la ventana de la cocina, y al punto la señora Speer sale por la puerta mosquitera con una bandeja de hamburguesas.

Alex me da un codazo suave. Temo asustarla. Resulta de lo más extraño que estemos aquí.

—Hola —saludo en voz muy alta. Alex agita la mano.

La puerta mosquitera se cierra con un golpe, y la señora

Speer dirige la vista hacia el jardín. No alcanzo a distinguir si se alegra de vernos.

—¡Hola! —exclama—. ¿Qué tal? Esperaba volver a veros. Nos hemos marchado a toda prisa y… Bueno, aquí estáis.

Nos detenemos al pie de la escalera del porche.

—Soy un idiota —digo—. Sí que conozco a tu marido. Acabo de atar cabos. Íbamos camino al hotel desde el Tiki's cuando he visto a tus hijos en la playa, y he pensado en pasar un momento para decir «Hola, muy buenas». A Brian también.

Alex me mira y moviendo los labios, sin voz, dice: «¿"Hola, muy buenas"?»

—Pues adelante —nos invita la señora Speer—. Justamente le estaba contando a mi marido lo de nuestro encuentro, pero me he dado cuenta de que no nos habíamos dicho nuestros nombres, después de todo lo ocurrido. Me llamo Julie.

—Matt King —me presento—. Esta es Alex.

Subimos los escalones. Julie es un nombre demasiado cuco para ella. Lo repito para mis adentros unas cuantas veces.

—Me ha parecido que te equivocabas cuando decías que no conocías a Brian. Ya decía yo que vuestros caminos tenían que haberse cruzado en algún momento. Ha estado tan ocupado…

—Sí —digo—, muy ocupado. No sé en qué estaba yo pensando. Tenía la mente en otro sitio.

—Durante una temporada, prácticamente no lo veíamos por casa. Pero supongo que eso está a punto de acabarse. ¿Os apetece una hamburguesa? —pregunta.

—Venimos de cenar —digo—, pero gracias.

—Ah, es verdad. Lo has dicho antes.

Me apoyo en la barandilla del porche, y Alex se queda de pie al borde de los escalones, dejando caer los talones. Luego se pone de puntillas antes de bajar de nuevo.

—¿Estás haciendo ejercicios? —pregunto.

—No —responde—. Perdón. —Cruza el porche y se sienta en una silla extensible. Julie tiene una espumadera en la mano y la coloca en equilibrio sobre la barandilla. Oigo el rumor del mar y los gritos de los niños.

—Así que mañana es el día, ¿verdad? —comenta—. Mañana lo sabrás. —Baja la vista—. Lo siento. No debería haber dicho eso. Hay un conflicto de intereses. Ha sido una estupidez de mi parte.

—No pasa nada —le aseguro.

Se ríe, se reclina sobre la barandilla, se pone las manos sobre los muslos y levanta los dedos para examinarse las uñas. Lleva unos vaqueros y una camiseta blanca, tiene el cabello mojado y recogido en un moño en la coronilla.

—Mañana todo habrá acabado —agrego.

—Sí —dice—. Gracias a Dios.

Nos sumimos en lo que parece un silencio absoluto. Se oye el estallido de las olas en la playa, seguido por un sonido de succión. Veo a los niños y el brillo anaranjado del cigarrillo de Sid, que desaparece enseguida.

—¿Queréis algo de beber? —pregunta Julie.

—Bueno —decimos Alex y yo a la vez.

Se aparta de la barandilla empujándose con las manos, y la espumadera cae al suelo. Julie baja la mirada hacia el césped oscuro. Hago ademán de ir a recogerla, pero ella me indica con un gesto que me quede donde estoy, y baja los escalones. Oigo que se abre la puerta y vislumbro la silueta de Brian tras la mosquitera. Entonces él sale de la casa y nos mira a mi hija y a mí.

—Hola —dice, tendiendo la mano—. Soy Brian.

Julie sube la escalera con briznas de hierba mojada pegadas a sus deportivas blancas.

—Brian. —Le doy un apretón de manos enérgico y, cuando nos soltamos, él sacude ligeramente la muñeca—. Nos hemos visto antes —digo, posando los ojos en Julie—. Me llamo Matt King. Mi esposa es Joanie; te conocimos en una reunión de accionistas, si no me equivoco. Esta es nuestra hija Alex.

La sonrisa de Brian se esfuma. Le echa un vistazo breve a

Alex y la vuelve a mirar, tal vez al percatarse de lo mucho que se parece a su amante.

—Matt es la persona de la que te estaba hablando. Ha salvado a Christopher.

Brian clava en mí la vista.

—Iba a buscar algo de beber —dice Julie— y a lavar esto. —Sujeta en alto la espumadera de metal. Veo un poco de óxido en la cara de abajo.

—Bien, bien —dice Brian y le da unas palmaditas a Julie en la espalda—. Bien. —Le abre la puerta para que entre. Se nota que no es un gesto habitual en él, pues Julie tarda un momento en entender qué está haciendo.

—¿Te echo una mano? —se ofrece Alex.

La puerta mosquitera se cierra.

—No, no —responde ella desde dentro.

Cuando sé que Julie no puede oírme, digo:

—Se está muriendo. Quiero darte la oportunidad de despedirte.

Se le tensa el cuerpo. El paquete de panecillos integrales que lleva en la mano le da un aire ridículo.

—Solo he venido a decírtelo —prosigo—. He venido expresamente para eso.

—Mi padre no quiere perjudicar a tu familia —interviene Alex—. Solo estamos haciendo lo que creemos que ella querría, y es evidente que te quería a ti. —Le escruta el rostro y luego se fija en los panecillos que sigue sujetando—. Dios sabe por qué —añade antes de volverse hacia mí—. ¿Por qué iba a quererlo a él?

—Ya basta, Alex —digo. Y acto seguido, agrego—: No lo sé.

—No puedo —dice Brian, mirando hacia la puerta—. Lo lamento. Nunca imaginé que las cosas acabarían así.

—Lo lamentas —dice Alex—. Eso lo arregla todo. ¿Lamentas que mi madre vaya a morirse, lamentas habértela tirado o lamentas haber jodido a mi padre?

—No —responde. Dirige la vista al vacío que tiene ante sí—. Sí, lamento todo eso.

—Hay un vuelo a las nueve y cuarto —digo—. Estoy seguro de que puedes inventar una buena excusa para marcharte.

—Seguro que eso se te da bien —tercia Alex.

—Alex —la reconvengo, aunque él no hace el menor caso de sus comentarios. Está absorto en sus pensamientos—. Puedes ir al hospital esta noche o mañana por la mañana —continúo—. Estoy seguro de que quieres verla y decirle lo que tengas que decirle. Te dejaré a solas con ella.

—¿Qué? —dice.

—Podrás estar a solas con ella.

—De acuerdo —dice—. Oye… —Se vuelve hacia la puerta mosquitera, luego hacia mí y, en voz baja, añade—: No podéis estar aquí. Lo entiendes, ¿verdad?

Julie aparece con una copa de vino tinto y un refresco para Alex.

—Espero que esto os parezca bien —dice. Su sonrisa se desvanece un poco cuando repara en nuestras caras.

—Perfecto —digo, y tomo un sorbo de vino.

—Brian, nada de hablar de negocios. Yo ya he cometido ese error. —Mira a Alex y le guiña un ojo.

—¿Cómo? —dice Brian—. ¿De qué estás hablando, Julie?

—De nada —contesta ella—. Como os he visto a todos tan serios, he pensado que estabais hablando… de la venta.

—No —replica Alex—. Estábamos hablando del amor.

—Vaya —dice Julie. Su hombro topa con el de Brian, que baja la vista hacia ella, aún ceñudo y con una profunda arruga en mitad de la frente—. ¿Qué pasa con el amor? —pregunta.

Nadie responde ni mueve un músculo. Brian me mira por encima de la cabeza de Julie y frunce el entrecejo. Me dan ganas de decirle que a mí no me frunce el entrecejo nadie, y menos todavía él.

—¿Estás enamorada? —inquiere Julie—. ¿Del chico con el que estabas en la plataforma?

Todos estamos de pie menos Alex.

—No —dice—. Es un amigo. Tenemos algunas cosas en común, pero nada más.

—A veces así es como se empieza —declara Julie. Rodea la cintura de su marido con el brazo y aprieta con la mano, la misma señal que me hacía Joanie para alentarme a participar en la conversación.

—No —dice Alex—. Tenemos una amistad y no nos hace falta ir más allá.

—Pero si he visto cómo lo besabas —alego antes de caer en la cuenta de que no debería contribuir a alargar esta conversación. No es más que una treta iniciada por mi hija y a la que uno de nosotros tiene que poner fin. Pero no he podido evitarlo. Quiero saber.

—Oh, por favor —dice—. Somos amigos, pero claro que va a intentar echarme un polvo. Todos los tíos quieren echar un polvo. —Le echa una mirada a Brian.

—La que nos espera, ¿no? —comenta Julie, alzando la vista hacia su marido.

—¿Qué?

—Con los chicos. Nuestros chicos. A propósito, deberíamos ir a buscarlos. Ya va siendo hora de cenar.

—Déjalos tranquilos —dice Brian—. Están jugando. —Se aparta de ella. El brazo de Julie queda colgando a su costado. Brian deposita los panecillos sobre la mesa, junto a un cuenco lleno de vidrios redondeados por el mar.

—¡No! —oigo gritar a un niño—. ¡Echaos para atrás! ¡Para atrás!

Todos nos volvemos hacia el mar.

Alex me dirige una mirada apremiante y yo se la devuelvo, como diciendo «¿Qué quieres que haga?».

—Me encanta esta vieja casa —dice Alex, mirándome de nuevo, incitándome a hacer algo.

—Sí —digo—. Es una casa estupenda. —Contemplo por las ventanas la extensión del salón—. Hacía tiempo que no venía. Mi tía abuela vivía aquí, ¿lo sabíais?

En este momento, es posible que Brian sea el hombre más enfadado del mundo. Yo podría haberlo telefoneado. Podría haber hecho esto de otra manera, pero quería ver su reacción.

—Me pregunto si ha cambiado mucho por dentro —prosigo—, si han pulido un poco esa madera tan basta. De niños pasábamos aquí un par de semanas en verano, y el primo Hugh siempre se clavaba astillas por tocar las paredes.

—Si quieres, puedo enseñártela —dice Julie.

—O Brian —se inmiscuye Alex—, tú podrías enseñarle la casa a mi padre mientras Julie y yo hablamos del amor. —Las dos mujeres se sonríen.

—Eh, eso sería genial —digo.

—Claro —dice Brian—. Pero no es que yo viva aquí. Como mucho, puedo… —Su mujer debe de haberle lanzado una mirada, porque se interrumpe. Me abre la puerta y yo entro. Alex me mira y sacude la cabeza. No sé qué intenta decirme con eso, y el hecho de no saberlo me acelera el pulso. Contemplo la espalda de Brian como si llevara la respuesta prendida a su camiseta azul marino.

—Hela aquí —dice, señalando con un gesto amplio del brazo la sala diáfana y cálida. Han empapelado las paredes. Las vigas del techo parecen más ligeras de lo que yo recordaba.

Me dirijo al fondo de la habitación y me siento en la mecedora de koa. Ninguno de los muebles de esta casa es confortable. Todos pertenecían a los misioneros, y no hay una sola de nuestras casas para invitados que no parezca un almacén de sofás y divanes antiguos, costureros, colchas hawaianas y mosquiteras. La casa que está al otro lado de la calle, junto a la iglesia, sigue teniendo la misma cocina, puertas de dos paneles al estilo holandés, una mantequera, un sacabotas y lámparas de aceite de ballena. Los techos son bajos, la escalera, estrecha y poco segura, y el tejado parece el sombrero de un colono.

Brian está con los brazos en jarras. Me divierte que haya extendido el brazo para mostrarme la habitación. Me pregunto si es un tipo divertido.

—En fin, Brian. Como te decía, si quieres hablar con ella a solas, lo comprendo. No puedo hacer nada respecto a lo demás. Así que aquí estoy, para decirte que estoy enterado de lo vuestro, que sé que ella te quería y que ibais a… —Agito la mano en el aire para dar por sobreentendido lo que fuera que pensaran hacer después de que ella nos abandonara—. Te invito a despedirte de ella. El médico desconectó la respiración asistida ayer. Le queda una semana, tal vez un poco más.

Me mira como si le hubiese tendido una trampa, como si de verdad se hubiera creído que yo quería ver el interior de esta casa.

—¿Cómo os conocisteis? —pregunto—. Tengo curiosidad.

—No puedo seguir con esto —murmura.

—Créeme —digo—. Yo tampoco.

—¿Has venido hasta aquí por mí?

—Sí, he venido a buscarte. He avisado a todas las personas que le importaban, y faltabas tú. —Insisto—: No puedo preguntarle a ella todos los detalles, así que tengo que preguntártelos a ti. Quiero saberlo. ¿Cómo os conocisteis?

—Creía que habías dicho que solo habías venido para avisarme. Que eso era todo lo que querías.

—He cambiado de idea —digo—. ¿Cómo os conocisteis?

—No me equivocaba. El tipo va impecable. Lleva el cabello peinado hacia atrás, con abundante gomina en la parte de arriba, y ahora me alegro de no ir bien afeitado. Me alegro de tener sal en la piel y alcohol fuerte en el aliento. Ojalá tuviera uno de los cigarrillos de Sid. Eso me daría un aspecto aún más molón.

—En una fiesta —dice. Tras soltar estas palabras, se sienta

en el diván, a mi izquierda. Me dan ganas de decirle que se levante del diván. Es mi diván.

—¿Qué fiesta?

—Una fiesta como tantas otras. Una fiesta de la Super Bowl.

Sé exactamente a qué fiesta se refiere. La que se organizó el año pasado con motivo de la Super Bowl. Nueva Inglaterra contra Carolina. Pero para mí era el Estado contra Doreen Wellington. Tenía un juicio al día siguiente. Joanie llegó a casa a las seis de la tarde. Estaba de un humor excelente, pero para el final de la cena se había enfadado conmigo y se había impacientado con Scottie. «¿Tenemos que cenar fajitas todos los domingos? Hombre, ya está bien.»

Le pregunté por la fiesta, pensando que a lo mejor había pasado algo allí que la había molestado.

«Es el mejor día que he tenido en mucho tiempo —respondió ella—. Lo he pasado fenomenal.» Tenía una expresión triste.

¿Por qué me acuerdo de todo eso, de la cara triste, de las fajitas?

—La fiesta en casa de los Mitchell —digo.

Brian asiente, mirándome como si fuera un incordio.

—Sí —dice—. Esa misma.

Echo la silla hacia atrás e intento orientarla hacia él. Coloco mi copa de vino sobre uno de los brazos, algo que se supone que no se debe hacer.

—¿Te hace sentir mejor? —pregunta—. ¿El saber eso?

—Oye —salto—, que te estoy haciendo un favor. —Tomo un sorbo de vino—. Mejora esa actitud. —Él bebe a su vez un poco de su vino—. ¿No tendrás una cerveza? —pregunto—. No puedo beberme esto.

—Yo tampoco. —Se levanta para ir a buscar otra cosa.

Me balanceo en la silla. Tengo al tío metido en un puño. Cierro los ojos por un momento, sintiéndome a gusto incluso en esta silla dura y resbaladiza. Hace calor, pero no un calor bochornoso o húmedo, y en esta casa siento que me amparan mi tía abuela Lucy, los abuelos y los padres de Hugh, personas que me querían, aunque ahora están muertas. Brian reaparece con una cerveza, y cuando me la pasa, nos miramos y por unos instantes no es más que un tío dándome una birra, y tal vez a sus ojos yo no sea más que un tío que se va a tomar una birra. Tenía pensado entregarle mi copa de vino, pero, en cambio, la dejo en el suelo.

—¿Y qué pasó luego? —pregunto—. ¿Animabais al mismo equipo? ¿Te atrajo su aspecto? ¿Te sorprendió que una chica que estaba en la onda fuese capaz de ver el fútbol americano y tener idea de lo que decía?

—Veo que seguimos con el tema —dice.

—Algunas mujeres se ponen ropa sexy o implantes en las tetas. Joanie veía el fútbol americano y participaba en carreras de lanchas. Era su forma de gustar a los hombres. Asombroso, ¿verdad?

Brian baja la vista hacia su cerveza.

—¿Cómo conseguiste armarte de valor para invitarla a salir?

Sacude la cabeza.

—No, en serio —insisto—. Tengo mucha curiosidad por saber qué impulsa a alguien a cruzar esa línea.

No contesta y sé que nunca lo hará. Mira la ventana que está al fondo del salón. Cuando sigo la dirección de su mirada, vislumbro a su esposa, que tiene una expresión de incredulidad y de emoción. Entonces oigo reír a mi hija. Julie toma un trago de vino. Ver a Julie hablando con mi hija me entristece. Aunque Alex parece estar divirtiéndose de verdad ahí fuera, está engañando a Julie. Todos la estamos engañando.

—He oído lo de tu nueva oportunidad de negocio —comento sin apartar la vista de la ventana—. Joanie se esforzó mucho por cantarme las excelencias de Don. Menudo plan teníais montado.

—No es lo que piensas —afirma.

—¿Qué es lo que pienso? ¿Cómo sabes qué pienso?

—Piensas que soy un desalmado —dice—, que estaba tramando algo. Creo que eso es lo que piensas. Lo mío con Joanie… sucedió sin más.

—Nada sucede sin más —replico.

—Te aseguro que sí —dice.

—Así que ¿decidiste cometer el adulterio cuando descubriste su relación conmigo, o ya estabais juntos? ¿Le pediste que influyera en mi decisión? Porque te juro que estaba encantada con la oferta de Holitzer. Esas cosas no pasan sin más.

Se queda callado. Mira de nuevo la ventana, haciendo caso omiso de mi expresión inquisitiva. Bebo un largo sorbo de cerveza. Veo a Julie abrir la barbacoa y apretar las hamburguesas con la espumadera. Se me ocurre que ella debe de haber encendido la barbacoa, lo que me deja atónito en cierto modo. Ya no me parece tan delicada, tan tontita.

—Oye —digo—, me alegro de que estuviera enamorada, supongo. Me alegro de que la hicieras feliz. Debe de ser muy duro para ti, enterarte de esta manera.

Sigue con la mirada fija en el exterior. Alex y Julie están de pie, dándonos la espalda, contemplando la bahía. Me doy cuenta de la táctica que está utilizando: no responde, lo que me empuja a hablar sin parar, a dar marcha atrás y a perdonarlo sin que él tenga que mover un dedo.

—¿Ella pensaba dejarme? —pregunto.

Aunque no espero que me cuente la verdad, ni siquiera que me conteste, él dice:

—Estaba dispuesta a hacerlo, pero no podía ser.

—¿Por qué? ¿Por Scottie, o por qué cosa? ¿Tenías miedo de decírselo a Julie?

—No —dice—. Yo no quería dejar a Julie porque quiero a Julie. —Se inclina ligeramente hacia delante, y una nueva expresión asoma a su rostro—. Por favor, no se lo digas —me ruega—. Por favor. No sé por qué lo hice.

He aquí la angustia que he venido a presenciar, aunque no

tiene que ver directamente con mi esposa o mis averiguaciones. De pronto me viene a la cabeza una idea que no había contemplado antes.

—¿Te quería ella? —pregunto.

Asiente y se lleva su cerveza a la boca. Le ha quedado un círculo de humedad en la pernera.

—¿La querías tú? —pregunto.

Bebe durante un buen rato antes de bajar la cerveza y colocar la base de la botella justo encima del halo de agua.

—No la querías. —Siento la necesidad de decirlo otra vez—. No la querías. —Oigo las olas que se estrellan contra la playa, y una brisa impregnada de sal y algas penetra en la habitación.

—Simplemente la utilizaste —digo— para llegar hasta mí.

Exhala un suspiro.

—No. No tenía intención de llegar hasta ti. Fue una aventura. Una fuerte atracción. Sexo. —Me escudriña el rostro para comprobar si me enfado—. Fue ella quien sugirió todo lo demás, y yo me dejé llevar.

Encorva la espalda, y es como si estuviéramos jugando a adivinar palabras por medio de la mímica y él por fin hubiera realizado una actuación que me permite dar con la respuesta correcta.

—Ibas a desembarazarte de ella después de la venta —digo—. Supongo que las cosas te han salido a pedir de boca. Ella no está en condiciones de delatarte, y tú te ahorras el mal trago de tener que romper con ella.

—¡Ni siquiera pensaba usarla como contacto! —alega, poniéndose de pie—. Estaba totalmente entregada. Nunca le pedí que me ayudara. Nunca le pedí nada. Camina hasta el extremo del diván y luego hacia el otro lado, mirando al techo.

Me imagino perfectamente a Joanie en esta situación. Se embarca en proyectos que no le corresponden. Moldea todo aquello que cae en sus manos. Pienso en Alex e incluso en mí, en su empeño por cambiar nuestra imagen. Yo también me pongo de pie y me acerco a la ventana, pero me detengo en medio de la habitación.

—Pobre chica —digo. Mi esposa era la víctima incauta. Nunca sabrá hasta qué punto. Por primera vez en mi vida, veo a Joanie como a una persona débil.

Me fijo en el perfil de Alex. Vuelve la cabeza y me ve, lo que me provoca un escalofrío. «Esa que me está mirando es mi hija —pienso—. Yo la hice, a esa chica de allí.»

—Entonces supongo que no necesitas decirle adiós.

—Quiero mucho a Julie —asevera—. Quiero a mi familia.

—Yo también quiero a mi familia. —Desando el camino a través del salón y le entrego a Brian mi botella vacía.

—¿Podemos…? —Hace un gesto en dirección a la puerta mosquitera—. ¿Tienes algo más que decirme?

Niego con la cabeza.

—¿No deberías estar con ella? —pregunta.

—Sí —respondo, y echo a andar hacia la puerta. Paso junto a los retratos de mis antepasados que cuelgan en las paredes, esos daguerrotipos lúgubres e inquietantes. Dejo atrás a mi tatarabuelo, que parece ofendido e implacable. Me imagino que sus sombríos ojos negros me siguen.

Brian se va a la cocina a tirar las botellas y dejar las copas en el fregadero. Abro la puerta mosquitera y salgo de la casa.

—Gracias por recibirnos —le digo a Julie Speer.

—Gracias por pasarte —contesta—. Tengo la sensación de que te conozco muy bien después de lo ocurrido y después de oír las anécdotas de Alex. —Le dedica a Alex una sonrisa de complicidad.

—Yo también tengo la sensación de que te conozco bien —digo. Miro a Brian a través de la mosquitera, con una mirada alerta y escrutadora—. Me parece que tenemos mucho en común. —La cojo de la mano y le doy un apretoncito.

Julie no me suelta, y yo noto el sudor en su palma antes de que ella retire la mano con suavidad.

—Adiós, Alex —se despide—. A lo mejor nos vemos mañana en la playa.

—Que pases una buena noche —le desea Alex. Baja los escalones hacia el césped oscuro. El cielo se ha llenado de estrellas, y la luna está fina como una esquirla.

Mientras Alex se aleja, me vuelvo una vez más hacia Julie y la beso. Me inclino hacia ella, separo los labios y la beso. Porque quiero, porque ella es de Brian, porque hemos corrido una suerte similar, porque quiero que le guste, porque quiero que se sienta insultada, confundida, disgustada, indefensa, feliz. Porque quiero.

No la miro a los ojos cuando me aparto, pero me fijo en sus labios; le asoma la punta de la lengua, como si yo fuera una mancha que quisiera limpiarse de la boca. Sin decir nada, doy media vuelta y los dejo atrás, a ella y a su familia. Mientras camino hacia la playa, una tensión se libera en mi interior. No es porque me sienta relajado, sino porque algo dentro de mí se ha rendido y se ha venido abajo, dejándome sin nada.

34

El vuelo de las nueve y cuarto va sorprendentemente lleno. Los turistas llevan bolsas de souvenirs para demostrar que han estado aquí. Me imagino los adornos de bailarina de *hula*, las camisetas y las nueces de macadamia en sus bolsitas de plástico. Tendrán pulseras de oro con su nombre hawaiano grabado y, cuando lleguen a su casa, les pondrán a sus perros o a sus hijos nombres como Lani o Koa. Yo creía que a mi esposa podríamos llevarle a un hombre de recuerdo, pero no tenemos souvenirs, nada que atestigüe nuestra estancia aquí.

La postura de mis hijas evidencia que están hechas polvo. Juraría que Scottie ha perdido peso en el último par de días. Está durmiendo a mi lado. Se ha puesto la manta gris y áspera de la aerolínea sobre la cabeza, a manera de capucha, y tiene un aspecto enfermizo, como el bebé de una drogadicta, o como la Muerte. Voy a tener que acordarme de darles de comer. Voy a tener que asegurarme de que se duchen, se laven los dientes, vayan al médico y se compren los libros de texto para el cole. Voy a tener que decirles que no fumen ni practiquen el sexo, que no suban a coches de desconocidos o de amigos que han bebido. Tendrán que escribir cartas de agradecimiento y comer lo que se les ponga en el plato. Tendrán que decir «sí» y no «seh» o «sip», colocarse la servilleta sobre el regazo, masticar el chicle con la boca cerrada. Necesito más tiempo.

—¿Qué pasó después? —pregunta Alex.

Señalo a Scottie y me llevo el dedo a los labios para escaquearme de responder.

—No te preocupes por ella —dice Alex—. Cuéntame, ¿cuándo va a volver?

Sid se inclina hacia delante. Dirijo la vista al frente y noto las miradas puestas en mí. No sé qué decir. Es como el problema que tuve con la historia del tiburón. Tengo la sensación de que es fundamental guardarme algo de información, dejar que las chicas se queden con una imagen mejor de su madre. Por otro lado, no estoy seguro de qué imagen es más favorable, si la de una Joanie enamorada y amada con pasión y locura por otro hombre, o la de una Joanie engañada y desesperada. Ella nunca será consciente del error que cometió, y yo no sé si esto me complace o me hace sentir estafado.

—Se ha quedado de piedra —digo.

—¿Estaba arrepentido? —pregunta Sid—. Espero que estuviera arrepentido, tío. Podrías habérselo contado a su mujer, pero no lo has hecho. Espero que sepa la suerte que tiene. Yo me habría chivado con ella. Merece saberlo. Si no, va a ser una pobre gilipollas el resto de su vida.

—Tranquilízate, muchacho —digo—. No hace falta ponernos desagradables.

Alex posa una mano sobre el muslo de Sid, y veo que se le contraen ligeramente los músculos de la pierna. Ella lo tiene en el bolsillo. Me pregunto por qué está tan enfadado. Recuerdo que, en el vuelo de ida, iba muy concentrado leyendo las normas de seguridad. Saco las instrucciones plastificadas del bolsillo del asiento, con la intención de distraer a Alex y a Sid. Miro a los pasajeros que suben a bordo de una balsa en medio de un mar sin rastro de tierra a la vista. Llevan los chalecos salvavidas inflados. Un asiático luce una tenue sonrisa.

Alex le echa un vistazo a la hoja.

—Ni siquiera tienen mojada la ropa.

Doy unos golpecitos con el dedo en el dibujo del avión que flota en el mar.

—Entonces ¿va a regresar él para verla o qué? —inquiere Sid.

—No lo creo —respondo.

Débil, vulnerable, perdidamente enamorada, utilizada. Me pregunto si, a los ojos de Alex, estos rasgos harían a su madre más digna de afecto, la humanizarían más.

—Creo que todavía quiere mucho a Julie —digo.

—Qué pena me da —se mofa Sid. Mientras lo dice, desvía la mirada hacia la ventanilla ovalada del avión—. Si la quisiera, no se habría tirado a tu mujer.

—Sid —lo corta Alex en un tono curiosamente sereno—. Por favor, cállate.

—Sí —digo, intentando mostrarme igual de paciente—. Por favor.

Un trozo de Honolulu aparece flotando, y vislumbro luces desparramadas sobre las colinas, luego un espacio vacío y oscuro, y después otra larga hilera de luces de casas. Siempre resulta extraño ver señales que te recuerdan que otras personas siguen con su vida. Por cada luz que diviso hay una persona o una familia, o alguien como yo, que sobrelleva una carga. Noto que el avión desciende. Entonces un mechón de nube me tapa la vista y hace tangible la velocidad que llevamos.

—Creo que deberías irte a casa —le digo a Sid—, a ver a tu madre. —Él se queda mirando por la ventanilla—. Sid, ¿me has oído?

—No puedo —replica.

—Claro que puedes. Es tu madre. Te querrá en casa.

—Me echó de casa —dice.

Intento establecer contacto visual con Alex, pero ella rehúye mi mirada. Su mano continúa sobre el muslo de Sid, y los dos juntos resultan de todo punto impenetrables. Las pistas se extienden debajo de nosotros. Estamos volviendo a la realidad, a muchos kilómetros de la isla lenta y tranquila.

CUARTA PARTE

EL ARTE DE LA ORIENTACIÓN

35

Me reúno con los primos en casa del Primo Seis. Lo llamamos Primo Seis porque en algún momento de su juventud se pimpló seis cervezas y luego se atizó un puñetazo en la nariz. Ahora tiene cerca de setenta años y, al igual que él, su apodo sigue conservando toda su fuerza. Está sentado en la sala de estar, que se parece a la mía, con sus puertas correderas de cristal que dan al patio de atrás. Cada vez que lo veo, me cuenta que impartía clases de surf a los soldados a cambio de que lo dejaran ir a su zona favorita, cuyo acceso estaba vedado durante la guerra, así que estoy fuera, junto a la piscina, intentando evitarlo. Me habla de los soldados como si fuera la primera vez, lo que me pone triste, me incomoda y me enfada un poco.

Me siento a una mesa, al lado de la piscina, con mi bolígrafo apoyado en los documentos y nuestra declaración a la prensa, pero no he firmado nada. Tengo la mente en otro sitio, por supuesto. Cualquier día de estos me quedaré viudo. Las chicas me esperan en el hospital, para compensar la noche y los dos días que pasamos fuera. No he visto a Sid desde anoche. Me pregunto qué espera de mí. He pensado llamar a su madre, pero eso introduciría a otra persona superflua en mi vida. Hay demasiada gente en mi cabeza que no debería estar allí. Dejo a un lado a Sid y a las chicas. Hoy tengo que lidiar con los derechos de nacimiento.

Unos pocos primos quieren aceptar la oferta más alta y les

da igual que construyan un Wal-Mart en la plantación de taro, pero la mayoría prefiere a Holitzer, el único postor local. No me hace muy feliz lo que está pasando. Quiero que las tierras queden en buenas manos, y no me gusta nuestra decisión, ni ninguna de las alternativas. A mi padre tampoco le gustaría. Holitzer ha salido ganando. Brian ha salido ganando.

Otros primos salen al patio. Llevan pantalón corto, camisas hawaianas de Spooner y sandalias de goma, y beben cócteles para celebrar. La esposa del Primo Seis va de un lado a otro con un cuenco, ofreciendo a los presentes unos aperitivos japoneses que hacen que el aliento de todos huela a salsa de soja.

—Eh, cuánto tiempo sin verte. —Hugh se sienta junto a mí con sus documentos. Sujeta un bolígrafo en la boca.

—Nos vimos anoche —le digo—. En Kauai.

—¿Anoche, dices? Caray. —Baja la vista hacia la silla—. ¿Me aguantará esto?

Miro el gastado asiento de cordeles de plástico. Yo me he hundido en los míos y noto que me dejan marcas en la parte de atrás de los muslos.

—Supongo que aguantará —digo.

Se sienta y oigo el chirrido del plástico al estirarse.

—Es como una hamaca para el culo —comenta antes de ponerse a revolver sus papeles—. Vamos a desprendernos de esto. —Alisa una hoja y pulsa la punta del bolígrafo para que haga clic.

Todo depende de la chiripa, de un golpe de suerte. Contemplo a los primos que rodean la piscina. Tienen la dentadura tan blanca, la piel color nogal. ¿Qué me pasó a mí? ¿Por qué no soy como ellos?

—¿Nunca te sientes culpable? —pregunto—. Por todo esto. —Levanto los papeles.

—No —responde Hugh—. Yo no hice nada.

—Lo sé —digo, y tiene razón. Es como sentirte culpable por el color de tus ojos. Lo único de lo que me siento culpable es porque mi esposa creía que iba a llevar una vida distinta. Debería haberse casado con alguien más carismático que yo, alguien más poderoso y enérgico, uno de esos hombres que come a toda prisa y se limpia la boca con el dorso de la mano. Me la imagino entrando en la casa de Brian en Black Point, lo que me hace pensar en Julie. No me cuesta visualizar a Joanie examinando su hogar, burlándose de los adornos de Julie o de los cuadros en las paredes, planeando tal vez la redecoración. Tengo ganas de decirle que se calle. Es la casa de Julie. Julie es capaz de encender una barbacoa.

—El estado de Joanie no es nada bueno —le comunico a Hugh.

Su bolígrafo se desliza por la primera página, y veo su firma infantil. Resulta perfectamente legible. Posa su mano sobre la mía por un momento. Parece como si alguien le hubiera tirado de la piel del brazo hacia atrás. Está en carne viva y cubierto de manchas.

—Se pondrá bien —asegura—. Es una luchadora.

—No —replico—. No se va a poner bien. Se va a morir. La hemos desconectado de las máquinas.

Tomo un sorbo del cóctel de Hugh porque está allí y yo no tengo. Hugh es el primo que manda, el jefe de la tribu, y siempre nos ha dicho lo que debemos pensar y hacer; qué construir, qué echar abajo y, en este caso, cuándo vender y a quién. Quiero conocer su opinión sobre esto, sobre la muerte inminente de mi esposa. Deposito su copa sobre la mesa.

Él dirige la vista a la copa y después a mí.

—Bebe un poco más —me indica.

—No, estoy bien. —Me quedo mirando los papeles y el bolígrafo con la inscripción «Viajes HNL»—. No puedo firmar —anuncio.

Él coge su bebida y la agita antes de llevársela a la boca. Toma un sorbo y escupe un cubito de hielo.

—Se hará cargo de nuestra deuda —dice—. Tú firma, vete con tu mujer y ya está.

—No quiero que las tierras acaben en poder de Holitzer. No quiero que acaben en poder de Brian Speer. Podemos saldar la deuda nosotros solos. Quiero conservar las tierras.

Hugh frunce el entrecejo.

—Necesitamos tu aprobación para seguir adelante con esto.

Sacudo la cabeza. No va a recibir mi aprobación. Nadie va a recibir nada de mí.

—No puedo —digo—. No voy a firmar.

Estoy pensando en la princesa. Cuando iba a morir, quería que las tierras se utilizaran para financiar una escuela para niños de origen hawaiano. Fue un deseo expresado verbalmente que no llegó a poner por escrito en un contrato. No me interesa en absoluto este deseo de un colegio solo para hawaianos. Ya existen algunos y son totalmente elitistas, además de inconstitucionales. Sin embargo, ahora descubro que no quiero renunciar a ello: las tierras, la exuberante reliquia de nuestra tribu, de los muertos. Las últimas propiedades en manos hawaianas se perderán, y yo seré responsable de ello en parte. Aunque no tengamos pinta de hawaianos, aunque la práctica constante del mestizaje haya borrado los rastros de nuestra identidad étnica, afilando nuestras caras chatas y alisando nuestro pelo ensortijado, aunque nos comportemos como *haoles*, asistamos a escuelas y clubes privados y no dominemos el dialecto local del inglés, mis hijas y yo somos hawaianos, y esta es nuestra tierra.

—¿Por qué haces esto ahora? —Hugh se apoya en sus antebrazos. Alcanzo a ver los poros en su rostro rubicundo, y sus cejas blancas y alborotadas se arquean hacia su frente, que es brillante y sorprendentemente tersa. Una gota de sudor le resbala desde el nacimiento del pelo hasta la nariz antes de ir a parar a la mesa. Los dos miramos el lugar donde ha caído, y entonces él me agarra del hombro de un modo tan cordial como doloroso—. ¿Cuál es la auténtica razón? —pregunta.

La princesa, pienso. Mis antepasados, pero no, no se trata

solo de eso. Esa es la que me gustaría que fuera la razón, pero hay otras, menos dignas: la venganza. El egoísmo. El deseo de ver a mis hijas hacerse cargo de esas tierras. Dejar que tomen decisiones sobre ellas. El deseo de aferrarme a algo que he recibido, el deseo de legarlo. No quiero que Brian se quede con una parte, ni que sus hijos se queden con una parte. No quiero que su historia se mezcle con la mía. Kekipi se rebeló, y yo también me rebelaré.

—Simplemente es lo que quiero —digo—. Hace mucho tiempo que no quiero nada. Esto es lo que quiero ahora.

Me da la impresión de que no me cree, o al menos de que mi respuesta le parece demasiado ambigua y emocional. Me suelta el hombro.

—Es nuestra responsabilidad —alego—. El tipo va a venir aquí a rescatarnos. Hemos dilapidado nuestro patrimonio. Somos hawaianos, es un milagro que un trozo tan grande de Hawai nos pertenezca. ¿Por qué dejar que un *haole* se apodere de todo? Hemos sido muy descuidados.

—El huracán arrasó nuestro patrimonio…

—Fuimos nosotros, Hugh. Hemos estado paralizados, y eso que somos gente lista. Podemos salir del hoyo por nuestros propios medios. Es problema nuestro. —Este enfoque parece dar mejor resultado. Pienso en Joanie, en lo que ella diría—. No me seas marica —añado.

Hugh sonríe con efectos retardados.

—Vas a hacer que mucha gente se enfade —advierte.

—A lo mejor también hago que muchos se sientan aliviados —digo—. Hemos ido demasiado deprisa. Tú imagínate que doy el visto bueno a este comprador; luego, el día de mañana, ya no queda nada. Se acabó. Fin de la historia. Créeme, será un alivio para la gente.

Hugh asiente.

—Piénsatelo —insisto—. Claro, sacaríamos dinero, las cosas serían más fáciles para nosotros si no tuviéramos que gestionar el negocio, pero…

—Lo quieres —dice.

—Sí —respondo—. Esto es nuestro. —Agito la mano en el aire—. No hay nada que te haga sentir más poderoso.

Hugh se lleva los dedos a la boca y sopla. Un agudo silbido hiende el aire, de modo que los primos dejan de charlar y se vuelven hacia mí. Es como si ya lo supieran.

«Lo siento —tendré que decir—. Sé que no haría esto si mi esposa no estuviera en su lecho de muerte, pero el caso es que lo está. Se va a morir, nos va a dejar, y mis hijas se quedarán sin madre. Por alguna razón, por un mero capricho del azar, en realidad, necesitáis mi aprobación. Sé que sois conscientes de lo complicada que es la naturaleza de los derechos de nacimiento, tan fortuitos como inmerecidos. He decidido que no vais a recibir nada de dinero, pero, en cambio, todos conservaremos algo y tendremos la oportunidad de transmitirlo a la siguiente generación.»

Miro a todas estas personas, mi familia, y espero que lo comprendan.

36

Hay flores nuevas: flores de jengibre, gardenias, nardos. Joanie ha recibido visitas después del cóctel que organicé. Hay muchas rosas, pero ninguna roja. Me imagino a los maridos diciéndoles a sus esposas: «Pero si nunca llegará a ver las flores». Es algo que también diría yo. Me alegro de que no hayamos estado aquí los dos últimos días. Scottie no habría entendido las lágrimas de las visitas, y Alex y yo hemos conseguido eludir la incomodidad que toda esta situación trae consigo.

Me viene a la cabeza la imagen de mí mismo caminando por la playa con mis hijas. Echo de menos nuestra habitación de hotel.

—Papá —dice Scottie—, ¿en qué piensas?

—En ti —contesto—. Estoy pensando en ti.

Alex se ha ido a comprar unos botellines de agua, lo único que nuestro estómago está en condiciones de tolerar, y deseo que se dé prisa en volver.

Joanie está diferente, demacrada y lívida, totalmente inexpresiva. No le sale tubo alguno de la boca. Scottie no ha hecho comentarios al respecto, de lo que me alegro, pues todavía no sé cómo decírselo.

—¿En mí por qué? —pregunta Scottie—. ¿Qué estabas pensando sobre mí?

—Estaba pensando en lo rápido que has crecido.

—No tanto —dice—. Mi estatura está por debajo de la media. Pero también la de Reina. Reina dice que…

—No quiero saber nada de Reina. Recuerda en qué hemos quedado respecto a ella.

—Vale, pero quiero que venga otra vez al hospital mañana. Si Alex puede traer a una de sus amistades, yo también.

—Scottie, mañana no puede venir.

—¿Por qué no?

—¿Sabes lo que está ocurriendo? —Scottie se acerca a su mochila, hurga en ella y saca varias cosas—. Scottie, te he hecho una pregunta.

—¡Que sí, papá, ostras!

—¿Y bien? Dime por qué estamos aquí. No me hables de Reina. Deja de toquetear tu mochila. Dime qué hacemos aquí y por qué te niegas a tocar a tu madre o a hablarle.

—Papá. —Cuando me vuelvo, veo a Alex en la puerta. Me pasa mi botellín de agua. Scottie está sentada en la silla del fondo de la habitación, cara a la pared. Tengo ganas de abrazarla, pero no puedo. Me siento comprometido con mi rabia.

—¿Por qué gritabas? —inquiere Alex.

—Por nada. Tu hermana estaba hablando de Reina, eso es todo. He perdido un poco los estribos. Solo quiero que esto sea lo más llevadero posible. No quiero tener que… controlaros. Por cierto, ¿dónde está Sid? Me gustaría hablar un momento con él.

—Seguro que está con otras chicas —dice Scottie—. Anoche esas amigas tuyas estaban en la playa, y Sid se fue con ellas mientras vosotros estabais en la casa esa.

—Pero ¿qué dices? —replica Alex, y percibo el dolor en sus ojos.

—Seguro que se montó una orgía con ellas —asevera Scottie con solemnidad.

—Me da igual —dice Alex, aunque salta a la vista que no es verdad—. Oh, Dios mío.

Clava la vista en la cama de mi esposa. Joanie tiene la mano levantada como si fuese a hacer un juramento.

La miro de inmediato a la cara, pero tiene los párpados cerrados. De vez en cuando hace esto, se mueve, pero Alex nunca lo había presenciado. Me vuelvo hacia a Scottie, que sigue cara a la pared.

—Ven aquí, Scottie —le digo.

Contemplo la mano de Joanie. Está pálida y seca. Le han crecido las uñas. De pronto, ella suelta un fuerte jadeo, como si intentara recobrar el aliento.

—Se está ahogando —grita Scottie.

—Ven aquí —le digo enérgicamente.

—Papá… —dice Alex.

Scottie se me acerca con la cabeza gacha.

—No se está ahogando —le explico—. El médico dice que no es más que un reflejo. No está luchando por respirar, no está sufriendo. Y ahora, ¿por qué no le coges la mano?

Veo el tenue vello del brazo de Joanie, las arrugas de su muñeca. Tomo a Scottie de la mano y tiro de ella hacia su madre. Ella se resiste y Alex me grita que la deje, pero no la escucho. Le abro por la fuerza el puño, coloco su mano contra la de su madre y luego cierro los dedos de Joanie sobre los de Scottie. Empiezan a resbalarle las lágrimas por las mejillas. Le han salido manchas rojas en la cara, que es lo mismo que me pasa a mí cuando me enfado o cuando tengo relaciones sexuales. Joanie sigue emitiendo jadeos roncos. Suena como si estuviese luchando por respirar, como si estuviese sufriendo. Sujeto a Scottie de manera que no se mueva.

—¡Papá! —chilla Alex—. ¡Basta!

—Cógele la otra mano —le indico a Alex, señalando el otro lado de la cama—. Vamos, hazlo.

Alex se sitúa al otro lado, enfrente de mí, y baja la mirada hacia su madre. Levanta la sábana y alarga el brazo hacia la mano con los ojos cerrados. Tiene el rostro crispado, como si estuviera a punto de comerse algo asqueroso porque alguien la

279

ha desafiado a hacerlo. Libera la mano de su madre, la deposita sobre la cama y posa su mano encima. Y entonces la coge. Veo la fuerza con que la agarra. Como Alex mantiene la cabeza inclinada, no alcanzo a verle la cara. Scottie está temblando. La sujeto desde atrás, rodeándola con los brazos como si fuéramos a estrellarnos. Las chicas tienen que hacer esto, o de lo contrario lo lamentarán durante el resto de su vida.

—Di algo —le pido a Scottie.

—No —dice, con la voz preñada de angustia—. Me estás haciendo daño.

Miro a Alex. Tiene todavía la cabeza gacha y los hombros le tiemblan ligeramente.

—Di algo, Alex.

—Di algo tú —grita, y advierto que está llorando.

Inclino la cabeza y le hablo a Joanie con suavidad.

—Lo siento —digo—. No te di todo lo que querías. No fui todo lo que querías que fuese. Tú fuiste todo lo que yo quería. —Murmuro como si recitara una oración. Noto un calor palpitante en las sienes y en la garganta. Intento pensar en recuerdos, en palabras clave que baste con pronunciar para evocar momentos enteros, pero no se me ocurre nada. Nos conocemos desde que yo tenía veintiséis años y ella diecinueve. ¿Por qué no me viene a la memoria un solo recuerdo?—. Todos los días —digo—. Casa. Ahí tienes. Cena, platos, tele. Fines de semana en la playa. Tú vas aquí, yo voy allá. Fiestas. En casa, quejas sobre la fiesta. Vuelta a casa en coche por el Pali antes de que instalaran farolas. —No se me ocurre nada más. Solo la rutina de nuestra vida en común—. Me encantaba —digo, apretándole la mano con fuerza.

Yo nunca hablo así. Tengo la sensación de que se sonríe, burlándose de mí, y, al alzar la vista, veo lo violenta que parece encontrarse Alex. Scottie también tiene una expresión de incomodidad y de miedo.

—Te perdono —digo, y me figuro que la sonrisita irónica de Joanie se hace más pronunciada.

Alex rodea la cama y aparta a Scottie de mí. Yo sigo aferrándome a la mano de Joanie y contemplo su rostro, su semblante complacido. Intento interpretarla, entenderla; su aspecto satisfecho me contraría. Me agacho para acercar mi cara a la suya y digo:

—Él no te quería. Yo te quiero.

37

¿Por qué cuesta tanto declarar amor y, en cambio, expresar decepción resulta tan fácil? Me marcho de la habitación sin decirles nada a las chicas. A la izquierda del cuarto hay un delgado tabique de vidrio, y a través de él veo los penachos oscuros de las palmeras y los bancos desocupados del parque. Veo el enorme árbol de la lluvia; la copa parece flotar en el espacio. Algo destella entre sus ramas, pero no sé qué es. Camino hasta la fila de asientos y prácticamente me desplomo en uno de ellos. Cierro los ojos. Cuando los abro, veo a un joven que deja un papel en el asiento contiguo. Sigue andando hacia el pasillo, donde reparte más papeles entre las personas que pasan por allí. Me imagino que en el papel que tengo al lado encontraré un anuncio de unas grandes rebajas o un menú de comida china a domicilio. En cambio, me encuentro con una lista de posibles entierros distintos.

¡Pase a formar parte de un arrecife de coral vivo cuando ya no esté entre nosotros!

Entierros en el mar con el espíritu de Aloha: ¡deje que se lo lleven en una piragua y esparzan sus cenizas!

¡Ponga sus cenizas en órbita en torno a la Tierra!

¡Lance sus cenizas a los cuatro vientos desde un globo aerostático!

¡Despídase de este mundo estallando en una exhibición de fuegos artificiales!

La última no lleva signos de exclamación. Dice: «Mezcle los restos de su ser querido con la tierra de un bonsái vivo muy hermoso. Un bonsái que crecerá y vivirá durante cientos de años con cuidados muy sencillos».

En la parte inferior de la hoja figura un nombre, Vern Ashbury, junto con un número de teléfono al que puedo llamar para pedir información sobre los precios.

—¿Qué es eso?

Al volverme, veo a Alex. Se sienta junto a mí.

—No lo sé —respondo—. Un anuncio de algo. —Lo coloco boca abajo en el asiento que tengo al otro lado, para que ella no lo vea. Cierro los ojos de nuevo.

—Eso no ha estado bien —señala—. No deberías haberlo hecho. Scottie está muy afectada. Solo es un bebé.

—No es un bebé.

—En estos momentos, sí —dice Alex.

—Tengo que ir a casa. —Enderezo la espalda y abro los ojos—. Necesito hablar con Sid. Tengo cosas que hacer.

—¿Por qué tienes que hablar con Sid?

—¿Por qué lo echaron de casa?

—Eso tendrás que preguntárselo a él —dice.

—Te lo estoy preguntando a ti.

—No sé por qué —responde, y la creo.

—No tenemos tiempo para él, Alex. Siento que lo esté pasando mal, pero no tengo tiempo para eso. Dile que no se meta en nuestra vida, que no anteponga sus putos problemas a los nuestros, sobre todo si está hiriendo tus sentimientos.

—Vale —contesta—. Lo que tú digas.

Se inclina encima de mis rodillas para coger el anuncio. La observo mientras lee las opciones.

—¿Es coña? —dice—. Vern Ashbury, anda ya. Supongo que me gusta lo del bonsái. Es triste.

—Lo sé —digo—. ¿Qué le has contado a Scottie? ¿Sabe lo que está pasando?

—Lo de la mano, hace un momento… Cree que significa algo. Cree que a lo mejor mamá se va a recuperar.

—Está bien —digo.

—No —replica—. No está nada bien. Tienes que hablar con ella, papá. Le gritas por no saber, por no portarse como es debido, pero ella no tiene idea de lo que está pasando. No me sigas obligando a ocuparme de ella. Te necesita a ti. —Alex se pone de pie y se aleja.

—¿Adónde vas?

No me hace caso, así que la sigo, dejando atrás la lista de posibles entierros. Pasamos junto a la habitación del paciente popular, que parece más solitaria que las que están vacías. Los globos se van arrugando poco a poco; algunas de las flores de los jarrones se encorvan hacia el suelo, y un *lei* colgado del pomo de una puerta revela su cordel blanco entre las flores de frangipani marchitas.

Hay una mujer erguida a los pies de la cama.

—No soy más que una voluntaria —le dice al paciente—. No me está permitido tocarle.

Alex se dirige hacia los ascensores que están enfrente de la tienda de regalos.

—Te encontré allí. —Señalo la tienda, y aunque tarda unos instantes en entender a qué me refiero, al final ve las postales.

—Genial —dice—. Sencillamente fantástico.

—Las compré y luego las tiré.

—Gracias —dice.

Vuelvo la vista hacia el pasillo con la esperanza de vislumbrar a Scottie, pero no está allí. Sigue dentro de la habitación. Tendré que dejar a una de las chicas para ir en busca de la otra.

Escojo a Scottie, el bebé, la que se estremecía entre mis brazos. Las puertas del ascensor se abren, y sale un hombre arrastrando los pies, conectado a un gotero. No puedo evitar desear que se dé prisa, y pienso en Sid, en su sentimiento de culpa por impacientarse con la gente lenta, aun cuando se trata de personas débiles.

—Espérame en el coche —le indico a Alex—. Voy a hablar con Scottie.

Me sentiré avergonzado cuando la vea. Sé que debería pedirle disculpas, pero ella tenía que hacerlo. Tenía que tocarla.

Cuando estoy cerca de la habitación, oigo a Scottie decir:

—La verdad es que tengo muy buena vista.

Me detengo ante la puerta. Está hablándole a su madre. Retrocedo un poco, pero no soy capaz de marcharme. Quiero mirar. Quiero saber qué le está contando. La veo acurrucada junto a su madre; se ha rodeado con el brazo de Joanie. Me sorprendo a mí mismo pensando: Está viva. La visión de Scottie abrazada por su madre me resulta casi insoportable.

—Está en el techo —prosigue Scottie—. Es un nido de lo más bonito. Todo dorado, y parece muy suave y calentito.

Cuando alzo la mirada, lo veo también, pero no se trata de un nido. Es un pedazo de plátano que se ha puesto marrón, el vestigio de nuestro juego, que sigue pegado al techo. El juego al que jugábamos Joanie y yo, y al que de ahora en adelante jugaré con mi hija.

Scottie se incorpora apoyándose en el codo, se inclina para darle un beso en los labios a su madre y echa un vistazo a su cara antes de besarla de nuevo. Lo hace una y otra vez, en una versión exquisita del boca a boca, expectante, como si cada beso fuese medicinal, y yo sé que todavía alberga esperanzas. Dejo que siga adelante con esta fantasía, esta creencia en los finales mágicos, esta ilusión de que el amor puede devolverle la vida a alguien. Dejo que lo intente. Contemplo sus esfuerzos durante largo rato. Incluso la animo a continuar, pero, al cabo de unos minutos, sé que ha llegado el momento. Tengo que entrar en escena. Tengo que enseñarle a Scottie los nombres correctos de las cosas. Tengo que decirle la verdad.

Doy unos golpecitos en la puerta.

—Scottie —digo.

Ella permanece bajo el brazo de su madre, dándome la espalda. Me siento en el borde de la cama y me recuesto para apoyar la cabeza en su espalda y oírla respirar.

—Scottie —repito.

—Qué, papá —dice. Y entonces le cuento todo lo que está pasando y todo lo que va a pasar, sintiéndome como la persona más cruel del mundo. Aun así, cumplo con mi responsabilidad lo mejor que puedo, y, cuando termino, nos quedamos allí durante lo que parece una eternidad, ella con la cabeza sobre el pecho de Joanie, yo con la cabeza sobre su espalda, que sube y baja con su respiración breve y sollozante. Su cuerpecito parece un músculo contraído, tenso, rígido, resistiéndose aún, y sé que ella no acaba de creérselo. ¿Y cómo iba a creérselo?

38

Por la noche, las chicas, Esther y yo nos sentamos juntos a la mesa del comedor, cosa que hace mucho tiempo que no hacemos, dejando aparte el día de Acción de Gracias y la Navidad. Esther, de hecho, nunca se había sentado con nosotros.

—¿Desde cuándo no hacíamos esto? —pregunto.

—Desde Navidad —dice Alex.

Hay un cuento que Alex escribió cuando era pequeña, y en Nochebuena siempre lo leemos en voz alta a los invitados durante la cena, para luego revelar el nombre de la autora. Es una historia sobre José, sobre la noche en que nació Jesús, narrada desde su punto de vista. Les pregunta a los Reyes Magos y a los animales del establo cómo se cuida a un bebé, y cada uno le ofrece un consejo diferente. José está listo para hacerse cargo de Jesús e incluso lo arropa, algo que aprendió del asno. En la Navidad pasada, cuando Joanie se puso de pie para leer el cuento, Alex se lo arrebató de las manos. Creo que ninguno de los presentes se percató de que Joanie iba a hacer algo excepto nuestro vecino de al lado, Bill Tigue, que creyó que iba a rezar una oración, así que agachó la cabeza y cerró los ojos. Fue en la época navideña cuando Alex vio a su madre entrar en casa de otro hombre. Esa ocasión no puede considerarse propiamente la última, y supongo que tampoco esta noche, ya que no estamos todos juntos ni lo estaremos jamás.

—Bueno —digo—. Chinchín.

Nadie alza su copa. Esther está tomándose una cerveza. Sujeta la lata con ambas manos sobre su regazo.

—¿No tiene hambre Sid? —pregunto. Está viendo la tele en el estudio, y me sabe mal que nadie haya mencionado su nombre. Me pregunto si Alex le ha advertido que no se me acerque.

—No te preocupes por él —dice Alex.

Nos comemos la cena que he preparado: una ensalada, pollo a la parrilla, arroz y brécol con salsa holandesa. Sigo esperando que alguien comente lo buena que está la comida, y tengo que morderme la lengua para no preguntarles qué les parece.

—Bueno, le guardaremos un poco, por si quiere cenar.

Esther aparta cosas de su ensalada con el tenedor —los trozos de tomate y de aguacate— y las empuja hasta el borde de su plato. Las chicas han aderezado su arroz con salsa de soja. El de Esther está coronado con un poco de mantequilla.

—¿Ha llamado a los colegios de las niñas? —inquiere Esther—. Han faltado muchos días.

—Sí —digo.

—Alex, ¿cuándo vas a volver?

—No va a volver —digo.

—Ay —se lamenta—. Tendrá problemas. Se lo digo yo. Muy pronto.

—¿Serías tan amable de concretar un poco más?

Ella sacude la cabeza.

—Ojalá. Ojalá.

—Esther, ¿qué me estás diciendo? ¿Que quieres quedarte? ¿Por qué no lo dices claramente?

Las chicas dejan de comer. Desde que las obligué a coger la mano de su madre, me miran de una manera que me hace sentir como un hombre diferente. Me miran como si yo fuera su padre.

—Quiero quedarme —dice Esther—. Ya está. Ya lo he dicho claramente. —Y mete el dedo en la abertura de la lata de cerveza.

—Muy bien —digo—. Pues quédate.

No da la menor muestra de alegrarse. A las chicas parece traerlas sin cuidado.

—Y ahora, quisiera levantarme —dice Esther—. No me gusta comer aquí, así.

—De acuerdo —respondo.

Se dispone a llevarse su plato.

—Déjalo —le digo—. Ya recogeré yo.

—No, voy a seguir comiendo. —Coge su plato y su cerveza, y atraviesa la puerta de batiente de la cocina. Unos instantes después, oímos a una multitud exclamar: «¡La ruleta de la fortuna!».

Un geco croa en una de las vigas.

—¿No voy a volver al internado? —dice Alex.

—No —contesto—. Te quedarás aquí.

Una termita trepa por mi bola de arroz.

—¿Os habéis fijado en que Sid se pasa el rato metiéndose cosas en la boca? —pregunto—. El pelo, la camiseta, su cartera…

—Como un niño pequeño —dice Alex—. Sí, ya lo sé.

Descubro otra termita, que sube por mi vaso de agua. Nos han encontrado. Una luz resplandeciente baña la mesa. Las chicas quitan los insectos de su comida. Scottie juguetea con algunos encima de la mesa, arrancándoles las alas.

—Parecen gusanos —observa.

Nuestro hogar posee todo aquello que una termita podría desear: humedad, filtraciones, madera en abundancia. Si siguen proliferando, tendré que fumigar la casa, envolverla en una carpa y obligarlas a inhalar gases tóxicos. ¿Dónde nos alojaríamos? Nos imagino en la calle. Alex le da con el dedo a una, que sale disparada de su arroz, y Scottie levanta una de su pollo; la salsa roja le ha empapado las alas. Me levanto, apago las luces del comedor y enciendo las de dentro de la piscina. Volarán hasta allí, atraídas por el brillo, y se ahogarán.

Me siento de nuevo, a oscuras, y seguimos comiendo. En

la penumbra apenas distingo a las chicas entre sí. Una de ellas suelta un eructo. Las dos se ríen.

Bebo un sorbo de vino, y la copa me recuerda a mi madre, por el obsequio que le hice un día de la Madre cuando era niño. Le preparé el desayuno y se lo llevé a la cama. Puse unas hojas de lechuga en una copa para vino tinto y luego añadí avena y leche. Me parecía algo de lo más sofisticado, un plato que a toda madre le encantaría: cereales con una guarnición elegante. Cuando vio su regalo, se le escapó una carcajada, y en ese momento creí que se reía de gusto. La miré comerse su avena y la lechuga empapada en leche, todo ello servido en una bonita copa. Cuando las chicas eran más pequeñas, me preguntaba qué cosas absurdas me regalarían, cómo interpretarían mis deseos, pero ellas siempre iban sobre seguro. De hecho, solo me daban tarjetas de felicitación.

—¿Cómo es que nunca me habéis regalado cosas disparatadas para el día del Padre? —les pregunto.

—No te gustan los trastos —dice Alex.

—No te gusta la basura —dice Scottie.

—Pues ahora sí que me gusta —asevero—. Así que ya sabéis: me gustan los trastos y la basura.

—Vale —dice Scottie.

—Esto está bueno —señala Alex—. El pollo.

El cumplido me llena de orgullo. Me siento como el José de su relato, como si hubiera aprendido a cuidar de alguien. Al final del cuento de Alex, José le da palmaditas en la espalda a Jesús para que eructe, y luego lo mece hasta que se duerme. «No llores, nene —le dice—. Estoy aquí.»

Mientras las niñas recogen la mesa, me dirijo al estudio con un plato de comida para Sid. Cuando me ve, baja los pies de la mesa de centro y me percato de que está hablando por teléfono. Giro sobre los talones para concederle algo de privacidad, pero entonces lo oigo despedirse.

—¿Era tu madre? —pregunto.

—Nah —responde y se queda mirando el plato que sostengo entre las manos. Se lo entrego.

—Gracias —dice.

—Podrías haber cenado con nosotros —digo.

—No pasa nada —asegura.

El resplandor del televisor tiñe su rostro de azul, luego de verde y luego de negro. Pienso en encender una luz, pero entonces veo una termita caminar por la pantalla y me acuerdo de que debemos permanecer a oscuras.

—Oye —digo—, te agradezco que no te metas en nuestra vida, pero olvídalo. Sé tú mismo. Era mejor así.

Vuelve a apoyar los pies sobre la mesa de centro. Advierto que tiene barro encostrado en el dibujo de las suelas.

—¿Va todo bien entre Alex y tú?

—Sí —responde—. ¿Por?

—Scottie dice que te fuiste con esas amigas suyas.

—Venga ya. Esas chicas dan pena. Se quedaron KO con solo unas caladas.

—Estupendo, Sid. Me alivia mucho saber que les diste drogas.

—Lo siento —dice—. Me olvido de que eres…, ya sabes, un papá.

—¿Por qué te echó de casa tu madre?

—No le gustó lo que le dije.

—¿Qué le dijiste?

—Que el accidente en que se mató mi padre era lo mejor que nos había pasado nunca. No lo decía en serio, pero lo dije.

Baja la vista al plato de comida que tiene sobre las rodillas, y coge el pollo con las manos.

—¿Por qué le dijiste una cosa así?

Tiene los labios rojos por la salsa barbacoa. Mastica, y aguardo a que trague, pero tarda mucho rato.

—¿Te apetece sentarte? —pregunta con la boca llena.

Me acomodo junto a él y extiendo las piernas sobre la mesa de centro, que en realidad es una otomana grande de piel, ya que, según Joanie, las mesas de centro de verdad están demodé.

—Lara ha colocado una bandeja sobre la suya. Me gusta cómo queda —me dijo.

—Pero si apenas cabe nada encima —señalé.

—Queda bonito —repuso.

No recuerdo qué más dijimos sobre la otomana. Supongo que eso fue todo.

Miro el televisor. En una sala de gimnasio atestada, unas mujeres suben y bajan de un escalón de aeróbic al ritmo de la música. La que lleva la voz cantante dice: «Y uno, y dos, y ahora, apretad». Se señala el culo.

Sid cambia de canal. Las imágenes aparecen y desaparecen hasta que la pantalla muestra a un hombre con barba que pinta un cuadro de un prado.

—Este tío es bueno —afirma Sid.

—¿Sabes qué, Sid? Alex también lo está pasando mal…

—No jodas —me interrumpe antes de que pueda continuar.

—Tal vez deberías cuidar de ella tanto como ella parece estar cuidando de ti.

—Solo está conmigo porque no tenemos que consolarnos el uno al otro —dice—. Mis problemas anulan los suyos.

Pienso en mi relación con Joanie. ¿Es que ya nadie se enamora?

—Ibas a explicarme por qué le dijiste eso a tu madre, que acababa de perder a su marido.

—No, no iba a explicártelo —replica.

—Sid, te estoy pidiendo que me lo expliques.

—Vale —dice. Se quita algo de entre los dientes y respira hondo—. Tengo, o tenía, una amiga, Eliza. Teníamos quince años. Pasábamos mucho tiempo juntos. Era una más de la panda, aunque era chica. Nunca tonteé con ella, aunque me habría gustado, y creo que a ella también. —Se limpia la boca con la servilleta de papel antes de arrugarla y lanzarla hacia la papelera, sin acertar—. Ya la recojo —dice—. El caso es que Eliza se quedaba a menudo a dormir en casa. No en mi cuarto. Se acostaba en el sofá del salón. A papá también le caía bien. Siempre estaban de cachondeo. Una vez mi padre nos dio cerveza, y nos pusimos como locos, porque nuestra pasión en la vida era esencialmente encontrar maneras de conseguir cerveza. Pero él me susurró que era una broma, que era cerveza sin alcohol, pero que pondríamos a Eliza a prueba para ver si fingía estar borracha. Mientras bebíamos, Eliza se reía cada vez más fuerte, decía tonterías e incluso tropezaba con el escalón de la cocina. Cuando mi padre por fin le dijo la verdad, ella se puso a la defensiva, alegando que se habría comportado igual sin la cerveza, aunque no fuera sin alcohol.

—Estaba avergonzada.

—Pues sí. A ver, que fue una buena trastada, si lo piensa uno bien. La cosa es que la siguiente vez que estuvo de visita, mi padre nos ofreció a los dos Budweiser de la de toda la vida para compensarla. Nos sentamos en el banco de fuera para bebérnoslas. Unos amigos de papá llegaron para jugar al póquer. Nosotros nos fuimos a mi cuarto a escuchar música. Llevábamos un pedo de aúpa, lo que nos dio una buena excusa para enrollarnos, así que eso hicimos. Era inevitable. —Sid se sonríe—. Recuerdo que fue un alivio inmenso, dejar por fin de fingir que solo éramos amigos.

Me pregunto si siente lo mismo respecto a Alex. Me pregunto qué son en realidad.

—Así que nos ponemos a darle al asunto, o sea, no literalmente. Solo nos besamos, pero, ya sabes, de forma bastante apasionada. Como si se acabara el mundo, no sé si me entiendes. Entonces, de repente, veo algo con el rabillo del ojo. Es mi padre, de pie en la puerta. Ella estaba encima de mí, en el suelo, y estábamos totalmente vestidos, pero metiéndonos mano a saco. Mi padre solo estaba allí observando, y cuando se coscó de que yo lo miraba, tardó un momento en darse cuenta de que yo podía verlo, porque tenía los ojos fijos en la espalda de Eliza. Me la quité de encima, y él simplemente nos miró con una cara rara, como si lo hubiésemos pillado. Eliza se quedó ahí sentada, y no sé… No me acuerdo de lo que hizo.

»Entonces mi padre dijo: "Eliza, más vale que te busques otro sitio para dormir", y ya está. Se quedó allí de pie hasta que ella se levantó, pasó junto a él y se fue al sofá de la planta baja. Cuando se marchó, me miró pero no parecía enfadada. Él era el que parecía avergonzado, como si hubiera hecho algo malo. Entonces me fui a la cama Estaba contento en cierto modo, pero también algo preocupado, porque pensaba que él se lo contaría a mi madre y que seguramente ya no volverían a dejar que Eliza se quedase a dormir en casa. Ella ya no sería solo una amiga.

Sid contempla el televisor por unos instantes y, sin apartar la vista de él, me relata el resto de la historia con voz monótona y distante. Nunca lo había oído emplear ese tono. No utiliza un lenguaje vulgar ni hace chistes. Mantiene los ojos clavados en el pintor, que también habla en voz queda e hipnótica.

Sid me cuenta que su padre bajó las escaleras y se acercó a Eliza, que se había desplomado en el sofá. Me cuenta que, cuando despertó, ella se encontró a su padre encima, palpándola, besándola, meneándose. Me cuenta que ella rehuyó a Sid al día siguiente y durante varias semanas, y que él creyó que era por culpa suya. Entonces, en pocas palabras, Eliza finalmente le reveló lo ocurrido. Sid se enfadó. No la creyó. A Eliza no le importaba que él no la creyera. Entonces Sid la creyó y empezó a odiar a su padre, y también a su madre, por querer a su padre. Su padre se mató, y Sid se lo contó todo a su madre: lo de la cerveza, el beso, el intento de su padre de propasarse con su amiga borracha. Su novia. Y esta es la historia. La historia de Sid.

—Alex no sabe nada de todo eso —declara—. Cree que mi madre me echó de casa porque está muy afectada.

—¿Por qué no se lo has contado?

—Está ocupada —responde—. Como bien has dicho tú.

—¿Y por qué me lo cuentas a mí?

—Porque me lo has pedido —dice—. Y para que dejes de mirarme como si estuviera a punto de abrir fuego.

—¿Te creyó tu madre cuando se lo dijiste? —pregunto.

—Claro que no.

Empieza a zapear de nuevo. Veo una jirafa, una esponja animada, a una persona soldando, a un ujier que le hace un gesto con el pulgar hacia arriba a un juez.

—¿Por qué se lo contaste? ¿Qué motivo tenías para decírselo después de que él muriera?

Sid deja un canal en el que un presentador de noticias informa sobre un terremoto devastador en Etiopía, mientras en la parte inferior de la pantalla desfilan las palabras «¡Faltan cinco días para los Oscar! ¡Faltan cinco días para los Oscar!».

—Porque la respeto —contesta—. Él nunca la trató bien. Era una fuente constante de tensión en casa.

—Pero le has arruinado la vida. —Pienso en Julie. Me la imagino destrozada o muy afectada por la noticia.

—No le he arruinado la vida —se defiende—. Era solo para que ella supiera lo que yo sé. Sigo queriendo a mi padre. Nos queda la vida que llevábamos antes de que pasara aquello. Eso no hace que todo lo relacionado con él sea malo, ¿verdad? —Me mira por primera vez en todo este rato—. No se supone que tengo que odiarlo todo, ¿o sí?

Intento sostenerle la mirada, pero advierto que se le humedecen los ojos. No está bien que yo lo vea así. Ni yo ni nadie. Miro al presentador.

—Se supone que no debes luchar contra lo que sientes —digo—. Puedes echarlo de menos. Puedes quererlo.

Veo de reojo que Sid alza la mirada hacia el techo. Me pongo de pie.

—Gracias —digo—. Te agradezco que me hayas contado todo eso.

—Tranqui —responde y se aclara la garganta.

Le indico que deje las luces apagadas, por las termitas, y le doy las buenas noches. Me encamino hacia mi habitación, con una sensación de inquietud que me impulsa a estrujarme las meninges en busca de algo más que decir, algo que lo arregle todo. «No llores. Estoy aquí.»

Cuando llego a la puerta, doy media vuelta.

—¿No pasarás frío en esa habitación? Hay mantas de sobra, ¿sabes? Por si las necesitas.

—No hace falta —asegura Sid—. Estaré bien.

—¿Te ha llamado la atención algo en la tele últimamente? —pregunto—. ¿Tienes algún comentario agudo o alguna reflexión al respecto?

Él pone los ojos en blanco y reprime una sonrisa.

—Adelante —lo animo.

—Los dibujos animados de enfermedades —dice—. En los anuncios, el herpes, los hongos de los pies, ya sabes, todas esas cosas, aparecen como personajes de dibujos animados que gritan y amenazan y saquean el cuerpo. ¿Te has fijado alguna vez en esos anuncios?

—Me he fijado —digo.

Me mira a los ojos.

—Deberían salir explicando simplemente lo que tienen para curarte. Esos dibujos son repugnantes. Que nos digan cómo librarnos de nuestros males y que se dejen de historias.

Se concentra de nuevo en la tele, y yo lo dejo solo en la habitación oscura.

39

El doctor Johnston entra en la habitación de Joanie, seguido de un hombre que sonríe a mis hijas de un modo que me da grima. Antes de salir ayer del hospital, le pedí ayuda al doctor Johnston. ¿Cómo comunicarle a mi hija menor que ya no había esperanzas de recuperación?

—¿Me estás diciendo que aún no lo sabe? —me preguntó.

—Lo sabe —me apresuré a replicar, pensando en el modo en que Scottie había besado a su madre como si intentara reanimarla—. Lo que pasa es que todavía cree que hay alguna posibilidad, incluso después de que yo se lo explicara todo. Es que Joanie movió la mano, ¿sabes? No tengo idea de qué debo hacer ahora.

Se sentó a su mesa y noté que se esforzaba por no mirarme, como si yo hubiera hecho algo malo. Saltaba a la vista que estaba desilusionado conmigo. Me tragué el orgullo y le conté lo del erizo de mar y las carabelas portuguesas, aunque obvié lo de las pelis de masturbación y las poses frente al espejo. Me prometió que hablaría con las dos chicas y que nos presentaría a un terapeuta infantil que según algunas personas las había ayudado.

El terapeuta tiene los párpados caídos y la boca ligeramente curvada hacia arriba, como si le hubiera dado una calada a una cachimba. Tiene la cara bronceada y cubierta de pecas, curtida por el sol, y unas facciones suaves, por lo que uno no sabe muy bien adónde mirar.

Sid está sentado en una silla bajo la ventana, hojeando una revista. En la portada veo a una chica con un vestido rojo corto que gatea sobre el capó de un Mustang.

—Es el doctor Gerard —dice el doctor Johnston.

—Hola, hola a todos —saluda el doctor Gerard, mirándonos a todos a los ojos, uno detrás de otro—. Tú debes de ser Scottie. —Su voz apenas resulta audible. Le tiende la mano, y Scottie le da la suya, pero él, en lugar de estrechársela, le da un apretoncito y posa la otra mano encima. Scottie se aparta un poco, pero no retira la mano—. Y tú debes de ser Alex —dice, soltando a Scottie y dando un paso hacia un lado para acercarse a Alex.

—Qué hay. —Alex extiende la mano y estrecha vigorosamente la del médico.

Él me dedica una leve inclinación de la cabeza. Reparo en el bolígrafo de su bolsillo, que lleva un pulpo de goma sujeto. Al percatarse de que lo estoy mirando, él coge el pulpo y, después de prepararse para lanzarlo con ademanes exagerados, me lo tira. Dejo que caiga a mis pies, y, al contacto con el suelo, el pulpo se ilumina.

—Es brillante —comenta el terapeuta.

Scottie lo recoge, y la luz del pulpo de goma comienza a parpadear.

—Ah, mi ridículo juguetito —añade él.

Scottie tira de uno de los tentáculos y lo suelta con un chasquido.

—Qué criatura tan graciosa —observa el doctor Gerard—, con tantos mecanismos de defensa. La bolsa de tinta, claro está. Estoy seguro de que habréis oído hablar de la bolsa de tinta. El pulpo la usa como distracción, como una especie de manto, para huir de los depredadores. —El doctor Johnston baja la vista al suelo. Sid echa un vistazo por encima de su revista, antes de ocultarse de nuevo tras ella—. También pueden camuflarse para esconderse de los depredadores. Algunos segregan veneno, y otros pueden imitar a seres más peligrosos, como la anguila. Creo que me quedaré con él para que me recuerde todos nuestros mecanismos de defensa; la tinta, el veneno, el camuflaje con que eludimos lo que nos hace daño. —Se encoge de hombros, como si esto se le hubiera ocurrido en este instante.

—¿Qué es esto? —dice Sid—. ¿Introducción a la pulpología 1?

Intento contenerme para no sonreír. Me alegra que Sid haya vuelto. Luce una expresión de orgullo disimulado en el rostro, y sé que es por mi sonrisa, por haber recibido mi aprobación.

—Tienes razón —dice el doctor Gerard—. Me estoy yendo por las ramas. —Junta las manos en punta cerca del centro de su pecho—. El motivo por el que estoy aquí es para conoceros, chicas. Me han hablado mucho de vosotras, y me encantaría que charláramos, si tenéis ganas.

—¿Qué te han contado? —pregunta Scottie.

Él apoya la barbilla en sus nudillos y continúa hablando, en un tono tranquilo e informal.

—Bueno, me han dicho que te encanta el mar y la música y que eres una chica maravillosa y llena de talento.

Scottie medita sobre esto.

—Me han dicho que vuestra madre no se encuentra demasiado bien, que se va a morir. —Las chicas me miran, y yo miro al doctor Johnston. Es una afirmación sencilla y cierta, pero me estremezco al oírla. ¿Lo había dicho alguien con tanta claridad?—. Lo estáis pasando mal, y eso es perfectamente comprensible —prosigue—, así que he venido a conoceros y a deciros que si os apetece hablar, estaré encantado de afrontar el presente con vosotras, sin nuestros absurdos mecanismos de defensa. Me gustaría ayudaros a dominar este momento de vuestra vida, y luego quiero ayudaros a seguir adelante. No a ir tirando, sino a seguir adelante.

—De acuerdo —dice el doctor Johnston—. Gracias, doctor Gerard.

Scottie le devuelve el pulpo al doctor Gerard, que le da otro apretón en la mano y dibuja con los labios la palabra «gracias».

Se dirige hacia la puerta y se despide de Alex agitando la mano. Ella lo fulmina con la mirada, reduciéndolo a la condición de pulpo, de una cosa sin esqueleto interno, de un monstruo espantoso.

—¿A qué ha venido eso? —pregunta una vez que él se ha marchado.

El doctor Johnston parece avergonzado, pero no es capaz de reconocerlo ni de pedir disculpas. Se supone que esto es algo que él debe apoyar.

—Sí, bueno, el doctor Gerard está a vuestra disposición para hablar.

—Ya. Se licenció por la Universidad de Calamardia—comenta Sid—. Jo, ese tío va flipado desde que estuvo en Woodstock.

—Sí, bueno… —El doctor Johnston vuelve la vista hacia una silla que tiene detrás. Vacila por unos instantes, así que señalo la silla con un gesto de la cabeza y él se sienta—. ¿Cómo lo lleváis todos?

Alex se sienta en el extremo de la cama. El rostro de Joanie está descolorido, y sus labios resecos y lívidos. El pecho se le mueve esporádicamente, como si estuviera teniendo una pesadilla. Parece una anciana. Atraigo a Scottie hacia mí, esperando que me haya perdonado del todo por haberla forzado a demostrarle afecto a su madre. Ella se deja abrazar.

—Estoy seguro de que se comporta de otra manera cuando trata a la gente por separado —alega el doctor Johnston—. Eso ha sido su discurso introductorio. Intentad no quedaros solo con eso.

—A mí me ha caído bien —dice Scottie.

—Bien. —Le froto los hombros—. Le pediremos hora para hablar con él, ¿te parece?

Miro a Sid y a Alex para asegurarme de que no abran la boca.

—Bien —dice el doctor Johnston—. Yo también estoy a vuestra entera disposición. Si tenéis alguna duda sobre lo que va a pasar o sobre por qué lo hacemos, no tengáis reparo en preguntar. Cualquier duda.

Noto que el pecho de Scottie sube y baja.

—¿Es seguro que mamá se va a morir?

Para mi sorpresa, el doctor Johnston responde:

—Sí. Estamos haciendo exactamente lo que vuestra madre desea que hagamos. Hemos decidido dejar de oponernos a lo que su cuerpo quiere. —Vuelve la vista hacia Joanie, absorto en sus pensamientos—. Nos hemos esforzado mucho, pero hemos descubierto que partes importantes de su cuerpo están fallando; se están muriendo, y algunas se han muerto ya. —Me mira, buscando mi aprobación. No estoy seguro de si debo dársela o no—. Otro médico y yo hemos llegado a la conclusión de que ha caído en un coma irreversible. Desde el instante en que hicimos ese diagnóstico, había que empezar a cumplir el testamento vital de vuestra madre. Ella pidió que descartásemos o retirásemos cualquier tratamiento que pudiera considerarse que prolonga la vida o que alarga artificialmente el proceso de la muerte.

—Es por su bien, Scottie —explica Alex—. Ella no está contenta así.

—Lo sé —contesta Scottie—. Todo esto ya lo sé. —Se tensa entre mis brazos—. No tiene cerebro.

—Quiero que entiendas, Scottie —dice el doctor Johnston—, y tú también, Alex, que no estamos afirmando que vuestra madre no sea valiosa; lo que ya no tiene valor es la terapia médica. El propósito de mi profesión es curar, y eso no puedo hacerlo.

—¿Lo entendéis? —pregunto.

—Sí —dice Alex.

—Sí —dice Scottie.

—Ella no quería que la mantuviesen con vida en este estado. Aunque saliese del coma, cosa muy improbable…

—Quedaría hecha un vegetal —dice Scottie.

—Ella no quiere vivir así —digo.

—Todo eso ya lo sé —repite Scottie.

—Se le están administrando a vuestra madre dosis generosas de morfina, por lo que no sufre el menor dolor, pero aparte de eso no podemos hacer gran cosa.

Solo estamos esperando a que se muera, pienso.

—¿Tenéis alguna otra pregunta que hacerme?

Alex niega con la cabeza.

—¿Qué van a hacer con su cuerpo? —inquiere Scottie.

El doctor Johnston asiente, gesto que interpreto como una indicación de que me toca responder a mí. Le doy a Scottie un apretón en los hombros. ¿Cómo decirle que vamos a incinerar el cuerpo de su madre, que vamos a reducirla a una ceniza gris y ósea? ¿Cómo es posible que podamos acabar así?

—Vamos a esparcir sus cenizas en el mar.

El vientre de Scottie deja de subir y bajar por un momento antes de volver a empezar.

—¿Cuándo se va a morir? —pregunta.

El médico parece prepararse para soltar una parrafada, pero se reprime.

—Lleva dos días respirando sin ayuda. No durará mucho, me temo. Pero aún podréis pasar algo de tiempo con ella.

Todos miramos a Joanie, postrada en la cama.

—Algunas personas se despiden enseguida y se marchan del hospital —explica el doctor Johnston—. Otras se quedan hasta el último momento.

—Y nosotros ¿qué haremos? —quiere saber Scottie.

—Lo que queráis —digo—. Vosotras decidís.

El doctor Johnston se pone de pie.

—Por favor, avisadme si os surge cualquier otra duda, sobre lo que sea.

Veo una mancha en su bata blanca, no de sangre, sino de

alguna sustancia parecida a la mantequilla de cacahuete. Lo imagino en la cafetería, comiéndose un emparedado de crema de cacahuete con mermelada, y esta imagen me reconforta, por algún motivo. A Joanie le gustaba comer tortitas al vapor con mantequilla de cacahuete. Era un alimento que siempre la reanimaba. Ojalá ella pudiera comer algo. Ojalá pudiera tomar una última comida, como un condenado a muerte antes de la ejecución. Bollitos portugueses, virutas de hielo con sirope de frutas, el típico plato combinado hawaiano con arroz, ensalada de pasta y carne, solomillo de atún a la parrilla de Buzz's, chuletas de cerdo ahumadas con madera de mezquite de Hoku's, una hamburguesa Teriyaki y un batido de sorbete de naranja con helado de vainilla. Estos eran sus platos favoritos.

—Gracias, Sam —digo.

—Lo siento —dice, y parece sentirlo de verdad, no solo por nosotros, sino también por sí mismo. Me olvido de que, para un médico, la muerte es una derrota. Ha fracasado. Le ha fallado a Joanie, y nos ha fallado a nosotros.

—Tranquilo —le digo, aunque suena raro.

—Os dejo un rato a solas —dice.

El silencio se apodera de la habitación cuando él se marcha. Alex se sienta junto a mí en la cama. Aunque me parece que Joanie tiene las mejillas hundidas y que se está encogiendo, me doy cuenta de que en realidad no está tan distinta. Esas son mis expectativas: que envejecerá y se desmejorará antes de dejarnos. Pero no es lo que ocurrirá. Ha quedado congelada en el tiempo. No puedo evitar pensar que sigue al frente de la familia, dirigiéndonos en silencio con una fuerza inmensa e inigualable. Scottie tiene la mirada fija, aunque no en un objeto en particular. Parece estar en trance.

—¿Y ahora qué? —pregunta Alex.

—Esperamos al tío Barry y a vuestros abuelos —digo—. Vendrán hoy a despedirse.

—¿Qué vamos a hacer nosotros? —inquiere—. ¿Esperar hasta el final?

Sid baja su revista.

—¿Qué queréis vosotras? —pregunto—. ¿Qué queréis hacer?

No responden. Pienso que tal vez les da vergüenza confesar que no quieren quedarse hasta el final. Llevamos mucho tiempo despidiéndonos.

Me pregunto cómo será el final. ¿Se irá apagando ella poco a poco, o luchará por vivir? ¿Abrirá los ojos, cerrará la mano en torno a nuestras muñecas?

—Creo que vosotras no deberíais quedaros hasta el final —digo. No quiero que la vean morir—. Escogeremos un momento para despedirnos, si os parece bien. Si es lo que queréis. También podemos quedarnos aquí o seguir viniendo hasta que creáis que ha llegado el momento de decir adiós. Solo tenéis que avisarme.

—Aseguraos de estar preparadas —tercia Sid. Alex se levanta de la cama y se le acerca, pero él levanta la revista para taparse la cara. Veo a la chica gateando sobre el capó del coche. Me entran ganas de preguntarle: «¿Qué haces ahí? Bájate del maldito capó y vete a casa».

—Supongo que ese es un buen plan —dice Alex—. Cada uno de nosotras debe elegir un momento para sí misma.

—¿Los ojos se queman? —pregunta Scottie.

No tengo idea de qué ocurrirá con sus ojos, y jamás me atrevería a preguntar. Yo diría que sí que se queman. No lo sé.

—¿Qué pasa? —dice Scottie—. ¿Por qué me miráis todos así?

—Tendrás que preguntárselo al doctor, Scottie.

—No deberías pensar en ese tipo de cosas —le aconseja Sid.

Me pregunto qué hicieron con su padre, si lo enterraron o lo incineraron. Me gustaría saber si Sid se hacía la misma pregunta sobre los ojos de su padre.

40

El corazón me late a toda velocidad, como si me encontrase encima de un escenario. Oigo a la madre de Joanie.

—Joanie —la llama—. Joanie.

Salgo al pasillo. Scott tiene las manos en los bolsillos y va con la mirada baja, arrastrando los pies como un crío. Alice se ha puesto ropa elegante, o tal vez la ha vestido así su enfermera o Scott, con un jersey negro y una falda larga roja y blanca. Lleva sus pulseras de oro, y por su peinado da la impresión de haber ido a la peluquería. Me pregunto si sabe dónde está.

—¡Joanie! Joanie. Leproso —le dice a un hombre que pasa en una silla de ruedas.

El hombre mira a Alice, que sigue andando como si no hubiera dicho nada.

—Hola, Alice —la saludo.

Ella pasa de largo, pero Scott le rodea los hombros con el brazo y la guía hasta la habitación.

—Barry estará al llegar —dice él. Dirige la vista hacia la cama y, acto seguido, se acerca a la ventana, alza la cortina y la deja caer de nuevo. Echa una ojeada alrededor, va hacia el fondo de la habitación y se queda allí, de pie. Es como si estuviera acompañando a una mujer que se está comprando lencería. No sabe qué hacer.

—Scottie, deja que se siente el abuelo.

—Eh, Bingo —dice Scott—. No te había visto allí. —Se vuelve hacia Alex y Sid—. Otra vez tú —le dice al chico.

Scott se acomoda en la silla y sienta a Scottie sobre sus rodillas.

Alice está de pie junto a la cama. Se agacha y habla en voz baja.

—¿Qué obtienes cuando cruzas un caimán con un niño? —dice, pero no alcanzo a oír la respuesta. No dejo de preguntarme qué obtienes. Supongo que un caimán y que te quedas sin niño. Por alguna razón, su adivinanza me parte el corazón.

Barry entra en la habitación con un ramo de flores y algo que parece un álbum de fotos. Está llorando. Nos saluda uno a uno, sacudiendo la cabeza antes de venirse abajo entre nuestros brazos. Cuando lo estrecho contra mí, le aprieto la espalda con la mano abierta, en vez de cerrarla en un puño.

—Hola, hijo —dice Scott.

Cojo las flores que ha traído Barry. Se dirige hacia el lecho de Joanie y se queda junto a Alex.

—¿Qué has decidido? —pregunta Scott.

—¿Cómo dices, Scott?

—¿Qué has decidido?

—Creo que simplemente vamos a ver qué pasa. Lo sabremos cuando sintamos que ha llegado el momento.

—Me refería a tu decisión sobre el comprador. ¿A quién has elegido?

—Acaparador —les dice Alice a los *leis* de jazmín de Arabia.

Mis hijas también se muestran curiosas al respecto. No soporto ver su curiosidad. Quieren saber cuánto. Cuánto vamos a sacar.

—¿De verdad crees que es el mejor momento para hablar de ello?

—¿Cuánto vas a sacar? —pregunta Scott.

Miro a Barry para que me ayude a hacer callar a su padre, pero se limita a decir:

—Papá, seguro que puedes leerlo en el periódico.

—No tengo por qué leerlo —replica—. Puedo oírselo decir aquí mismo.

—No voy a hablar de eso ahora, Scott. No me parece apropiado.

—Supongo que a ti tanto te da. Es poca cosa para ti, un millón más o menos.

—¿Hay algún problema?

Scottie parece petrificada sobre sus rodillas. Como su abuelo hace ademán de ponerse en pie, ella se levanta, pero entonces él vuelve a sentarse. No me mira a los ojos. Hace una mueca cruel y burlona.

—Tiene gracia que a Joanie le haya sobrevenido esta desgracia justo cuando tú ibas a recibir una fortuna.

—No tiene ninguna gracia —contesto—. Nada de esto tiene ni puñetera gracia.

Ayer los primos formaron un círculo en torno a Hugh, que les dio la noticia, y yo le agradecí su intervención. Fue serena e imparcial, llena de autoridad. Empleó un tono severo, nadie opuso reparos ni suspiró de forma melodramática. Sé que el estado de Joanie seguramente tuvo algo que ver. Ellos habrían protestado si hubiera estado sana. Como no es así, aguardarán a que pase un tiempo. Hugh me hizo quedar como un hombre desconcertado pero decidido, optimista y valiente. Ralph me dio unas palmadas en la espalda. Seis dijo: «A mí me da igual. Pronto estaré muerto».

—Fuiste egoísta con ella —me acusa Scott—. Ella te lo dio todo, un hogar acogedor y feliz.

—Scott —digo—, ¿adónde quieres llegar?

Miro de nuevo a Barry, que finge estar ocupado con Joanie, y sé que opina lo mismo que su padre, pues de lo contrario me echaría un cable.

—Vivíamos bien —digo—, mejor que bien. ¿Crees que

ella no estaba contenta porque yo no le daba lo suficiente? ¿De verdad estás enfadado por eso?

—Quería un barco propio.

—¡No podía permitírmelo! No dispongo de esa cantidad de líquido. Todo está invertido en los terrenos. Vivo de mi sueldo. Utilizaré el dinero del fondo para pagarles la universidad, y lo utilizaba para pagar el colegio de las chicas, veintiocho mil dólares por las dos. Luego están las clases de voz y de danza, los campamentos de verano. La lista sigue y sigue.

Mis hijas parecen asombradas y ofendidas. Es lo malo de los chicos privilegiados: se olvidan de que a sus profesores hay que pagarles. Se olvidan de que todo cuesta dinero: actuar en una obra, fabricar una cachimba en el taller de soplado de vidrio. Estoy convencido de que los chavales pobres son conscientes de lo que cuesta todo, hasta la cosa más nimia. Contemplo el trozo de pared que Scott tiene encima de la cabeza y me vienen ganas de darle un puñetazo. ¿Por qué estoy hablando del coste de las matrículas? ¿Por qué me estoy defendiendo?

—Ella debería haber tenido su propio barco, una lancha que conociera bien. Si la hubiera tenido, ahora no estaría… —Señala a su hija con un gesto.

—Para empezar, ella no llevaba el timón, y no puedes echarme a mí la culpa de esto. ¡No lo planeé!

—Se merecía más de ti —me reprocha, mirándome directamente a los ojos. No puedo creer que me esté diciendo esto, y menos todavía delante de mis hijas. Estoy a punto de hacerlo. Por poco se me escapa la lengua. Podría replicarle a Scott que su hija me engañaba con otro, que yo también merecía más. Podría decirle que ella nos rompió el corazón a todos.

—Lo sé —digo—. Se merecía más. —Caigo en la cuenta de que es cierto, de que no se trata solo de una frase para apaciguarlo. Respiro hondo, esforzándome por recordar que él es su padre. No quiero ni imaginarme a una de mis hijas en esa cama—. Tienes razón —añado—. Lo siento.

—Por Dios santo, deje de meterse tanto con él —dice Sid.

—Sí, abuelo —se suma Scottie.

—Papá lo hizo lo mejor que pudo —tercia Alex.

Estoy sorprendido, casi incómodo, pues me preocupa que Scott pueda pensar que les he pagado a las chicas para que digan esto. Nuestro frente unido me da una sensación extraña, como si fuéramos otra familia, una de esas familias felices que veo de vez en cuando. Y entonces me pregunto: ¿lo somos? ¿Estamos construyendo algo juntos, a pesar de todo? Por otro lado, estemos en el punto en que estemos, seamos lo que seamos, es algo que solo existe por la ausencia de Joanie. Todo esto lo ha hecho posible su silencio. Recuerdo que Sid le dijo a su madre que la muerte de su padre era lo mejor que les había ocurrido, y de pronto comprendo que no lo dijo por maldad o por insolencia. Lo dijo porque en parte era cierto, doloroso pero cierto. Qué agallas debió de echarle para decirlo.

Podría explicarle a Scott que no es el dinero lo que va a hacer que mi vida sea mejor, sino la muerte de su hija. Muy en el fondo, sé que es así. No quiero estar en esta situación, no le deseo a ella este mal, pero, ahora que ha ocurrido, ahora que sé qué va a suceder, confío en que mis hijas lo entenderán y se convertirán en unas personas fuertes e interesantes, y en que yo seré un buen padre y llevaré una vida mejor de la que creíamos que estábamos destinados a llevar. Nos irán bien las cosas a los tres, Joanie. Lo siento, pero es lo que hay.

—No elegí a nadie —le comunico a Scott—. Decidí no vender.

Las chicas me escrutan el rostro. Alex sonríe. No estoy seguro de por qué, ni de lo que mi decisión significa para ella, pero me alegro mucho de contar con su aprobación.

—Las tierras seguirán perteneciendo a la familia, aunque va a ser un coñazo. Voy a tener mucho trabajo.

—Eso no es asunto mío —murmura Scott.

Me dan ganas de gritar que me estoy aferrando a eso, que me estoy aferrando a todo, que la vida me ha pillado por sorpresa y que yo la estoy sorprendiendo a mi vez, modestamente, a mi manera.

Scott se pone de pie y se acerca a Joanie. Estudia las flores, como si mirase libros en una estantería, y de repente se ríe.

—Debes de haber cabreado a mucha gente. —Casi parece orgulloso.

—En efecto. Y seguramente eso no es nada comparado con lo que me espera. —Aunque lo que he hecho es totalmente válido y conforme a la ley, no descarto que algún abogaducho agilipollado encuentre alguna grieta diminuta por la que colarse como una culebra.

Alice se fija en la revista de Sid. Se le ponen unos ojos enormes, como los de un búho.

—¿Vamos a irnos ya? —pregunta.

—No, mamá —responde Barry.

—¿Por qué no? —inquiere ella.

—Mamá, porque...

—Sí, Alice —dice Scott—. Vamos a irnos. —Junta las manos y baja la vista hacia su hija. Las niñas me miran, presas del pánico.

—Chicas —digo—. Sid. —Hago un gesto en dirección a la puerta y ellos salen al pasillo detrás de mí.

—¿El abuelo lo está haciendo ahora? —pregunta Alex.

—Supongo que sí —digo.

Avanzamos unos pasos por el pasillo, luego damos media vuelta y caminamos en la dirección contraria. Scottie es la única que permanece quieta, observando. Al cabo de un rato seguimos su ejemplo, pero recorremos el pasillo con la mirada, tal vez intentando disimular nuestro interés respecto a cómo se hace. Scott, con los ojos cerrados, le toca el hombro a Joanie, pero no dice nada. Barry lo está mirando también, con una mezcla de temor y reverencia.

—¿Está rezando? —pregunta Sid.

—No —respondo.

Alice se aparta de la cama y Scott alza la vista hacia ella, antes de bajarla hacia su hija. Se lleva la mano a la boca y cierra los párpados con fuerza. Al poco rato los abre y posa la mano en la frente de Joanie, le alisa el cabello hacia atrás y descansa la mano sobre la parte superior de su cabeza. A continuación, se acerca a Alice, la toma de la mano y camina hacia la puerta. Todos retrocedemos unos pasos. Él me mira por unos instantes antes de alejarse por el pasillo. Reconozco esa mirada; es la que me lanzan otros abogados cuando pierden ante mí. Es una mirada de irritación por el hecho de que aparentemente me he salido con la mía. Una mirada que denota la estúpida certeza de que soy un hombre afortunado.

41

Joanie parece distinta ahora que su padre se ha despedido de ella. Es como si su adiós la hubiese acercado un poco más a la inexistencia, y cuesta mirarla con la conciencia de que sus padres jamás volverán a verla. Todo parece distinto. Nos quedamos fuera, en el pasillo, para dejar a Barry a solas con ella.

—¿Nos sigue teniendo algún cariño el abuelo? —pregunta Scottie, como si me hubiese leído el pensamiento. Me pregunto si mantendrá el contacto con nosotros, aunque imagino que eso depende de mí. Tendré que asegurarme de que vea a sus nietas, y de que cuiden bien de él. Ahora es mío también, supongo. Las chicas tienen coronillas idénticas. Me doy cuenta de eso por primera vez: un círculo diminuto de piel blanca en el medio, y un remolino de pelos torcidos hacia la derecha.

—Claro que nos tiene cariño. Lo que pasa es que está triste. A veces decimos cosas así cuando estamos tristes.

Sid no deja de echar miradas por el pasillo en dirección a los ascensores, y eso me distrae.

—Me voy. Adiós a todos —dice Barry, saliendo de la habitación.

—De acuerdo —respondo, mordiéndome la lengua para no preguntar: «¿Ya estás? ¿Seguro?» Todo está sucediendo demasiado deprisa.

—Tal vez vuelva —dice—. Voy a marcharme y a dejar reposar lo que le he dicho. Si siento que hay algo más, volveré. Pero, por el momento, me marcho.

—Muy bien, Barry —digo.

Me da un abrazo y luego abraza a cada una de las chicas.

—Podemos hacer lo que sea —les dice—. Podemos comportarnos como queramos, pero no debemos enfadarnos. No podemos ser desagradables unos con otros.

Reconozco estas palabras. Yo estaba cocinando un asado y Esther preparaba unas empanadas mientras veía *Oprah* en la tele. Una mujer cuyo hijo había muerto le dijo exactamente lo mismo a su familia justo después de la desgracia, y yo me lo creí, me creí que se lo decía a su familia y que decirlo daba resultado, pero las palabras no suenan igual de contundentes en boca de Barry. No estoy seguro de que a él le den resultado. Ha leído muchos libros de autoayuda, pero trataban sobre el amor, no sobre la muerte. Creo que en cualquier momento sufrirá un acceso de pena y rabia. Los sentimientos estallarán, descarnados e incontenibles, y las palabras no servirán de nada. Nos atacará a todos, y no sé cómo contraatacar. Desearía conocer las respuestas, saber cómo ayudarme a mí mismo y a las personas que sufrirán alrededor de mí.

—Bien chicas —digo—. Ya solo quedamos vosotras y yo.

—Y tú y yo —dice Scottie.

—Y yo —se suma Sid.

—¿Estáis bien? —pregunto—. ¿Queréis que volvamos a entrar?

Todos dirigen la vista al interior de la habitación, pero nadie da un paso hacia allí.

—Esto no marcha —dice Alex—. Siento que solo la estamos mirando, esperando...

—Lo sé —admito—. Lo sé.

Veo que Sid mira hacia el pasillo y consulta una vez más su reloj y su teléfono móvil.

—¿Esperas a alguien? —pregunto.

—No —contesta.

Noto que está decepcionado conmigo. Cree que debería «coger el toro por los cuernos» y enfrentarme a Brian, que, en palabras de Sid, «no tiene ni media hostia». Cree que contarle a Julie lo de su aventura me haría sentir mejor, lo que me divierte pero me entristece a la vez, pues veo que él no acaba de entenderlo. Si alguien debería ser consciente de la inutilidad de la venganza, ese es Sid.

—Tal vez deberíamos salir a tomar el fresco. ¿Tenéis hambre? Podríamos ir a por un plato combinado.

—¿Nos despedimos como si fuera la última vez? —pregunta Scottie—. Por si acaso.

Echo un vistazo dentro de la habitación.

—No —digo—. No te preocupes. Volvemos enseguida. —Despedirnos como si fuera la última vez podría resultar agotador, así que nos marchamos. Nos vamos sin más, confiando en que ella seguirá allí cuando regresemos, demasiado temerosos para reconocer que podríamos estar equivocados.

42

Seguía allí cuando regresamos de almorzar, y sigue aquí esta mañana. Y aquí estamos otra vez, un día más en esta habitación oscura, mirando a Joanie, esperando. Algunas de las flores se han marchitado, las de jengibre y los jazmines de Arabia, aunque siguen perfumando el ambiente. Joanie tiene azules las yemas de los dedos. Me pregunto si alguien más ha reparado en eso. Lleva cinco días desconectada.

Joy aparece en la puerta. Me reconforta verla.

—Joy —digo.

—Señor King, su esposa tiene visita.

Una vez vi a un padre despedirse sin palabras de su hija, pero me altera más la gravedad de Joy, el hecho de que sea incapaz de mirarme a los ojos.

—¿Quién es? —pregunto.

—Una mujer. No sé cómo se llama. ¿Le digo que pase, o prefieren ustedes estar solos?

Intento pensar quién puede ser. Todas las personas a quienes he avisado se han pasado ya por aquí, aunque no me extrañaría que Shelley volviese para saludarnos.

—Claro —digo—. Que venga.

—Muy bien, señor King. —Joy se aleja, y me pregunto si está triste por mí o si lo que ocurre es que ya no nos considera clientes suyos; simplemente aguardan a que nos vayamos a fin de que la cama quede libre para el siguiente paciente.

—¿Quién es? —pregunta Alex. Se coloca el pelo detrás de la oreja y se alisa la camisa. Solo entonces me percato de lo guapa que está. Lleva unos pantalones negros y una blusa de cuello blanco bien planchada. Sid también se ha puesto camisa, además de unos vaqueros que no se le caen. Nadie les ha pedido que vayan vestidos de manera formal o respetuosa, así que estoy sorprendido pero también un poco triste porque no necesitan mis consejos. Scottie, por su parte, sigue estando a mi cuidado, como atestigua su camiseta extragrande, que le llega por debajo del pantalón corto, de modo que parece que no lleva nada más que la camiseta. En la parte de atrás lleva la palabra «Salvaje» y el dibujo de un pitbull que echa espuma por la boca y alza la pata trasera encima de una margarita.

—¿Y si no queremos que esté en la habitación? —dice Scottie—. Es nuestro turno.

—Ya es un poco tarde para eso —observa Alex.

—¿Y si es de servicios sociales? —pregunta Scottie.

—¿Por qué, Scottie? ¿Para qué iban a venir aquí? —Me fijo en su camiseta, su pelo, sus uñas.

—Para llevársenos —dice.

—Pero ¿por qué iban a hacer eso?

—Era una broma. Caray, tranquilízate.

Sid se sienta en la misma silla y se pone a dar golpecitos en el suelo con el zapato; parece nervioso. De pronto deja de mover el pie y endereza la espalda, con una mirada de satisfacción que le ilumina la cara. Me vuelvo hacia la puerta y veo un enorme arreglo floral de rosas blancas, tan grande que le tapa la cara a la mujer, aunque reconozco al instante el cabello de color castaño dorado y los brazos pálidos de Julie Speer.

Deposita el florero en el suelo y se mira el jersey azul claro que lleva.

—He derramado el agua —dice. Unas gotas le corren por

el jersey, formando irónicamente una mancha bastante parecida a una rosa con su tallo.

—Ten —le dice Scottie, rebuscando en el cajón cercano a la cama de Joanie y sacando una bata de hospital—. Sécate con esto.

—Gracias —dice Julie tras vacilar por un momento, y se da unas pasadas rápidas en el jersey. Se detiene, nos mira a todos y luego a Joanie. Recuerdo haberle dicho que mi esposa estaba enferma, pero jamás imaginé que vendría. Alex recoge el jarrón y lo coloca en un estante, al fondo de la habitación, puesto que no queda espacio encima de la cómoda cercana a Joanie.

—Es todo un detalle que hayas venido —digo—. No me esperaba…

—Lo sé —me corta—. Apenas nos conocemos, pero en los últimos días he estado pensando en vosotras, chicas, y sabía que vuestra madre estaba aquí. Sentía que debía pasarme a veros.

Las manos le tiemblan ligeramente. Se lleva una al pecho y respira hondo. La sujeto del codo y la guío hasta la silla que está al lado de Sid. Él la saluda con un movimiento de la cabeza.

—Te presento a Sid —digo—. Sid, la señora Speer.

—Julie —dice ella.

Él tiende la mano, Julie se la estrecha y, por algún motivo, dice:

—Gracias.

—¿Y tus hijos? —pregunta Scottie.

Julie parece meditar la pregunta con detenimiento.

—Siguen en Kauai con mi marido. Volverán esta tarde.

—¿Eres amiga de mamá? —inquiere Scottie.

Julie estudia a Joanie como si la respuesta a la pregunta de Scottie dependiera de lo que ve.

—No —dice—. No la conocía.

Alex y yo nos miramos con cara de perplejidad, cosa que

me he dado cuenta de que hacemos a menudo últimamente. Cada vez que sucede algo extraño, irritante o gracioso, su rostro es lo primero que miro. «¿Qué está haciendo aquí Julie?», pregunta mi cara.

—Gracias por las flores —digo—. Gracias por acercarte.

—Alex —dice Sid—, Scottie. Dejémoslos un rato a solas.

—¿Qué? —digo—. No, no hace falta. No tenéis por qué iros.

Sid pone la mano en la espalda de Alex y la guía hacia la puerta. Scottie los sigue, y entonces él cierra la puerta, dejándome a solas con ella. Tengo que confesarle a Julie que mi esposa no se va a recuperar, pese a que le había dicho lo contrario. Tengo que decirle que debería marcharse. Me acerco a la cama de mi mujer.

—Ya lo sé —dice Julie.

Está de pie frente a la ventana, que tiene unas de esas persianas verticales que Joanie no soportaba. Yo tenía unas en el estudio. «Son típicas de la gente que se monta su primer pisito», comentó cuando se mudó a mi casa. Ya estaban allí cuando compré la casa, y no tenía pensado cambiar un solo detalle —los suelos, las encimeras, el patio, el garaje, el tejado— hasta que Joanie empezó a señalar los defectos. Ensanchó el camino de entrada, plantó tres variedades distintas de helecho, extendió el tejado e instaló unas columnas gruesas de madera para que la fachada ofreciera un aspecto regio pero acogedor. Quitó la moqueta, despegó el papel de flores de las habitaciones, remodeló la cocina y los baños. Regateó con los contratistas, se cobró favores. Trabajó duro, transformó la vieja casa en una residencia hermosa, y desde el momento en que la vi, me pareció inconcebible haberla habitado en el estado en que se encontraba antes.

—¿Matt? —dice Julie.

—Sí —respondo—. Sí, Julie.

—Por eso he venido —explica—. Porque lo sé. He venido porque mi marido se ha negado a venir.

Intento asimilar esto mientras por algún motivo hurgo en el bolsillo de mi pantalón. Palpo una bolita de algo, una pelusa o un envoltorio gastado. Me pregunto qué será.

—Sé que se acostaba con ella. Sé que ella… no está bien.

—Se está muriendo —añado.

—No sé qué hago aquí.

—Lo siento —digo.

—No te estoy pidiendo eso. ¿Por qué te disculpas?

—No debería haberme presentado en vuestra casa así como así —digo—. No sabía que él tenía familia. Lo siento.

Dirige la vista a los pies de la cama y luego al rostro de Joanie.

—Joanie es preciosa —digo—. Normalmente no tiene este aspecto.

Ella asiente.

—Me siento fatal —declara—, pero estoy furiosa. —Se echa a llorar—. Estoy furiosa con ellos dos.

—Yo también lo estoy. Y es algo de lo más extraño, un sentimiento muy destructivo.

Se enjuga las lágrimas de la cara.

—¿Cuándo te lo contó? —pregunto.

Ella se muestra sorprendida.

—¿Mi marido?

—Sí. ¿Te lo dijo cuando nos marchamos? ¿Ocurrió algo?

—No me lo dijo él —replica—. Me lo dijo Sid. Llamó ayer a la casa. Mi marido y yo hemos estado tirándonos los trastos a la cabeza, como ya te imaginarás.

—Sid —digo—. Vaya…

—Lo que pasa es que… —Rompe a reír y se pone a abanicarse con la mano. Me parece que conviene dejar que se desahogue, así que alzo la vista hacia el techo, pero entonces la miro de nuevo, incapaz de disimular mi enojo.

—¿De qué te ríes? —pregunto.

—Es todo tan terrible… —dice.

—Julie —digo—. Me sabe todo muy mal, de verdad, pero

no puedo hacer esto ahora mismo. Tengo que estar con mi mujer en estos momentos.

—Lo sé —contesta, casi enfadada—. Me parece fatal que mi marido no quiera venir. Simplemente he venido porque no me parecía bien. Quería decirle a tu esposa que lo siento.

Me pregunto si una parte de ella se alegra en cierto modo de la desgracia de mi esposa. No me gusta la imagen de ella de pie junto a Joanie; los contrastes entre una mujer sana y una moribunda se acentúan. Julie tiene el rostro bronceado por sus vacaciones en la playa. Joanie parece minúscula a su lado. Un fuerte instinto protector hacia Joanie se apodera de mí, me siento muy unido a ella, perdidamente enamorado. Tengo ganas de tomarla de la mano y de enseñarle la puerta a Julie.

—Me lo contó todo —dice Julie, dirigiéndose a mí o a Joanie—. Te perdono por intentar arrebatármelo, por intentar destrozar mi familia.

—Basta —la interrumpo—. No sigas.

Hace ademán de decir algo más, algo que seguramente tiene ensayado, pero no pienso permitir que ataque a una mujer que no está en condiciones de defenderse. Su elegancia y su dulzura se han esfumado. Se ha engañado a sí misma; cree que está haciendo algo noble, cuando en realidad actúa movida por la rabia. La impulsan los mismos sentimientos que a mí, supongo: la necesidad de proteger lo propio. Esto es una guerra. Siempre lo es.

Camino hasta la puerta, la abro y espero a que se vaya. Baja la mirada hacia Joanie y me preguntó si tendré que obligarla a marcharse. Echa un vistazo a las flores antes de apartarse de la cama.

—Él no la quería —dice.

—Lo sé, pero durante una temporada tampoco te quiso a ti.

Se queda callada por unos instantes, frente a mí.

—He venido hasta aquí. No pretendía comportarme de este modo. Quiero a mi familia, eso es todo.

—Esta es mi esposa —digo.

Aguarda a que continúe, pero no tengo nada que añadir. Estoy a punto de decir: «Es el amor de mi vida. Vete a casa con tu familia, tú que puedes», pero no tengo ganas de seguir hablando con ella. Me he pasado los últimos días intentando desembarazarme de todo el mundo. Fuera. Marchaos todos, por favor.

Ella titubea, preguntándose tal vez si debería estrecharme la mano o abrazarme, pero yo le dejo claro que no quiero que haga ninguna de las dos cosas. Pienso en el beso que le di para dejar mi impronta, tal como su marido dejó la suya. Me asquea la nula originalidad de mi venganza, y también el hecho de que tal vez Julie sea la última mujer que se deje besar por mí.

Sale al pasillo y, tras cerrar la puerta una vez más, contemplo las flores que ella ha traído y que se alzan tiesas al fondo de la habitación. Entonces me acerco a mi esposa, que semeja el espectro de una mujer. Me siento en la cama. Le cojo la mano, que ya no tiene el tacto de su mano. Le toco la cara, miro sus labios, las grietas de sus labios. Le froto la frente con la palma de la mano hasta el nacimiento del pelo, como ha hecho su padre. Le pido en silencio que me perdone, hasta que caigo en la cuenta de que no es una especie de diosa, así que tengo que decírselo en voz alta.

—Perdóname —digo—. Te quiero. Sé que lo nuestro tuvo cosas buenas.

He elegido mi momento. No quiero abrazarla, porque sé que no me gustará la sensación de que ella no me devuelva el abrazo, y no quiero besarla porque no me devolverá el beso, pero aun así lo hago. Rozo sus labios con los míos y poso la mano sobre su vientre, porque este parece ser el sitio donde se origina todo, donde siento amor y dolor, rabia y orgullo, y aunque no lo había planeado así, le digo adiós. Me inclino de manera que tengo la boca contra su cuello y nuestras cabezas están juntas. Adiós, Joanie. Adiós, mi amor, mi amiga, mi dolor, mi felicidad. Adiós. Adiós. Adiós.

43

Preparo el gin tonic, vuelvo la vista hacia el ventanal que da al seto de celindas y la bajo hacia el sofá, en el que está sentada la madre de Sid. Lleva pantalones y una blusa, y se nota que no está acostumbrada a vestir así. Se abrocha el botón del cuello, se lo desabrocha de nuevo y se arregla el collar. Desvío la mirada antes de que me pille observándola.

He pensado que si Sid lo había hecho, también podía hacerlo yo. Él llamó a Julie, así que yo he llamado a su madre. Así funciona esto.

Le llevo la copa. Me gusta que se haya apuntado a tomarse una. Yo también me tomaré una, aunque hace un frío que pela y no tengo ganas de tocar el cristal helado. En los últimos días las temperaturas han sido inusualmente bajas en toda la isla y han estado acompañadas de lluvia intensa y nubarrones casi negros: el tiempo ideal, dadas las circunstancias.

Mary sujeta su copa con las manos ahuecadas, encima de sus muslos. Caigo en la cuenta de que no le he dado un posavasos y de que no se atreve a depositar la bebida sobre la mesa de madera. Estruja en una mano su servilleta de papel, y algunos trocitos se han adherido a la copa mojada.

—Puede dejarla en la mesa —le indico.

Inspecciona la mesa alargada de madera que tiene delante, así como los gruesos volúmenes que descansan en ella: *En busca del paraíso*, *Sentido de pertenencia*. *Atlas del mundo* y

El derecho en Estados Unidos. Vacila por un momento e intenta rescatar la servilleta empapada, pero desiste y deja la copa en la mesa. Tal vez se ha percatado de que puede hacer cualquier cosa y comportarse como le apetezca. No sabe que mi esposa falleció hace dos días. Ella, con su marido muerto y su hijo renegado, es quien se lleva la palma aquí.

—Normalmente no bebo —asegura—, y menos tan temprano.

—Me hago cargo. —Me fijo en los rasgos que Sid ha heredado de ella: la nariz afilada y unos ojos grandes caídos hacia los lados.

—¿Ha sido educado? —pregunta—. ¿Se ha portado bien?

Me vienen a la mente recuerdos de él fumando hierba y cigarrillos, dándole un cachete en el culo a mi hija, yéndose de la lengua, arruinando el matrimonio de Brian y recibiendo leña, como dice Scottie, por parte de mi suegro.

—Sí —respondo—. Sorprendentemente, nos ha sido de mucha ayuda.

—Puedo pagarle —ofrece ella—, por la comida. Por los gastos que haya tenido que hacer por él.

—Oh, no —digo—. No se preocupe por eso.

Pasea la vista por el interior de mi casa y luego, a través de la puerta mosquitera, mira el jardín, la piscina, la montaña. Yo también dirijo la mirada hacia allí antes de preguntarle si quiere que vaya a averiguar por qué Sid tarda tanto.

—¿Le contó él por qué lo eché de casa?

—Me dijo que su padre había muerto, y que lo echaba de menos.

—Su padre no era una persona con la que resultara fácil convivir —admite—. Pero cuidaba de nosotros. Quería a Sid.

—No me cabe duda —digo.

—Debe de creer que soy un monstruo por haberlo echado de casa.

Su rostro delata cansancio. Seguramente aparenta más años de los que tiene.

—Nada de eso. Es duro lidiar con los hijos. A veces no queda más remedio que hacer cosas así, sobre todo con Sid. No es precisamente un angelito.

—No, no lo es. —Se ríe, y es como si reconociéramos que tenemos hijos difíciles pero que no los cambiaríamos por nada. Veo que le ha traído a Sid una de esas revistas que le gustan, de chicas en coches o en *choppers*—. Tengo que decirle que le creo —añade.

Mira a un punto situado detrás de mí y sé que él debe de estar allí, caminando por el pasillo adoquinado, entre los retratos de mi familia que cuelgan en las paredes, pasando frente a las tarjetas de condolencia, junto a la maceta japonesa negra que suena como un gong cuando se le da con una cuchara de madera envuelta en un trapo de cocina, que era como Joanie nos avisaba que la cena estaba lista. «¡A cenar! —gritaba después del sonoro tañido—. ¡A cenar!»

—Hola, mamá —dice Sid.

Ella se pone de pie, pero no se mueve de donde está, delante del sofá y detrás de la mesa de centro, resguardada. Él está a mi lado. Me levanto y le dedico una mirada de aliento. Percibo que no quiere que me vaya, pero este problema no me incumbe. Es solo algo que tenemos en común, la necesidad de reconciliarnos con los muertos y las personas que eran en realidad. Queremos tomar las riendas de nuestra existencia, mermar el poder de nuestros monarcas difuntos, evitar que dominen nuestra vida, aunque sé que es imposible, pues llevan siglos dominando la mía.

—Gracias por venir, Mary —digo.

Salgo de la habitación. Oigo sus voces. Aunque desearía pensar que los oigo abrazarse, estoy seguro de que no es así. Los abrazos no son audibles.

Alex está de pie junto al gong. Me la llevo de allí.

—¿Están hablando? —pregunta.

—Eso creo.

Pasamos junto a las fotos de Joanie. No las miro, pero conozco la secuencia: Joanie en Mauna Kea con Alex sobre los hombros; Joanie y yo cenando con unos amigos en un restaurante giratorio que nos provocó náuseas a todos; Alex en su bici de montaña cruzando un platanar; Joanie en biquini, en un barco, y Scottie apoyada en la borda, fingiendo vomitar; Joanie atacando una ola en una canoa, inclinada sobre el balancín para evitar que la embarcación vuelque.

Scottie está en el sofá, tapada con el edredón que se ha traído de su cama. Está viendo la televisión; en realidad, no hemos hecho otra cosa en los últimos dos días. Me quito los zapatos y me acomodo junto a ella, al igual que Alex. Me recuesto y veo a una mujer famosa y bonita aceptar un premio por interpretar a una fea.

Amontono unos cojines para apoyar la cabeza encima y me tapo con la manta. Podría quedarme aquí para siempre. Reparo en que Scottie ha desempolvado su álbum de recortes. Lo tiene encima de la barriga. Lo cojo y me pongo a hojearlo. El tiempo pasa. El tiempo pasó. Lo veo en las fotos: Troy en el bar del club el día de las carabelas portuguesas; Alex en la piscina, gritándole a Scottie, su primer día en casa. Hay innumerables fotografías de Sid haciendo cosas triviales: Sid sentado junto a la piscina leyendo una de sus revistas de coches, Sid comiendo patatas fritas, Sid echándose una siesta.

—¿Se va a ir Sid a su casa? —inquiere Scottie.

—Sí —digo.

—¿Sigues saliendo con él —le pregunta a Alex—, a pesar de que se fue con las pelanduscas?

—Solo somos amigos —dice Alex, pero, en un arranque de sinceridad, agrega—: No sé qué somos. Creo que ahora estamos juntos. —Señala el álbum—. Has puesto muchas fotos suyas aquí.

—Es fotogénico —alega Scottie. Coge la libreta y pasa las páginas, fascinada con su obra. Sujeta el álbum muy cerca de sí y no me deja tocarlo. Es como si fuera la guardiana de nuestras reliquias, la conservadora de nuestro museo.

Siguiente página. Una foto antigua en la que aparezco en mi despacho, rodeada de recortes de los objetos que me definen: un maletín, una cerveza.

Tendré que pasar mucho tiempo allí, en el despacho, familiarizándome con mis terrenos, intentando compensar todos los años en que hemos desatendido los bienes que nos fueron legados.

Scottie me ha colocado debajo de mis padres. Joanie está junto a mí, en una foto que le sacaron hace años, después de su regata de canoas desde Molokai hasta Oahu, antes de que naciera Scottie. En esa foto, es la viva imagen de la salud, con esos dientes, esa piel, ese rostro tan radiante. Se la ve joven y bonita, contenta, y entonces caigo en la cuenta de que le hicieron la foto antes incluso de que nos conociéramos.

Le alboroto el pelo a Scottie, que se reclina contra mí.

—Eres nuestra archivadora —le digo—. La historiadora de la familia.

—La señora Chun dirá que en realidad no es un álbum de recortes, porque no he puesto trozos de tela ni palabras.

—A mí me gusta tal como está —opino.

—A mí también.

—¿A qué hora salimos mañana? —pregunta Alex.

—Temprano.

—¿Y si sigue lloviendo?

—Iremos de todos modos —contesto—. Tenemos que ir.

Las cenizas están en una caja metida en una bolsa morada, y cada vez que la veo, pienso en licores caros, pero entonces me recuerdo a mí mismo: No, son cenizas. Las cenizas de mi esposa.

Sigo sin tener una idea muy precisa de cómo se despidieron las chicas, de cómo vivieron ese momento, y no quiero preguntárselo porque saberlo sería muy doloroso para mí. Cada una entró por separado en la habitación. Cada una dijo algo antes de salir y escrutarme el rostro en busca de una respuesta clara. Luego nos marchamos del hospital y volvimos a casa. Scottie encendió el televisor en el estudio. Alex se metió en su cuarto. Yo me metí en el mío, pero no podía quedarme en esa cama, así que me fui a ver la tele con Scottie, y Alex estaba allí, tumbada junto a ella, y entonces supe que era el mejor lugar donde se podía estar. Joanie debía de estar esperándonos, porque murió al día siguiente de que nos despidiéramos de ella.

En la pantalla se suceden imágenes de personas muertas que trabajaban en la industria cinematográfica. Algunos reciben fuertes aplausos, otros no reciben nada.

Scottie me da golpecitos en la espinilla con los dedos de los pies.

—Tienes los dedos fríos —señalo. Aprieta el pie entero contra mi espinilla, y siento un escalofrío—. Basta —digo.

Suelta una fuerte carcajada y yo le pongo la mano encima, de modo que les toco la coronilla a las dos. Es un gesto calculado y tímido, como los que se hacen en las primeras citas.

Recuerdo aquel paseo con Joanie por la recóndita playa que se extendía frente al centro vacacional Kahala. Acabábamos de almorzar en el Hoku's y habíamos tomado una copa de vino cada uno. Recuerdo que caminaba muy cerca de ella, rozándole deliberadamente la mano con la mía, con la esperanza de que se quedara pegada de algún modo, hasta que al final la abracé por la cintura, y ella se arrimó a mí en vez de apartarse, lo que me colmó de satisfacción. Teníamos el precioso hotel a un lado, y me sentía como si estuviéramos de vacaciones, como si fuéramos turistas en una tierra exótica. Resulta extraño pensar que hubo una época en que la timidez se apoderaba de nosotros cuando estábamos el uno cerca del otro.

—Me alegro de que no vendieras las tierras —dice Scottie.

—¿En serio? —pregunto—. ¿Por qué?

—Porque si las hubieras vendido ya no serían nuestras —responde.

—Algún día serán vuestras —digo—. De las dos.

—Ahí es nada —comenta Alex.

Scottie pasa a la última página del álbum, y allí están los que dieron origen a todo, la princesa Kekipi y Edward King.

—¿Por qué los has puesto al final? —pregunto—. ¿No deberían estar al principio?

—Supongo —admite Scottie, y posa la mano sobre el retrato de la princesa—. Luego lo hago.

—Pero no está mal así —digo—. En cierto modo, me gusta que aparezcan al final.

Es curioso que los considere el origen, teniendo en cuenta que ellos también fueron descendientes de alguien, generaciones de huellas en su ADN, rastros de migraciones humanas. No salieron de la nada. Todo el mundo procede de alguien que a su vez procede de otras personas, y esto me resulta asombroso. No podemos conocer a las personas que llevamos dentro. A todos nos llega el turno de estar en lo alto del árbol. Matthew y Joan. Un día seremos esos dos.

Me quedo traspuesto un rato. No sé durante cuánto tiempo, pero cuando abro los ojos, la ceremonia de los Oscar aún no ha terminado, y Alex me comunica que Sid se ha ido, y esto me entristece un poco. Lo que había surgido entre nosotros cuatro, fuera lo que fuese, se ha acabado. Ahora él es el novio de mi hija, y yo soy un padre. Un viudo. Nada de porros, nada de cigarrillos, nada de quedarse a dormir en casa. Tendrán que buscarse la vida de forma imaginativa para hacer sus cosas, seguramente en sitios incómodos, como todos los demás. Les digo adiós, a él y a mis viejos hábitos. Todos le decimos adiós, y también a las personas que éramos antes. Ahora es verdad que solo quedamos nosotros tres. Me vuelvo hacia las chicas, para echar un buen vistazo a lo que queda.

44

Voy dirigiendo la piragua, y lo hago fatal; surcamos el mar en una línea quebrada, y las chicas están cansadas por haber tenido que remar más de la cuenta. Mis antepasados polinesios se habrían avergonzado de mí, de todos nosotros. No poseo el don de la orientación, de guiarme por la posición del sol y de los astros, de aprovechar las corrientes para navegar por mar abierto. Estas habilidades e instintos se han perdido.

—¿Las tiramos aquí? —grita Alex. Va sentada delante del todo, y veo que tiene tensos los músculos de la espalda.

—Bañista, papá —avisa Scottie—. ¡Bañista!

Veo un gorro de baño blanco aproximarse a nosotros, subiendo y bajando en el agua, pero luego se aleja flotando hacia los catamaranes.

—Continuemos hasta que se acabe la arena —digo—. Allí habrá menos follón.

—Pues sigue recto, entonces —indica Alex.

—Eso intento.

—Inténtalo con más ganas. Tienes que prever cuándo se va a ir hacia un lado, y no pasarte cuando remes en la dirección contraria. Eres demasiado lento.

Joanie sabía llevar una piragua en línea recta. Estoy casi seguro de que es lo que todos estamos pensando.

Intento fijar como destino la manga de viento color naranja. Veo partes del arrecife sobresalir del agua como dientes de tiburón. El sol es un resplandor difuso tras las nubes grises. El agua está turbia, y las formas oscuras de las rocas en el lecho marino parecen moverse debajo de nosotros. Mi remo roza un saliente del arrecife, cubierto de agujeros como un panal, y desvío la piragua hacia la derecha para adentrarnos en aguas más profundas. Las cenizas están en la bolsa que llevo encima de las rodillas. De vez en cuando, bajo la vista y me invade una sensación de injusticia. No está bien que ella vaya así, encima de mis piernas. Apenas noto su peso. Me acuerdo de las diferentes opciones de entierros: «¡Deje que se lo lleven en una piragua y esparzan sus cenizas!».

Hay olas grandes cerca de la manga de viento, pero no rompen. Una nos pasa por debajo, y la piragua se eleva hasta la cresta antes de bajar de golpe. La proa hiende el agua y, cuando nos acercamos a la ola siguiente, que parece más grande que la anterior, aprieto con más fuerza la bolsa de las cenizas entre las piernas. Scottie deja de remar.

—Sigue remando —le ordeno, con un deje de nerviosismo en la voz. Necesitamos impulso para pasar la ola sin que nos arrastre hacia abajo. Esta nos eleva, salpicando tanto que el agua me ciega por unos instantes, y luego nos deslizamos por su lomo curvo, con tal violencia que todos damos un brinco en nuestro asiento—. Larguémonos de aquí —digo.

Las chicas no dicen nada, y me doy cuenta de que están preocupadas. Hunden sus remos muy adentro, desplazando tanta agua como les permite su cuerpecillo. Sumergen las muñecas, dando paladas rápidas. Remamos durante más rato del necesario, hasta que la zona en que se acaba la arena queda muy atrás. Aquí el agua es aún más oscura, y las rocas del fondo semejan seres dormidos. Me parece un sitio demasiado lóbrego, frío y solitario para elegirlo como lugar de eterno descanso, pero me guardo mi opinión.

Las chicas paran de remar. Contemplo la extensión de Waikiki que se divisa desde aquí. Presenta un aspecto distinto cada vez que la veo, aunque en realidad no ha cambiado tanto: mucha gente, agua de color azul verdoso, surfistas que cabalgan las olas, arena blanca como porcelana fina. Lo que ocurre simplemente es que este paisaje significa algo diferente para mí cada vez que lo veo. Hoy significa Joanie. La playa de Joanie.

Cojo la bolsa, que contiene también una pala de plata. La agarro y me quedo mirándola como si se tratara de una broma.

He estado meditando cómo debemos hacer esto.

—Alex —digo—. Acércate más a tu hermana. Tal vez podrías sentarte en el balancín.

Ella se vuelve, pasa por encima de su banco y se pone de pie, sujetándose de los lados para no caerse. Se ha recogido el cabello húmedo sobre la cabeza, en un moño que parece una colmena, lo que me recuerda el arrecife.

—Ten —digo, sujetando la bolsa abierta y pasándole a Alex la palita. Después de vacilar por unos instantes, la coge, y su mano desaparece dentro de la bolsa. Saca una palada de ceniza arenosa, y la brisa se lleva una parte. La observamos flotar en el aire como si fuera humo, y entonces Alex apunta la pala hacia abajo, de modo que las cenizas caen y se concentran en un solo punto sobre la superficie del agua, formando una pequeña pila que se hunde poco a poco, enturbiando el mar antes de desaparecer.

Alex le entrega la pala a Scottie, y yo le abro la bolsa. Para mi sorpresa, Scottie coge la palita, la mete a fondo en la bolsa y la mueve en círculo como si estuviera buscando un premio. Creía que esto le daría miedo. Saca un montón de ceniza y, con un giro de la muñeca, la lanza al aire. Contemplamos el agua, y cuando ya no vemos nada, las chicas me miran. A Scottie le castañetean los dientes, y se le ha puesto la carne de gallina. Las dos están de pie en la estrecha piragua, intentando mantener el equilibrio mientras olas pequeñas hacen cabecear nuestra embarcación. Pienso en todas las cenizas que debe de haber en las aguas profundas próximas a Waikiki, en todas las flores arrojadas a los difuntos, y me pregunto adónde ha ido a parar todo. Introduzco la pala en la bolsa y noto su peso. Tiro las cenizas al mar, lo que me provoca un dolor casi físico. Me duele la garganta, y también el estómago y los brazos. Si no estuvieran aquí mis hijas, no sé cómo me comportaría ahora mismo. Soy incapaz de mirarlas sin sentirme aturdido. Sé que están llorando, y no quiero mirar. Si miro, me vendré abajo. Cojo la bolsa y le doy la vuelta. Salen tantas cenizas que incluso hacen ruido cuando caen en el agua. Vemos sumergirse las cenizas grises que parecen arena gruesa. Las chicas tiran cuatro *leis* de flores de frangipani, y los observamos durante un rato mientras flotan. Por lo visto, hemos llegado al final de la ceremonia. La corriente lanza hacia nosotros los *leis*, que se quedan pegados a un costado de la piragua. Scottie se agacha para recogerlos y los arroja por el otro lado. Contemplamos el agua durante un rato más y luego intercambiamos miradas, como preguntándonos: «¿Y ahora qué? ¿Cuándo podremos volver a tierra sin que sea una falta de respeto?».

Tal vez cuando perdamos de vista los *leis*. Entonces daremos media vuelta. Alex se sienta en el primer banco, mientras Scottie se acomoda en el borde de la piragua y se reclina contra el balancín. Ponemos rumbo a la costa y observamos nuestras flores. Diviso a lo lejos a la gente que desayuna en la terraza, y me pregunto si deberíamos hacer eso nosotros también, en vez de correr a escondernos en casa. Cuando vuelvo la vista hacia el agua, los *leis* amarillos han desaparecido. Empuño mi remo, pero entonces oigo un silbido y dirijo la mirada hacia el horizonte. Avisto un barco, uno de esos cruceros con barra libre, en el que viaja un puñado de tipos descamisados que llevan *leis* rosas al cuello, viseras en la cabeza y bebidas servidas en cáscaras de coco en las manos. ¿No es un poco temprano para esto? Scottie se sienta en el banco del medio, y Alex mira hacia el barco, protegiéndose los ojos con la mano. Una serie de olas sacude nuestra piragua, haciendo que se escore hacia uno y otro lado.

—¡Yujuuu! —los oigo gritar—. ¡Uuuuh! —Gesticulan frenéticamente para llamar nuestra atención.

En la proa del barco hay unas chicas bailando. Oigo el golpeteo rítmico y sordo de la música.

Los miramos fijamente y ellos nos devuelven la mirada, sin entender nuestro silencio.

Alex comienza a remar, y Scottie la imita, mientras los chicos del barco las animan con entusiasmo:

—¡Remad, remad! ¡Uno, dos, uno, dos!

Un joven con un extraño piercing dorado en la nariz se quita el *lei* y hace ademán de lanzarlo.

—¡Enseñadnos las tetas! —grita, lo que provoca las carcajadas de sus compañeros.

Viro para dejar de tenerlos delante. Las chicas reman. No sé en qué están pensando. Espero que el incidente no haya estropeado su último momento con su madre. Me siento como si la estuviera abandonando al navegar hacia la costa.

«Todavía te quiero», me dijo una noche.

Fue poco antes de su accidente. Acabábamos de apagar las luces, pero se me cerraban los ojos y solo pude murmurar «Buenas noches». Por la mañana me arrimé a ella, apoyé la cabeza en su almohada y recordé lo que me había dicho la noche anterior. ¿Todavía me quiere? ¿Cómo que «todavía»?

Sin embargo, la creo. Creo que, a pesar de todo, todavía me quería.

—Lo siento —digo—. Siento lo de ese barco. Pero aun así ha sido un bonito adiós. Espero que estéis bien.

—Creo que a mamá le habría gustado eso —dice Scottie.

—Seguramente les habría enseñado las tetas —añade Alex.

Scottie se ríe, y sé que Alex está sonriendo.

Reman despacio, hasta que Scottie se detiene y coloca el remo de través sobre el casco. Tiene la espalda encorvada y la vista baja, y me pregunto si está llorando. Se vuelve, alzando la mano.

—Tengo a mamá debajo de las uñas —dice.

La miro y, en efecto, allí está.

Alex se vuelve, y Scottie le muestra sus dedos. Alex sacude la cabeza, dedicándole a Scottie una mirada con la que parece decirle: «Vete acostumbrando. Estará allí durante el resto de tu vida. Estará allí en tus cumpleaños, en navidades, cuando te venga la regla, cuando te gradúes, cuando mantengas relaciones sexuales, cuando te cases, cuando tengas hijos, cuando te mueras. Estará allí sin estar allí».

Creo que eso es lo que le dice con la mirada; en cualquier caso, su declaración silenciosa parece animar a Alex, y también a su hermana. Se ponen a remar de nuevo, y el ritmo me hace entrar en trance: las palas golpean el agua, se deslizan a lo largo del casco y vuelven a subir, describiendo un arco y lanzando agua pulverizada al aire. Plas, clonc, ssss. Plas, clonc, ssss. Pienso en lo que hizo Scottie anoche: pasó las páginas de su álbum, arrancó la foto de su madre y la pegó debajo de mis antepasados.

—La colocaré al final —dijo.

Contemplé a Joanie al final. No creo que Scottie pretendiera expresar nada en particular con este orden. De hecho, su álbum no tiene un orden concreto, y no es un árbol genealógico. Contiene los recortes de momentos de nuestra vida, seleccionados y recopilados, momentos que querremos recordar y olvidar.

—El final —dijo Scottie.

—El final —dijo Alex.

Scottie cerró el álbum.

Pienso en mi esposa al final, en su pequeña fotografía, un recordatorio, una evocación. Que ella tenga la última palabra parece lo más adecuado. «¿Qué fue lo último que dijo?», me pregunto. Detesto no saberlo, pero supongo que ahora, al final, ella tiene la última palabra, sea cual sea, y mis hijas y yo ascenderemos a partir de ella.

Les indico a las chicas que remen más deprisa para pillar esa ola pequeña que nos acercará a la playa. Aceleran las paladas, la ola nos recoge y nos deslizamos sobre el arrecife y las formas oscuras del fondo. Debemos de dar la impresión de estar pasándolo bien, y algún día será verdad. Y aunque no domino en absoluto el arte de la orientación, intento guiar nuestra embarcación hacia la costa siguiendo la línea más recta posible.

AGRADECIMIENTOS

Esta novela está basada en «The Minor Wars», un cuento de mi primer libro, *House of Thieves*. Quiero dar las gracias a *Story Quarterly* por seleccionar «The Minor Wars», mi primer relato publicado, y también a *Best American Nonrequired Reading* por reeditarlo.

Estoy muy agradecida con Kim Witherspoon y David Forrer por su apoyo y su trabajo duro; con Laura Ford y todo el equipo de Random House: os agradezco mucho vuestro entusiasmo y vuestro asesoramiento. Doctor Frank Denle, gracias por compartir conmigo sus conocimientos sobre los pacientes en coma y sus familias. Espero haberlos reflejado bien.

A mi familia de Hawai, y a mi lector y marido Andy, cuya sapiencia en todos los campos, desde los testamentos y los fondos fiduciarios hasta las motocicletas, me ayudó a escribir este libro: gracias por vuestras palabras de aliento, vuestros consejos y vuestro sentido del humor, que siempre acaba por colarse en mi obra.

Por último, un comentario sobre el presente y el pasado de Hawai: aunque me inspiré en hechos históricos y acontecimientos actuales, este libro es un matrimonio entre realidad y ficción, y en esta familia la ficción lleva los pantalones.

El papel utilizado para la impresión de este libro
ha sido fabricado a partir de madera
procedente de bosques y plantaciones
gestionados con los más altos estándares ambientales,
lo que garantiza una explotación de los recursos
sostenible con el medio ambiente
y beneficiosa para las personas.
Por este motivo, Greenpeace acredita que
este libro cumple los requisitos ambientales y sociales
necesarios para ser considerado
un libro «amigo de los bosques».
El proyecto Libros Amigos de los Bosques promueve
la conservación y el uso sostenible de los bosques,
en especial de los bosques primarios,
los últimos bosques vírgenes del planeta.